DIANA PALMER

CORAZONES PERDIDOS

Editado por Harlequin Ibérica.
Una división de HarperCollins Ibérica, S. A.
Avenida de Burgos, 8B - Planta 18
28036 Madrid
www.harlequiniberica.com

© 2022 Diana Palmer
Título original: Wyoming Homecoming
Publicada originalmente por HQN™ Books
© De la traducción del inglés, Ester Mendía Picazo
© 2026 Harlequin Ibérica, una división de HarperCollins Ibérica, S. A.
Corazones perdidos, n.º 333 - 18.3.2026

ISBN: 979-13-7017-208-4
Depósito legal: M-898-2026
Impreso en España por: BLACK PRINT
Fecha impresión Argentina: 14.9.26
Distribuidor exclusivo para España: LOGISTA
Distribuidor para México: Distibuidora Intermex, S.A. de C.V.
Distribuidores para Argentina: Interior, DGP, S.A. Alvarado 2118.
Cap. Fed./Buenos Aires y Gran Buenos Aires, VACCARO HNOS.

Al doctor Mark McCracken, que el año pasado me ayudó a salir sana y salva de una neumonía por COVID en el Northeast Georgia Medical Center de Gainesville. ¡Muchas gracias!

Capítulo 1

La funeraria estaba abarrotada. Charlie Butler era muy conocido en Catelow, Wyoming, y era el dueño de una cantidad considerable de propiedades fuera del pueblo, en el Condado de Carne. De hecho, su tierra colindaba con un pequeño rancho que Cody Banks había comprado el año anterior. A Cody le había costado dejar la casa que tenía alquilada en la zona urbana, pero estaba harto de la gente. Quería espacio para respirar. Sobre todo, quería un lugar donde refugiarse del trabajo.

Le encantaba ser el *sheriff* del condado. Estaba cumpliendo su segundo mandato y en las últimas elecciones no le habían salido rivales fuertes. Al parecer, estaba haciendo un trabajo lo bastante bueno como para satisfacer tanto a sus críticos como al puñado de personas a las que podía llamar amigas.

Estaba solo y de uniforme, apartado de la multitud. Había ido a presentar sus respetos. Deborah, su difunta esposa, había sido pariente lejana de Butler, así que él también era familia en cierto modo. Le había tenido aprecio al anciano. A menudo había pasado a verlo y a asegurarse de que tenía calefacción, comida y lo que pudiera necesitar durante su larga batalla contra el cáncer que finalmente se lo había llevado. Cody tenía a un oficial en un coche patrulla para conducir al cortejo fúnebre hasta el cementerio tras el servicio religioso.

Miró hacia el féretro, junto al que había una mujer con una niña pequeña. Las conocía. Se estremeció. Había pasado mucho tiempo. Casi seis años. En el aparcamiento del Hospital de Denver donde su querida esposa, que era médica, acababa de fallecer, había acusado a la mujer y a la niña de haberla matado. La niña había enfermado de un virus que resultó letal para algunas personas, su esposa incluida. Hasta pasados unos días no había sabido que la mujer, acompañada de la niña, había estado en una funeraria organizando el funeral de su hermano y su cuñada, que habían muerto en un accidente. La esposa de Cody, Deborah, que era excuñada de la mujer fallecida, había ido a verlas y darles el pésame. Había sido ahí donde había contraído el virus mortal, aunque el contagio no había venido ni de la mujer ni de la niña, sino de un empleado de la funeraria que había fallecido después.

Cody se había vuelto loco de dolor. Solo llevaban casados dos años y la mayor parte de ese tiempo lo habían pasado separados mientras su esposa emprendía su carrera como neuróloga en Denver, en un famoso hospital. Ella solo había podido ir a casa uno o dos días al mes, y a veces ni siquiera eso. En gran parte, había sido una relación a larga distancia, pero Cody la había amado mucho. Demasiado. Pensó que su vida había acabado cuando ella murió. Pero se levantó, gracias a su primo, Bart Riddle, un ranchero de la zona, y siguió adelante. Fue duro. Por entonces no pensaba con claridad. Había cargado contra las personas más inocentes. La mujer y la niña que se encontraban de pie junto al féretro.

Cuando había entrado, las dos parecían atemorizadas. La mujer había agarrado a la niña de la mano y la había llevado al aseo. Cuando volvieron, Cody estaba en el otro extremo de la sala hablando con uno de los concejales del pueblo. Lo miraron, casi con miedo. Le angustió ver cuánto daño les había hecho, hasta el punto de que no se acercaran a él ni siquiera después de tantos años. Cody quería disculparse, explicarse. Pero no se veía capaz de aproximarse lo suficiente para hacerlo.

La mujer era elegante. No era una belleza, no es que fuera guapa, pero tenía una figura bonita y un cutis claro y terso. El pelo, rubio platino, le caía por la cintura con un estilo muy cuidado. Tenía los ojos de color gris claro, casi plata. Vestía un traje muy prudente. Pero, claro, según él recordaba, trabajaba para unos abogados en Denver, así que tendría que vestir así para preservar el prestigio del bufete. Era asistente legal. Cody a menudo se había preguntado por qué no habría estudiado Derecho, pero su primo, Bart Riddle, había dicho que no tenía dinero para los estudios y que, además, no estaba dispuesta a dejar a su sobrinita Lucinda al cuidado de otra persona por las noches. Adoraba a la niña, y es que era la única familia que le quedaba y el último vínculo con su difunto hermano.

Lo que Bart había dicho lo había conmovido. Los padres de Cody habían muerto hacía mucho tiempo, pero él al menos tenía primos. Abigail Brennan no tenía a nadie más que a la pequeña Lucinda, que ahora tenía nueve años. Suponía que, técnicamente, Abigail y él eran familia política. Tras la muerte de su marido, la cuñada de Debby se había casado en segundas nupcias con Lawrence, hermano de Abigail, y tanto Lawrence como Mary habían fallecido en un accidente solo días antes de que muriera Deborah. Mary y Debby eran excuñadas, y por eso Debby había ido al funeral.

—¿Por qué está cerrado el féretro? —le preguntó Cody a su primo Bart, que acababa de situarse a su lado junto a un macetero en el otro extremo de la gran sala.

—Ha muerto de cáncer —le recordó Bart—. Dijo que no quería tener a un puñado de palurdos mirándolo ahí en el ataúd, así que en el testamento especificó que lo quería cerrado.

Frunció el ceño.

—¿Por qué estás aquí solo?

Cody suspiró.

—Porque, cuando me he acercado a Abigail para disculparme por lo que le dije hace seis años, ha agarrado a la niña de la mano y prácticamente ha salido corriendo hacia el baño.

Bart, que conocía muy bien la historia, asintió.

—Es una pena —dijo en voz baja—. Quiero decir, la niña y ella no tienen a nadie. Su hermano la crio, ¿sabes? Sus padres murieron juntos en un accidente de coche cuando ella aún estaba en el colegio. Qué paradójico que su hermano y su cuñada murieran juntos y de forma similar. Charlie —añadió asintiendo hacia el féretro— era el último pariente vivo que tenía, además de Lucy y de mí. Y tampoco es que él ejerciera mucho como tal —dijo con una risita contenida—. Ella le enviaba tarjetas por su cumpleaños y por Navidad. Habría venido a verlo, pero Charlie no quería a la niña cerca.

Señaló a Lucinda, una niña preciosa y con el pelo rubio platino de su tía.

—Nunca le gustaron los niños. Qué pena. Es una buena niña, según dicen todos. Educada y dulce, y nada respondona.

—Conozco a mucha gente buena y dulce que entra en Internet y se convierte en el monstruo de Frankenstein con un teclado bajo los dedos —dijo Cody.

—Muy cierto.

—¿Qué va a hacer Abigail con la casa de Charlie?

—Ni idea. Trabaja en Denver. Sería imposible vivir aquí e ir y volver del trabajo a diario.

—Es un buen rancho. Agua limpia y muchos pastos, y creo que aún tiene una manada bastante decente de Black Angus a pesar de la crisis económica.

Bart lo miraba.

—¿Y si viniera a trabajar aquí? Colie, la mujer de J. C. Calhoun, está embarazada otra vez y quiere quedarse en casa con los niños. Bien sabe Dios que Calhoun gana bastante trabajando en el rancho de Ren Colter como jefe de seguridad. Eso significa que el puesto de ella quedará vacante, y no hay muchos asistentes legales en un lugar del tamaño de Catelow.

Cody se estremeció.

—Creo que estando en Denver ya está todo lo cerca de mí que querría estar —dijo en voz baja—. Ojalá pudiera retirar todo lo que le dije aquel día. La asusté. Y también asusté a la niña —añadió con tristeza—. Me encantan los niños. Me duele recordar cómo retrocedieron las dos y salieron corriendo hacia el coche.

Cerró los ojos.

—Por Dios, las cosas que hacemos y que luego nos persiguen.

Bart le puso una mano en el hombro.

—No podemos cambiar el pasado. Solo podemos ocuparnos del presente.

Cody abrió los ojos, oscuros y tristes.

—Supongo.

Tenía el rostro tenso.

—Seis años. Y sigo llorándola. Culpé a todo el mundo menos a mí mismo. Si yo hubiera insistido, ella tal vez habría vuelto aquí y habría encontrado trabajo en nuestro hospital comarcal.

Bart no le recordó a su primo que Deborah había sido una mujer terriblemente ambiciosa. Quería ser la mejor en su campo, y eso solo era posible si trabajaba en un gran hospital, donde sí existían semejantes oportunidades. Él sabía, aparentemente al contrario que Cody, que Deborah nunca fue la clase de mujer que querría cocinar, limpiar y tener bebés. Al casarse, incluso le había dicho a Cody que lo de los niños quedaba descartado durante el futuro inmediato. A Cody no había parecido importarle. Estaba obsesionado con Deborah, tan enamorado que, si ella hubiera dicho que quería ir a la luna, él se habría puesto a buscar formas de construir una nave espacial. Para Bart, esa clase de amor obsesivo era destructivo. Recordó un viejo dicho sobre las relaciones: «Uno besa mientras el otro gira la mejilla». Cody estaba enamorado. Deborah era cariñosa, pero su verdadero amor era su trabajo, no su marido. Durante los dos años que habían estado casados, habían pasado mucho más tiempo separados que juntos. Cody había visto lo que quería ver.

—Voy a saludar a Abby —dijo Bart, vacilante.

—Adelante —contestó Cody—. Yo me quedo aquí, sujetando la pared.

Bart enarcó las cejas como lanzando una pregunta en silencio.

—Si voy hacia allí, ella saldrá de la sala —dijo Cody en voz baja—. No pasa nada. No me quedaré mucho más tiempo. Apreciaba a Charlie y quería presentarle mis respetos. No he venido a aterrorizar a las mujeres y los niños.

El último comentario sonó amargo, pensó Bart mientras se acercaba a Abigail. Cody no era consciente de que resultaba igual de intimidante para los hombres que para Abby y Lucinda. Desempeñaba un trabajo duro y eso lo había vuelto duro a él. No era el hombre tranquilo y cordial que había atraído a Deborah ocho años atrás. El Cody de ahora habría hecho que ella se buscara a otro más fácil de controlar. Bart se rio para sí. ¿Sabría Cody cuánto había cambiado desde que era *sheriff*? Lo dudaba mucho.

Abigail se estaba despidiendo de una anciana que había ido al colegio con Charlie.

La mujer le sonrió y le agarró la mano.

—Deberías volver a casa —dijo sonriendo también a Lucinda—. Los pueblos pequeños son los mejores lugares para criar a los niños. Y, además, Colie está embarazada y va a dejar su trabajo en el bufete de abogados. Necesitarán un asistente legal —continuó, y enarcó las cejas al añadir—: Charlie tenía un rancho bonito, con una casa que acababa de reformar y gatitos en el granero.

—¡Hala! Tía Abby, ¡gatitos! —exclamó Lucinda. Se le iluminó la cara.

Al otro lado de la sala, Cody vio el regocijo en la cara de la niña y sintió en los hombros un peso como una losa de hormigón. ¡Cuánto había querido tener hijos! Pero Deborah había dicho que tenían años para pensarlo. A ella no le gustaban mucho. A Cody sí. Pero la había amado lo bastante para sacrificar sus propios deseos. Ahora, viendo la resplandeciente alegría de Lucinda, volvió a sentir ese anhelo, más profundo y más fuerte.

—Tienes buen aspecto —le dijo Bart a Abby, sonriendo y abrazándola con delicadeza—. ¿Qué tal por Denver? ¿Te gusta?

Ella torció el gesto.

—Lo odio. Lucinda va a un colegio que no le gusta y vivimos en un apartamentucho con un borracho en la puerta de al lado y un percusionista en el piso de abajo.

Se le acercó para añadir:

—¡Y le gusta practicar a las dos de la mañana!

Se rio.

Cody vio esa risa en su rostro y se sintió morir, asfixiado en una tristeza que él mismo había creado. Se giró y salió por la puerta. Dolía ver a la mujer y a la niña tan felices y, por otro lado, mirándolo como si hubiera cometido los siete pecados capitales y estuviera buscando venganza.

Abby lo vio salir y se relajó.

—¿Qué hacía aquí? —preguntó con aspereza.

—Charlie y él eran amigos además de familia política —le dijo Bart—. Jugaban juntos al ajedrez. Cody se hartó de vivir en el centro, así que le compró la casa a Dan Harlow, el rancho que colinda con la propiedad de Charlie.

Ella volvió a parecer angustiada.

—No te pongas así —dijo Bart con delicadeza—.

Siente mucho lo que os dijo a Lucy y a ti. Me ha dicho que daría lo que fuera por poder retirarlo.

Ella desvió la mirada. No hacía falta hablarle a Bart de su pasado, él ya lo sabía todo. Todos en Catelow lo sabían todo de todos. Eran una gran familia en expansión, y en ella no había secretos. El padre de Abby había sido un borracho empedernido. Se había jugado y había perdido todo lo que tenía su madre, y eso que había habido una buena cantidad de dinero cuando se casaron. Se había dado a la bebida cuando le había cambiado la suerte en las mesas de juego, y el resultado había sido brutal. Abby y su madre llevaban ropa que ocultara los golpes. Fue casi un alivio que él muriera, pero se llevó consigo a su madre también. Fue ahí cuando su hermano mayor, Lawrence, había ido a buscarla para que viviera con Mary y con él. Los dos la adoraban y ella había dado gracias por tener un hogar, aunque fuera en Denver.

Consiguió un trabajo en la empresa de Lawrence como ayudante administrativa nada más salir del instituto e inmediatamente se apuntó a clases nocturnas para formarse como asistente legal. Odiaba que Lawrence tuviera que responsabilizarse de sus estudios. Pero ella, por muy inteligente que fuera, no estaba capacitada para conseguir ninguna beca con la que costear una carrera. Las universidades privadas eran caras y, tras la muerte de sus padres, ni siquiera le había quedado la casa familiar. Estaba hipotecada hasta los topes. Su hermano la había vendido cuando se la llevó a vivir con Mary y con él.

Abby los quería a los dos, pero, con Mary embarazada y necesitando un dormitorio para el bebé, sentía que era una carga para ellos. Protestaron; la querían y era más que bienvenida, recalcaban. Pero ella estaba decidida a irse, a dejar sitio para el bebé que llevaban tanto tiempo esperando. Por eso se mudó a un pequeño apartamento. Lucinda nació poco después. Abby la había querido desde el principio y siempre buscaba excusas para ir de visita y poder tener en brazos a la pequeña. Estaba tan fascinada con ella como sus amorosos padres.

Y entonces habían llegado el accidente y el terrible dolor del funeral. Deborah había ido a mostrarle sus respetos a Mary, su excuñada, y una de las empleadas de la funeraria, que también había muerto, le había contagiado el virus letal. Deborah había ingresado en el hospital con fiebre alta y Abby había ido del tanatorio de Lawrence y Mary, que estaban juntos en una sala, al hospital para interesarse por ella.

Cody se había cruzado con ellas en el aparcamiento después de que le hubieran dicho que Deborah había ido al tanatorio y alguien le había contagiado el virus. Él había dado por hecho que había sido la niña, porque tenía fiebre y estaba vomitando. Abby había pasado por Urgencias, donde un residente había visto a Lucy y le había administrado medicación para las complicaciones que se le habían presentado. Estando la niña tan enferma, Abby había decidido llevarla al piso de Lawrence, donde una amiga la cuidaría, y volver después al hospital para ver a Deborah ella sola.

Fue ahí, mientras se dirigían al coche, cuando Cody las había visto en el aparcamiento y, con rabia, había volcado en ellas todo su dolor.

Abby tembló al recordar aquella ira desenfrenada. Los hombres le daban miedo ya de por sí, y esa experiencia había aniquilado su deseo de casarse. Primero su padre y después Cody. Los hombres iracundos la asustaban, y ella rara vez había visto a su padre comportándose de otra forma. Decidió que seguiría soltera y criaría a Lucy sin tener ninguna relación con ningún hombre.

—Venga, no pasa nada, se ha ido afuera —dijo Bart con delicadeza al fijarse en su expresión.

Ella tragó saliva.

—Uno se piensa que puede superar las cosas, pero a veces no se puede.

—¿Estás bien, tía Abby? —preguntó Lucy con dulzura mientras le agarraba una mano. Tenía los ojos de Lawrence; azules claros, penetrantes y llenos de compasión.

Abby no pudo evitar sonreír.

—Estoy bien, cariño. De verdad.

Lucy suspiró.

—Tengo hambre.

En ese momento Abby recordó que ni siquiera habían desayunado y aún tenían por delante el funeral y el entierro.

—Solo un rato más, ¿vale?

Lucy sonrió.

—Vale.

Era una niña tranquila, siempre ansiosa por complacer, cariñosa, aplicada y dulce. El colegio al que iba en Denver era un hervidero de violencia, unas veces contenida y otras no. La directora se había acostumbrado a ver a Abby en su despacho para discutir los distintos problemas con los que Lucy podía llegar a toparse en el transcurso de una sola semana. Las aulas eran peligrosas. Eso decía Abby. La directora suspiraba. Estaba condicionada por ciertas consideraciones políticas y no había mucho que Abby pudiera hacer. La mujer se disculpaba y mostraba su comprensión, pero Abby veía que nada cambiaría nunca. Lucy estaba más asustada cada día. El vecindario tampoco era bueno, pero era lo único que Abby se podía permitir. El piso de Lawrence y Mary se había puesto en alquiler poco después de su muerte y el casero había llenado el espacio con una nueva familia. Le había dado a Abby solo unos días para vaciarlo, guardarse los recuerdos más valiosos y encontrar un nuevo lugar donde vivir. Con su sueldo, hacía lo que podía. Y no era suficiente.

Se rodeó con los brazos.

—Me encantaría volver a vivir aquí. Si no estuviera él —añadió con amargura.

—Abby, no tendrás que verlo a menos que quieras —dijo Bart, consciente de que Lucinda estaba prestando mucha atención—. Sabe cuánto os asustó. No se acercará a vosotras. Para muestra, un botón —añadió asintiendo hacia la puerta por la que había salido Cody.

Ella respiró hondo. Sus ojos claros parecían agotados de dolor.

—Odio mi trabajo. Odio dónde vivimos. Odio tener que vivir prácticamente en el colegio, quejándome en el despacho de la directora por tanto acoso para intentar mantener a Lucy a salvo —añadió con amargura—. En el colegio hay dos bandas que se odian y prácticamente todas las semanas estalla la violencia.

—Pues entonces vuelve a casa —dijo Bart. Sonrió—. Haré todo lo que pueda por vosotras. Será una absoluta alegría tener familia cerca. Aparte de Cody, claro —añadió estremeciéndose—. Solo lo veo en reuniones de trabajo o cuando muere alguien.

Ella le sonrió.

—Eres un buen primo, aunque solo seamos familia política.

Lucy apoyó la cabeza en el hombro de él con un suspiro.

—Eres bueno, primo Bart —murmuró.

Él soltó una risita.

—Y tú también, preciosa —contestó antes de besar su rubio cabello.

—Deberías haberte casado y haber tenido hijos —dijo Abby con dulzura al ver el cariño que le mostraba a su sobrina.

—Lo intenté —dijo él con un suspiro—. No tengo ninguna suerte para encontrar a una mujer que quiera vivir en un rancho de pena en un pueblo pequeño.

—No es un rancho de pena. Y tú eres uno de los hombres más agradables que conozco.

—Con el debido respeto, Bolsillos, soy el único hombre que conoces.

Ella se rio.

—Había olvidado que me habías puesto ese mote tan horrible.

—Cuando teníamos la edad de Lucy e íbamos juntos al colegio, no dejabas de meterte cosas en los bolsillos, así que llamarte así era lo más natural —dijo Bart sonriendo—. Bueno, ¿entonces qué? ¿Vuelves a casa?

Ella respiró hondo y miró hacia la puerta principal con gesto de preocupación. Al otro lado vislumbraba un uniforme de *sheriff*.

—Aquí estarás a salvo —insistió Bart—. Y Lucy también. En nuestros colegios no encontraréis nada de violencia. De verdad. Y en el bufete hay gente muy maja.

—Seguro que tendrán una lista enorme de asistentes legales que querrán el puesto en cuanto quede vacante.

—Mañana te llevaré para que te conozcan.

Ella miró a Lucy, que estaba sonriendo y más feliz incluso ahí, en un funeral, de lo que había estado nunca en su apartamento en Denver. Allí la escuela era muy peligrosa, y cada día más. A una profesora la habían atacado en su propia clase y algo aún peor le había pasado a una niña solo un año mayor que Lucy.

—Vale.

Bart se rio.

—Vale.

El funeral fue bonito, pero le despertó unos recuerdos terribles. Sus padres estaban enterrados en Catelow. Ella había odiado y temido a su padre, pero había querido a su madre. Aún la echaba de menos. El funeral de Lawrence y Mary había sido en Denver, y era allí donde estaban enterrados. Abby le había preguntado a Lawrence por ese asunto precisamente en el funeral de sus padres. Él le había dicho que ya tenía todo lo que podía querer de Catelow y que no quería volver ni en una caja de pino. Así que ella había honrado su deseo.

Aun así, el funeral le trajo el dolor y la angustia de haber perdido a la vez a su hermano y a su cuñada. La pequeña Lucy parecía tener también ese sentimiento de pérdida. La niña le agarró la mano y se la apretó con fuerza mientras las personas reunidas se levantaban para cantar *Amazing Grace*. A Abby le caían las lágrimas por las mejillas, y no solo por su difunto tío. Lloraba por toda su familia, en su mayoría fallecida a excepción de la preciosa niña que tenía al lado agarrándole la mano y de su primo Bart.

Tenía un pañuelo de papel en la otra mano. Se secó los ojos. Seguro que Charlie, que había padecido un dolor tan terrible, ahora estaría en un lugar mejor. Igual que Lawrence y Mary, e incluso sus padres. Pero ella se había quedado sola al cuidado de Lucy, y volver a Denver pintaba un panorama terrible. Su primo le había dejado un próspero rancho. Los abogados se lo habían dicho ya, incluso antes de la lectura del testamento. Había sido una sorpresa. Sabía que Butler también era pariente político de Cody Banks. Habría sido más natural que se lo dejara a él. Pero no había sido así. Abby se preguntaba por qué, aunque no había muchas probabilidades de que fuera a descubrirlo jamás.

Ahora tenía que decidir qué hacer. Bart le había propuesto llevarla a conocer al abogado jefe del bufete donde trabajaba Colie Calhoun. Suponía que no pasaría nada por presentar su candidatura para el empleo. Si se lo daban, Lucy y ella podrían vivir en el rancho y ella podría desplazarse al trabajo y luego volver a casa sin problemas. Tenía un cochecito con un consumo bueno de gasolina y podría llevar a Lucy a la escuela de primaria a la que había ido ella muchos años atrás. Conocía a la mayoría de las familias de la zona. Desde luego, sería como volver a casa.

Enterraron al anciano en el panteón familiar, que estaba a solo tres tumbas de las de su madre y su padre. Tras el breve responso, Lucy y ella se acercaron a las lápidas. Por la razón que fuera, le parecía irreal mirar los nombres tallados y pensar que su familia estaba enterrada ahí abajo.

Lucy volvió a agarrarle la mano.

—Son tus papás, ¿no, tía Abby? —preguntó con suavidad.

Abby asintió. Sentía como si tuviera la garganta llena de alfileres.

—Y tus abuelos, cariño mío.

Lucy suspiró.

—No tengo abuelos. La madre de mamá murió cuando ella era pequeña como yo y el abuelito murió después. Pero sigo teniéndote a ti, tía Abby.

—Y yo a ti —dijo Abby sonriéndole.

A lo lejos, un hombre alto con uniforme de *sheriff* las miraba y podía sentir su tristeza. Abby no había tenido una vida fácil, ni siquiera de niña. Todo el mundo sabía que su padre había sido un bestia con su esposa y su hija. No era de extrañar que desconfiara de los hombres. Después de lo que él le había hecho en el aparcamiento hacía un tiempo, ella probablemente habría llegado a la conclusión de que todos eran unos lunáticos y que le iría mejor sin ellos.

Posó la mirada en la niña que le agarraba la mano con tanta fuerza. Apretó los dientes. Se giró, asqueado por el recuerdo de su comportamiento. Habría dado lo que fuera por volver atrás y cambiar lo sucedido. Ahora ya era demasiado tarde.

El día después del funeral, Bart pasó por el motel donde se alojaban Abby y Lucy para llevarla a conocer a los abogados del bufete donde trabajaba Colie Calhoun. Lucy los acompañó y se quedó sentada en la sala de espera mientras su tía hablaba sobre un posible trabajo.

El socio más antiguo del bufete, James Owens, era

cordial y amable, estaba casado y tenía tres nietos. Le gustaba lo que ya había oído sobre las aptitudes de Abby como asistente legal. Abby no sabía que Bart le había pedido a Colie que hablara bien de ella en el bufete.

—Siempre nos viene bien tener un asistente —le dijo Owens—, y entre los que se han presentado para el puesto no hay ninguno con experiencia. Si quieres el trabajo, nos encantaría tenerte aquí —añadió antes de pasar a comentar el sueldo y los beneficios—. También hay una bonita casa de alquiler que se va a quedar libre...

—Uno de mis primos acaba de fallecer y me ha dejado un rancho —lo interrumpió Abby con una triste sonrisa—. Me han dicho que tiene un buen capataz y buenos peones, así que lo único que tendré que hacer yo es apartarme y dejarles hacer lo que mejor saben hacer. Pero, aun así, quiero trabajar —añadió—. No soy persona de estar en casa. Y mi sobrinita vive conmigo, así que tendré que matricularla en la escuela aquí —dijo, y se estremeció. Ahí tenía una preocupación más; qué hacer con Lucy desde que la niña saliera de clase hasta que ella volviera del trabajo.

—El capataz del rancho es Don Blalock. Su esposa, Maisie, y él tienen una niña de la edad de Lucy más o menos, así que las dos irán al mismo colegio. Seguro que por ahí puedes solucionar algo. Maisie es una mujer encantadora.

Abby soltó un suspiro y sonrió.

—Estaba preocupadísima al venir aquí. La vida en Denver... En fin, el colegio de Lucy es peligroso y no me gusta nada dónde vivimos. Siento haber perdido a mi primo, pero es un milagro que me haya dejado su casa. Es como si a Lucy y a mí se nos abriera una nueva vida.

—Te gustará volver a vivir aquí.

A Abby se le tensó la expresión.

—¿Sabe lo de mi padre...?

Él asintió.

—Es un pueblo pequeño. Lo sabemos todo. Pero eso

pasó hace mucho tiempo. Ahora las cosas serán distintas —dijo, y sonrió—. Si quieres el trabajo, te estaremos
esperando el lunes a las ocho y media.

—Aquí estaré el lunes a las ocho y media. Muchísi-
mas gracias, señor Owens.

—Un placer. Y, por cierto, nosotros nos ocupábamos
de los asuntos legales de tu primo, incluido el testamento. Mañana se hará la lectura en el rancho, si te parece
bien. ¿Por la mañana, a eso de las diez?

—Genial.

—Podéis instalaros ya si queréis —añadió el hombre.
Ella sonrió.

—Esperaremos a la lectura del testamento —dijo con
tono suave—. Será un momento difícil para las personas
que trabajan para él, y quiero hacer las cosas como es
debido.

El señor Owens sonrió.

—Muy bien entonces. Uno de nosotros estará allí
mañana para ocuparse de las formalidades legales.

Abby le estrechó la mano y fue a buscar a su sobrina
a la sala de espera. Una de las administrativas le había
dado un refresco.

La mujer sonrió a Abby.

—Hola. Soy Marie, una de las amigas de Colie. He
venido a sustituir a su mejor amiga, Lucy, que antes trabajaba con ella. Pero Lucy y su marido se han mudado
a Billings. ¡Bienvenida al bufete!

—¿Cómo lo has sabido? —preguntó Abby riéndose.

—He pasado de casualidad por el despacho del señor
Owens justo ahora —dijo sonriendo—. Te va a encantar
estar aquí. Todos los abogados son muy majos y es genial trabajar para ellos.

—Estoy agradecidísima de haber encontrado un empleo tan pronto —contestó Abby, y mirando a Lucy añadió—: Odiábamos vivir en Denver.

—Tengo un hijo de la edad de Lucy. Aquí los colegios
son una maravilla, le va a encantar.

—Al menos no tendré que estar en el despacho de la directora suplicando que la protejan —dijo Abby con un suspiro. Sacudió la cabeza—. Los colegios han cambiado mucho desde que yo iba a primaria.

—¡Y que lo digas!

—Bueno, pues entonces nos vemos el lunes.

—Nos vemos —respondió Marie sonriendo—. Mi Matt celebra su fiesta de cumpleaños el mes que viene. ¡Lucy también estará en la lista de invitados! Hago mis propias tartas y helado casero.

—¡Hala! —exclamó Lucy.

—Tú también puedes venir —añadió Marie meneando las cejas—. Tengo una mesa separada para que las mamás podamos tomarnos unas cosillas a la vez que los niños.

Abby se rio.

—¡Ahora sí que voy a tener que ir! Me encantan la tarta y el helado.

—¡Y a mí! —dijo Lucy entusiasmada.

—El lunes nos vemos —se despidió Marie—. Adiós, Lucy. Ha sido un placer conoceros.

—Igualmente —contestaron a la vez Abby y Lucy.

A la mañana siguiente, Lucy y ella condujeron hasta el rancho, en una zona de pinos torcidos y álamos, con álamos, con afilado contorno de los Tetons a lo lejos. Estaba en un valle y lo atravesaba un arroyo. Con el otoño en todo su esplendor, los árboles estaban rojos y dorados, y el aire era lo bastante fresco como para agradecer una cazadora. Probablemente habría truchas en ese precioso arroyo, pensó Abby. Era una apasionada de la pesca, en especial de la de caña fija con anzuelo y cebo, aunque no le importaría aprender a usar la caña con carrete. De hecho, Lucy y ella podrían aprender juntas.

Era un rancho muy grande. Tardaron en llegar a la casa principal, apartada de otras cuantas edificaciones.

Una parecía una caseta para la maquinaria. Las otras dos eran, con bastante probabilidad, un establo y un granero. Las vallas eran relativamente nuevas y parecían lo bastante robustas. Los pastos estaban llenos de ganado negro. Black Angus, recordó Abby.

Paró en la puerta principal. La casa era rústica pero elegante; una cabaña enorme de dos plantas con un largo y ancho porche frontal. Tenía un balancín y unas cuantas mecedoras. Los escalones eran robustos. La casa estaba recién pintada, porque tenía un intenso color caoba oscuro.

Salieron del coche; Abby estaba algo preocupada por que a la gente que vivía y trabajaba allí pudiera no gustarle que una desconocida pasara a estar al mando de la propiedad.

Pero entonces la puerta principal se abrió y una mujer corpulenta y sonriente, con el pelo canoso recogido en un moño y un colorido delantal, salió al porche.

—¡Pero qué ven mis ojos! ¡Abigail Brennan! ¡Qué maravilla volver a verte!

Abby soltó el aire que había estado conteniendo.

—Hannah —dijo Abby riéndose antes de correr a abrazar a la mujer, que había sido muy amiga de su madre muchos años atrás.

—¿Y a quién tenemos aquí? —preguntó Hannah agachándose a la vez que la pequeña Lucy subía al porche, sonriendo.

—Soy Lucy —respondió la niña con timidez.

—Yo soy Hannah. ¡Bienvenidas al Rancho Circle B!

Capítulo 2

La llegada de las visitantes no había pasado desapercibida. Era última hora de la tarde y algunos de los hombres estaban volviendo de los inmensos confines del rancho adonde habían ido para ver al ganado. El capataz, Don Blalock, era uno de ellos.

Era un hombre alto y desgarbado con apariencia tranquila y sonrisa amable. Inclinó el sombrero a modo de saludo al entrar en la cocina, donde Abby estaba tomando café.

Ella se levantó para estrecharle la mano.

—He heredado el rancho de mi tío abuelo —dijo con voz suave, y sonrió—. Soy asistente legal. Lo único que sé de ganado es que sabe de maravilla en los estofados.

Apretó los labios mientras él parecía dividido entre la risa y el espanto.

—Mi plan es mantenerme al margen y dejarles hacer su trabajo. Dudo mucho que mi tío abuelo estuviera activo en los últimos meses teniendo en cuenta lo enfermo que estaba, así que, si no hemos tenido que declararnos en bancarrota, está claro que es porque ustedes saben lo que hacen, y me gustaría que se quedaran todos.

Pareció como si al hombre se le hubiese quitado un gran peso de encima.

—Señora —dijo con voz suave—, no sabe cuánto vamos

a agradecerlo todos. Ahora mismo los trabajos de rancho escasean y este rancho, junto con otros pocos, es prácticamente la base de la economía local. Si cerrara, algunos no volveríamos a encontrar trabajo nunca, sobre todo un par de mis peones más mayores. Son estupendos en carpintería y en trabajillos en general, pero no podrían mantener puestos de más responsabilidad.

Ella sonrió.

—Seguro que habrá suficiente para tenerlos ocupados, así que no será un problema. Dependiendo de cómo nos vaya la economía, tal vez podríamos añadir algunos bonus por Navidad. No prometo nada —corrió a añadir—, pero haré lo que pueda.

—Gracias.

—Siéntese un momento a tomar un café —lo invitó Abby.

—Acabo de hacer una cafetera —comentó Hannah antes de servirle una taza.

—Me gusta el ganado —soltó Lucy de sopetón y sonriendo antes de seguir comiendo el sándwich de mantequilla de cacahuete que le había dado Hannah.

—A mí también me gusta —dijo Don con una sonrisa.

—Voy a trabajar para el señor Owens como asistente legal —dijo Abby antes de dar un trago de café—. Me ha comentado que usted y su esposa Maisie tienen una niña pequeña de la edad de Lucy y que tal vez a Maisie no le importaría llevar y traer a Lucy del colegio.

—Por supuesto —contestó él y, tras mirarla fijamente, añadió—: Y le advierto, si intenta ofrecerse a pagarle por hacerlo, tiraré mi café por el fregadero y dejaré mi trabajo ahora mismo.

Abby tardó unos segundos en captarlo y entonces soltó una carcajada.

—Vale, gracias.

—Vivimos en una comunidad pequeña —comentó Don—, así que aquí todos cuidamos de todos.

—Lo recuerdo —respondió ella. Suspiró dejando atrás los malos recuerdos—. En algún momento tendré que repasar con usted los libros de cuentas —añadió—. No tengo ni idea de qué clase de gastos tenemos o cómo los pagamos, o a quién le debemos...

Levantó las manos.

—Sé administrar muy bien el dinero. De hecho, Lucy y yo vivíamos en Denver con lo mínimo. Pero hay cosas que tengo que saber.

—Señorita Brennan, no tiene por qué trabajar —dijo Don con tono irónico—. El señor Butler tiene ganado de pura raza. O lo tenía. Vale una pequeña fortuna. Tenemos sementales muy rentables y vendemos becerros de primera cada otoño.

—Claro que tengo que trabajar —contestó ella sonriendo—. No soy la clase de persona que puede quedarse sentada sin hacer nada. Me encanta mi trabajo.

Él la miró como si Abby se hubiera ganado su respeto.

—A mí también me encanta el mío. Gracias por permitirme conservarlo. A mí y a la cuadrilla.

—Dígales que tienen trabajo seguro hasta que me muera —prometió Abby—. E intentaré tardar en morirme —añadió. Suspiró—. Echaré de menos a mi tío abuelo. Quitando a Lucy, era el último pariente vivo que tenía.

—Maisie y yo compartiremos a los nuestros con ustedes. Entre los dos tenemos unos quince sobrinos y un montón de familia política. Es todo un reto meterlos a todos en casa cuando celebramos alguna fiesta —dijo Don con una risita.

—Puede que le tome la palabra. Suena divertidísimo.

—En el pueblo también celebramos toda clase de reuniones. Tenemos cenas benéficas, bailes y una pequeña pista de patinaje. Uno de nuestros residentes está casado con una antigua patinadora que ganó un oro olímpico, y la dueña de la pista compitió y después entrenó a patinadores en las Olimpiadas.

—¡Hala! Podemos traernos los patines cuando hagamos las maletas —soltó Lucy—. ¡Me encanta patinar!

—A mí también —dijo Abby—. Hemos pasado muchos fines de semana patinando sobre hielo. Aunque tampoco es que vayamos a suponer una amenaza para ningún medallista —añadió con una sonrisa.

Don soltó una risita. Se terminó el café.

—Si necesitan ayuda con la mudanza, los chicos y yo podemos bajar hasta Denver con un camión de mudanzas y traerlas.

—¿Lo harían? —preguntó Abby sorprendida, porque en las grandes ciudades la gente no era así de amable con los demás, o eso le había parecido a ella. Nadie que conociera se habría ofrecido a ayudarla con la mudanza.

—Claro que lo haríamos —aseguró él sorprendido.

—Entonces, ¿qué tal el sábado que viene? ¡Compraré *pizzas* para todos! —dijo, y añadió frunciendo el ceño—: ¿Aquí tenemos pizzería?

—Y tanto que sí. A los chicos les encantan esas para los amantes de la carne con extra de queso.

—Lo recordaré. Gracias, señor Blalock.

—Don a secas —contestó él inclinando el sombrero—. Encantado de conocerla. Iré a decirles a los chicos que pueden dejar de preocuparse.

Ella sonrió.

—Seguro que le has alegrado el día —intervino Hannah mientras calentaba el café de Abby—. Estaban muertos de miedo por que alguien de la ciudad con ansias de dinero fuera a venderlo todo.

—No seré yo. Yo nací aquí.

—Don no. Pero Maisie sí. Su madre era una Wiley.

—Dios mío, no serán los Wiley que vivían en Long Bridge Road, ¿no?

—Los mismísimos.

—El señor Wiley nos ayudó en casa cuando nos quedamos atrapados por la nieve un invierno —dijo Abby, y añadió con cara de pesar—: Mi padre estaba demasiado borracho para preocuparse de si nos congelábamos y nos moríamos de hambre, pero el señor Wiley vino con una pala, nos limpió el camino de entrada y nos trajo comida. Mamá lloró. Fue un gesto muy amable.

—Maisie también es así.

—Creo que estuvimos juntas en una clase, aunque no la conocí bien —comentó Abby suspirando—. No me gustaba acercarme demasiado a la gente. Es que no podía invitar a nadie a casa. Cuando había otras personas delante, con mi padre nunca se sabía...

—No hace falta que me lo expliques. Recuerdo a tu padre demasiado bien —dijo Hannah—. Pero ahora estás aquí y él no, y te va a encantar vivir en un rancho. En el granero hay gatitos —añadió, y se rio al ver cómo se le iluminaron los ojos a Lucy.

—Eso nos dijeron en el tanatorio, antes de que se nos acercara Bart. Es un hombre muy dulce. ¿Por qué no está casado?

—Una estúpida lo tuvo engañado y luego se casó con otro —explicó Hannah—. Después él se juntó con un par de mujeres que también lo abandonaron. Es muy asustadizo.

—No me extraña —dijo Abby estremeciéndose—. Yo también.

Respiró hondo y pensó en Cody Banks.

—No quiero saber nada de los hombres. Mi única preocupación ahora es Lucy —aseguró sonriendo a la niña—. Solo quiero que sea feliz.

—¡Soy muy feliz, tía Abby! —contestó la niña. Le brillaban los ojos—. ¡Y estaré felicísima si podemos ir al granero a ver a los gatitos!

Abby suspiró.

—Vale, canija. Pero primero termínate el sándwich.

Los chicos las trasladaron de Denver a Catelow. La mudanza les llevó casi todo el día, empezando de madrugada, pero después de que todo estuviera en el rancho, y las cosas del viejo Charlie en el desván para hacer hueco para las cosas de Abby, ella pidió *pizzas* para todos. Ocuparon todo el salón, unos en las sillas y otros en el suelo, mientras comían las *pizzas* y se tomaban la cerveza que Abby había comprado de camino a casa.

Era como ser parte de una familia enorme. Abby nunca había sentido nada igual desde la muerte de Mary y su hermano. Le iba a encantar vivir en Catelow. Solo tenía que superar su miedo irracional a Cody Banks.

Y justo en su primer día de trabajo, Cody Banks entró por la puerta con otro hombre, que vestía un traje bonito y caro.

Se acercaron a la recepcionista, Marie. Cody ni siquiera miró hacia Abby, que tenía la mesa al lado de la ventana frontal.

—Hemos venido a ver al señor Owens por el caso Blakely —dijo Cody con tono suave. Sonrió.

—Voy a ver si está en su despacho —respondió Marie sonriendo también. Llamó a su jefe y lo informó de la visita. Escuchó y dijo—: Sí, señor.

Colgó.

—Ahora mismo sale.

Marie apenas había acabado de comunicarlo cuando el señor Owens salió al pasillo a recibir a los dos hombres.

—Vamos —le dijo a Cody dándole una palmadita en el hombro—. Tengo a mi investigador con este caso...

Su voz se fue desvaneciendo a medida que entraba en el despacho y cerraba la puerta. Abby respiró hondo y volvió a las notas que estaba tomando. Qué ridículo estar tan asustada después de seis años. Al fin y al cabo, era solo un hombre, no un monstruo rabioso. Pensó en el Cody de aquella noche tanto tiempo atrás, gritando y maldiciéndola. Fue como volver a ver a su padre, un hombre fuera de control, corpulento y peligroso. Respiró hondo de nuevo y se obligó a concentrarse.

Los hombres estuvieron unos minutos en el despacho antes de volver a salir. El señor Owens les estrechó la mano, les aseguró que les había dado toda la información que tenía y los acompañó a la puerta.

Abby mantuvo la cabeza agachada. Ni siquiera la levantó cuando Cody se marchó.

Los gatitos del granero eran blancos y con los ojos azules. Tenían a Lucy cautivada. La niña estaba sentada sobre el heno con dos en el regazo. Los acariciaba y se reía cuando ronroneaban.

—Ay, tía Abby, vivir aquí es genial —dijo con una gran sonrisa—. Odiaba donde estábamos antes.

—Y yo, cariño —respondió Abby sentándose a su lado. Las dos vestían vaqueros, camisa de algodón y una cazadora fina porque estaba empezando el otoño. Pronto los abedules y los álamos se ataviarían con sus intensos colores, y las hojas caerían y crujirían bajo las pisadas. Suspiró—. Creo que hacía mucho tiempo que no era tan feliz.

—Podemos quedarnos, ¿verdad? —preguntó Lucy preocupada—. O sea, ese hombre malo no vendrá aquí, ¿no?

Abby forzó una sonrisa.

—Es el *sheriff*, cielo. Seguro que tiene mejores cosas que hacer que ir a visitar a gente que no..., bueno, que no lo quiere cerca.

Lucy se relajó, asintió y siguió acariciando a los gatitos.

—Pasó hace mucho tiempo —continuó Abby distraídamente—. Su esposa acababa de morir. Murió solo unos días después que tus padres —añadió con mucha delicadeza—. Él estaba triste y sufriendo y...

—Pero nosotras no hicimos nada —protestó Lucy.

—Lo sé. Pero él no lo sabe.

Lucy se quedó callada un minuto o dos.

—Yo no me porté así cuando mami y papi... Bueno, cuando se fueron.

—Yo tampoco. Pero cada persona reacciona de una forma diferente —dijo Abby, y se le acercó más—. Las dos lo hemos exagerado en nuestra mente hasta el punto de pensar que el *sheriff* es un monstruo. Pero protege a la gente. Es su trabajo y debe de ser muy bueno, porque está empezando su segundo mandato. Y, antes de ser *sheriff*, fue oficial adjunto durante muchos años.

Miró fuera del granero, hacia los prados donde el ganado pastaba tras una valla electrificada.

—Marie, una compañera de trabajo, dice que él odia a los hombres que hacen daño a las mujeres, que hace lo que haga falta por mandarlos a la cárcel. Me ha dicho que el padre de Cody se emborrachaba y les pegaba a su madre y a él.

—Jo —dijo Lucy pensativa—. Qué pena.

La niña se fijó en la mirada de su tía y añadió:

—¿Tu papá te hacía eso, tía Abby?

Ella se mordió el labio.

—Sí. A mí, a tu padre y a tu abuela. Era un bestia cuando bebía.

—¿Por eso te asustaste cuando el *sheriff* nos gritó?

Abby respiró hondo.

—A lo mejor. No lo sé.

Miró a Lucy.

—Como vamos a vivir aquí, tenemos que intentar llevarnos bien con los demás. De todos modos, el *sheriff* no tiene motivos para venir aquí y lo más probable es que no lo veamos mucho.

Lucy asintió.

—Bien —contestó, y levantó la mirada—. ¿Tiene hijos?

—No. Su esposa era médica y estaba centrada en su profesión —explicó Abby agarrando un hilo suelto del dobladillo de sus vaqueros—. Vivía en Denver la mayor parte del tiempo.

—¿Y no echaba de menos a Cody?

—Mira, ¡está jugando con tus cordones! —dijo Abby riéndose y señalando a uno de los gatitos.

La distracción funcionó. Abby tenía muchas cosas en la cabeza. No quería añadir también el asunto del *sheriff*.

Se llevaron a vivir a casa al gatito juguetón, después de una rápida visita al veterinario para que le hicieran una analítica y le pusieran vacunas. Era macho, cariñoso y divertido, y se apropió de la cama de Lucy la primera noche que pasó en la casa, ignorando la bonita cama de gato que le habían comprado junto con el resto de accesorios necesarios.

Abby estuvo a punto de protestar, pero se rindió cuando vio a la niña durmiendo con una sonrisa y el gatito se abrió paso bajo las sábanas para subírsele al hombro. Lo habían llamado Patrick por motivos inexplicables, más allá de que Lucy decía que parecía un Patrick. Las dos se rieron. Era una novedad eso de reírse. Habían vivido mucho tiempo en la pobreza, la desgracia y la pena. Mudarse al rancho era como un sueño hecho realidad. Abby rezaba para que durara.

Según pasaban los días, fue familiarizándose con el trabajo. Se aprendió los nombres de todos los compañeros del bufete y dónde comprar la mejor comida. Llevó a Lucy al cumpleaños del pequeño Matt y conoció a varias madres de la zona. Todas le cayeron bien y Lucy se divirtió también.

Además, fue a visitar la pista de patinaje. Qué maravilla que no solo alquilaran los patines, sino que también los vendieran. Era una actividad suplementaria

que, según la propietaria, había resultado bastante lucrativa. En ese mismo momento Abby decidió comprar
patines para las dos con frenos de puntera en lugar de
las típicas botas de *hockey* para principiantes, que eran
como las que ya tenían ellas. A Lucy le había encantado
ir a patinar en Denver y se le daba muy bien el patinaje
sobre hielo. A Abby también. Parecía que mucha gente
de Catelow y de otras zonas del Condado de Carne pasaba mucho tiempo en la pista de patinaje. De hecho,
mientras Abby estaba allí, conoció a una pareja que había ido desde Billings para patinar y recibir clases de la
medallista olímpica. A lo mejor, si el rancho iba bien,
apuntaba a Lucy a clases de patinaje. En Denver no habían tenido suficiente dinero para clases.

El rancho iba muy bien gracias a Don Blalock, que
parecía hacer magia gestionándolo. Abby sacaba un
rato por las tardes para sentarse con él en el ordenador,
repasar las cuentas y ver cómo trabajaba el equipo de
ventas. Ni siquiera sabía que tuvieran uno. Don le explicó que requería a gente especializada que supiera lo que
hacía. Además, añadió sonriendo, hacía que el rancho
tuviera solvencia. Dicho eso, merecía la pena pagar los
sueldos del equipo.

Había tantas cosas que hacer incluso a diario que
Abby estaba alucinada. Que todo estuviera al día y tener
a los animales vigilados y alimentados requería una cantidad infernal de trabajo. Pronto llegaría el invierno y ya
estaban preparando el rancho para el frío, que complica-
ría las cosas. Cuanto más iba sabiendo de la enorme propiedad de su tío abuelo, más agradecía tener a Don.

Maisie llevaba a Lucy al colegio y la traía de vuelta.
A la niña le encantaba su nuevo cole, sobre todo desde
que había comprobado que no tenía que tener miedo de
entrar en un aula. Los maestros eran muy buenos y en-
tregados, y tenían un director que los apoyaba si había

problemas de disciplina. Era un colegio bien administrado, con clases pequeñas y buenos maestros, la mayoría de los cuales habían nacido y crecido en Catelow.
Abby daba gracias de que su sobrina hubiera encajado
así de bien.

Las cosas habían ido marchando tan bien que Abby
no había tenido ni una sola preocupación. Pero entonces, una tarde a última hora, Hannah llamó para decirle
que Lucy había ido al granero a ver al otro gatito y a la
mamá gato y que se había esfumado.

—¡Lo siento muchísimo! —se disculpó Hannah casi
llorando—. Estaba haciendo una tarta y he pensado que
no le pasaría nada por salir a ver a la mamá gato y al
otro gatito. Aun así, le he pedido a uno de los vaqueros
que le echara un ojo, pero ha habido una emergencia y
ha tenido que marcharse. ¡Es culpa mía...!

—No digas eso —dijo Abby abrazándola a pesar de lo
asustada que estaba. En esas zonas rurales había osos,
coyotes y toda clase de depredadores. Además, era sábado y en el bosque había cazadores, y Lucy no llevaba ropa
de colores vivos. Era una pesadilla—. Voy a salir a buscarla. Me llevo el móvil. Así podré pedir ayuda si hace falta.
Voy a ponerme las botas y una cazadora más gruesa.

—Siento haberte hecho salir del trabajo...

—Estaba haciendo horas extra con un caso para el
señor Owens —respondió sonriendo—. Acababa de terminar de reunir la documentación cuando has llamado.
¡Y ahora, vamos, no te preocupes!

—¿Deberíamos llamar a alguien? El *sheriff*... —comenzó Hannah, pero se mordió el labio al recordar demasiado tarde las complicaciones que eso traería.

—Todavía no —contestó Abby.

—De acuerdo.

Abby se puso ropa de abrigo y botas, se metió su tupida melena bajo un gorro de lana, se puso unos guantes

de piel y fue al granero. Le pidió a uno de los hombres que le ensillara un caballo manso porque hacía mucho tiempo que no montaba. Un caballo podía llegar a lugares a los que no podía llegar un coche, y era más fácil ver huellas en el suelo a esa velocidad más lenta. Don organizó a varios de los vaqueros en una partida de búsqueda dividiéndolos por todo el rancho para cubrir más terreno.

A primera hora de la tarde había empezado a nevar, algo que no era raro durante el otoño en Wyoming. Fueron solo unos cuantos copos, pero fue toda una suerte, porque Abby pudo ver unas pequeñas huellas en el suelo sobre la fina capa de nieve.

Las siguió hasta el interior del bosque mientras se preguntaba por qué narices la niña habría ido por ahí. El rancho estaba en un valle, atravesado por un arroyo, y justo al otro lado había un bosque repleto de abetos, abedules y álamos. En el otro extremo había una gran colina. El bosque era imponente. Había que atravesar muchos matorrales. Ojalá Abby se hubiera llevado un cortasetos y tuviera puestas unas chaparreras, porque el camino iba a ser duro. Había cabalgado hasta una zona de espinosas matas de frutos silvestres; en verano estarían muy bien porque podrían recolectarlos y hacer tartas o mermeladas con ellos, pero ahora mismo eran un problema y lo último que necesitaba. Y eso se sumaba a la preocupación que tenía por Lucy. ¿Llevaría puesto el abrigo grueso, estaría asustada, por qué se había metido en el bosque? Se tragó el miedo y siguió adelante.

Cody Banks estaba fuera de servicio. Estaba siendo un sábado tranquilo y él estaba disfrutando de la paz del rancho que se había comprado hacía unos meses. Le encantaba la soledad. Y, sobre todo, le encantaba vivir en una casa donde no hubiera recuerdos de Debby, su difunta esposa. Ya había vivido demasiado en el pasado, tanto que llorarla se había convertido en una forma de vida. Allí, en la soledad de hectáreas y hectáreas de pastos y bosque, podía perderse en la naturaleza.

A su lado estaba la preciosa husky siberiana que Debby le había dejado en Denver al cuidado de una compañera enfermera la semana que murió. Cody quería a ese animal con locura. Tenía casi seis años y seguía tan activa y feliz como cuando era cachorra. Él la consentía, le compraba premios y la dejaba dormir a los pies de su cama. Era como el hijo que Debby y él nunca habían tenido. Cody había tenido muchas ganas de tener hijos, pero Debby había estado volcada en ascender como médica y no le habían interesado mucho ni los niños ni ocuparse de la casa. Él ya lo había sabido al casarse, claro, y la había amado con toda su alma, así que no le había importado. Pero ahora, a sus treinta y seis años y sin nadie más en la familia que unos primos, empezaba a sentir la soledad tal vez demasiado. Si no fuera por su Anyu, su husky, estaría solo en el mundo. Bajó el brazo y le dio unas palmaditas con una gran mano enguantada. Ella lo miró con unos brillantes ojos azules y una sonrisa rodeada por pelo blanco salpicado de negro. Su nombre, Anyu, significaba «nieve» en inuit. Se había enterado cuando lo eligieron *sheriff* y un oficial temporal de ascendencia esquimal se lo dijo.

Llevaba botas, cazadora de borrego y su sombrero Stetson de piel de castor. Se le hacía raro estar sin el uniforme, porque era lo que vestía la mayor parte del tiempo. En el rancho, en cambio, no hacía falta.

Estaba bajando por un camino forestal de la propiedad contigua a la suya y a la tierra de Charlie, que acababa de fallecer, cuando oyó un sonido. Estaba solo e invadido por los recuerdos de Debby y de la vida que habían tenido juntos. Había caminado varios minutos cuando se detuvo en seco, extrañado. No era el berrido de ningún animal. Parecía un niño.

Gritó. En respuesta, oyó un grito no muy lejos. Fue hacia él atravesando los matorrales. Eran muy densos. Sacó el cuchillo de caza de la funda de piel que llevaba en el cinturón y fue cortándolos para abrirse camino; en su mayoría eran gruesas y espinosas matas de bayas silvestres que en verano se cargaban de frutos.

Entonces encontró a una niña pequeña atrapada en una auténtica telaraña de matas llenas de espinas.

—No puedo soltarme —dijo la niña con los ojos llenos de lágrimas y el labio tembloroso—. ¿Puede sacarme, señor?

—Por supuesto. Espera un segundo. ¿Te has hecho daño? —preguntó Cody con delicadeza.

—Solo me he arañado —respondió la niña con la respiración entrecortada por un sollozo—. No parecían tan densos cuando he entrado. Estaba a gatas persiguiendo a Myra. Ella ha cruzado, pero yo me he quedado atascada.

—¿Myra? —preguntó él distraídamente mientras cortaba los matorrales y, con cuidado, apartaba las espinas del plumífero de la pequeña.

—Es nuestra gata. Ha tenido dos gatitos. Un perro viejo y grande la ha asustado y ha salido corriendo, así que he tenido que ir detrás de ella. Pero se ha ido muy lejos...

Él sonrió.

—Lo más seguro es que Myra esté sentada en casa esperándote. Los gatos son muy hábiles y astutos para entrar y salir de sitios.

Se oyó un largo aullido.

—Aquí, cielo —gritó él.

Anyu llegó corriendo por el prado y se detuvo ante su suave orden al llegar a los matorrales. Se inclinó hacia delante olfateando a la niña.

—Ay, ¡qué perro tan bonito! —exclamó la niña—. ¡Y tiene los ojos azules! ¿Es suyo?

Cody, aún concentrado en liberarla, asintió.

—Es perra y se llama Anyu. Tiene seis años.

—Es una husky, ¿no? ¡Es preciosa! Ojalá yo pudiera tener un perro. Pero al menos tengo un gato. Vive en casa con nosotras y duerme en mi cama conmigo.

—Los gatos no me van mucho, pero adoro a Anyu. Me hace mucha compañía.

—¿Tiene hijos pequeños? —preguntó la niña, porque él parecía muy simpático.

A Cody le cambió la cara.

—Solo tengo a Anyu —respondió al cabo de un momento—. Ya está. Mira a ver si puedes venir caminando hacia mí. Pero ve despacio para no romperte la cazadora.

—Vale.

La niña fue avanzando poco a poco hasta que por fin estuvo fuera de los espinosos matorrales.

—Gracias, señor.

—No hay de qué.

Ella levantó la mirada hacia él. Era muy alto.

—¿Es usted un vaquero?

Cody soltó una risita.

—Más o menos. Supongo.

—En mi casa hay muchos. Son todos muy majos. ¿Puedo acariciar a su perra?

—Claro. Pero primero deja que te huela la mano. Le dan miedo los desconocidos.

—Vale.

La niña alargó la mano. La husky se acercó con precaución y la olfateó. Luego se rio entre jadeos mientras miraba a la pequeña con sus brillantes ojos azules.

La niña se rio encantada.

—¡Nunca había visto un perro con los ojos azules! —dijo emocionada.

—¿Quién eres y dónde vives?

—Soy Lucy. Vivo ahí —respondió señalando en la dirección por la que había ido—. Es un rancho. Vivo con mi tía Abby.

Él esbozó una extraña expresión.

—Será mejor que te llevemos a casa —dijo al momento.

—No me ha dicho su nombre —insistió la niña.

Él esbozó una mueca.

—Puede que no sea buena idea. Aún no. A lo mejor tengo que... Mierda —maldijo entre dientes justo cuando una mujer se acercó a caballo.

Frenó delante de ellos, desmontó y echó las riendas por encima de la cabeza del caballo dejándolas arrastrar por el suelo.

—¡Lucy! —gritó corriendo hacia la niña. La levantó en brazos y la abrazó con fuerza, conteniendo las lágrimas—. Ay, Lucy, ¿dónde has estado? ¡Llevo buscándote un montón de rato...!

—Me he quedado atascada en los matorrales —explicó Lucy—. Myra se ha asustado y ha salido corriendo y he venido a buscarla. Él me ha sacado —añadió sonriendo al hombre alto con el Stetson, que cubría su tenso rostro.

—¡Tiene una perra preciosa! Es una husky y se llama Anyu.

Abby tragó saliva con dificultad e intentó que no se le notara el malestar que sintió.

—Gracias —expresó con sinceridad—. Estaba asustadísima. Es la primera vez que hace algo así.

—De nada.

—¿La perra se ha hecho daño en la pata? Está cojeando un poco.

Cody frunció el ceño, extrañado, y bajó la mirada. Efectivamente, Anyu estaba cargando el peso en la pata derecha.

—A lo mejor se le ha clavado una espina —dijo él arrodillándose—. Corre como una loca cuando la dejo salir de casa.

Le miró la pata, pero no había espinas. Aun así, Anyu gimoteó cuando él se la agarró.

—Espero que esté bien. Es riquísima. Me ha dejado acariciarla, tía Abby —añadió Lucy, ajena a la tensión entre el hombre y la mujer—. Ojalá pudiéramos tener un perro —dijo suspirando.

—¿Está bien? —preguntó Abby viendo la ternura con la que el hombre trataba a la perra. No tenía nada que ver con el hombre al que había visto en el hospital hacía tantos años.

—Eso creo. La llevaré al veterinario para que le eche un vistazo. A lo mejor es una contusión en la almohadilla.

Se levantó y dirigió su atención hacia ellas.

—Gracias —repitió Abby al no saber muy bien qué decir—. Estaba en la oficina. No suelo trabajar los sábados, pero el señor Owens necesitaba documentación para un informe que está redactando. Hannah se ha girado lo justo para meter la tarta en el horno y Lucy ha desaparecido de su vista.

—El año pasado una niña pequeña se alejó de su casa persiguiendo a un conejo —dijo él, y añadió estremeciéndose—: Aquello no acabó tan bien. Cuando la encontramos, estaba medio muerta por la deshidratación y por haber estado a la intemperie. Toda la cuadrilla del *sheriff* se presentó para buscarla junto con la policía, los bomberos...

Se detuvo forzando una sonrisa.

—Somos una comunidad muy unida. Cuidamos los unos de los otros.

Abby respiró hondo.

—En Denver no es así.

—No me gusta Denver —soltó Lucy—. ¡Pero esto me gusta un montón!

—Será mejor que nos vayamos a casa —sugirió Abby. Acercó a Lucy y volvieron al caballo.

—Sube —pidió Cody Banks en voz baja—. Yo te paso a Lucy.

Abby montó y dejó que Cody le sentara a la niña delante.

—Id con cuidado —dijo él retrocediendo—. Si la nieve cuaja más, hará que el camino resbale, y lo más seguro es que cuaje.

Ella asintió. Forzó una sonrisa.

—Se acabó lo de ir persiguiendo gatos, jovencita —añadió él sonriendo.

—No volveré a hacerlo —prometió la niña—. Adiós. Adiós, Anyu —añadió sonriendo a la perra.

Se marcharon. Cody se quedó allí de pie con su gran mano sobre la cabeza de la perra.

—Qué señor tan simpático —comentó Lucy—. Me ha sacado de los matorrales. Me he metido debajo buscando a Myra, pero, cuando me he levantado, no podía salir, me había quedado enganchada. Había muchos. ¡Y su perra es preciosa! ¿Quién es ese señor, tía Abby?

Abby dudó si decirlo o no. Acababa de ver a un Cody Banks totalmente distinto al que estaba segura de conocer.

—¿Tía Abby? —insistió Lucy.

—Nuestro *sheriff* —respondió Abby finalmente—. Cody Banks.

Capítulo 3

Lucy, sorprendida, miró a su tía.

—¿Es nuestro *sheriff*? ¡Pero si ha sido muy simpático! ¡Me ha soltado y me ha dejado acariciar a su perra!

—La gente cambia, bomboncito —respondió usando el mote cariñoso con el que su hermano se dirigía a la única hija que había tenido con Mary. Sonrió—. A lo mejor nuestro *sheriff* también ha cambiado.

—Su perra es preciosa. ¡Y tiene los ojos azules!

—Es una husky —dijo Abby distraídamente—. Creo que muchos tienen los ojos azules.

—Pero no como los de Anyu —contestó Lucy—. Brillaban tanto como el cielo un día de invierno despejado.

Abby sonrió ante la expresión. Cody Banks también la había sorprendido con la ternura con la que había tratado a la niña, sin la más mínima agresividad. El hombre que las había atemorizado hacía tantos años se había desvanecido en su memoria con ese nuevo hombre que rescataba a niños y quería a su perra. Podía imaginarse cuánto habría amado a Debby. Ella nunca había estado enamorada, aunque había creído estarlo una vez. Aquello había acabado mal. Por supuesto, había estado enamorada de estrellas de cine. Pero desconfiaba de los hombres. Bastaba con el recuerdo del brutal comportamiento de su padre para que siguiera soltera. En una ocasión, su madre le había dicho que él había sido una persona maravillosa antes de que el alcohol se apoderara tanto de él. Pero, entonces, ¿cómo sabías cómo sería un hombre a puerta cerrada? No lo sabías. Y justo por eso Abby hacía lo que tenía que hacer y se guardaba para sí misma. También tenía a Lucy, que le daba un nuevo significado y felicidad a una vida antes solitaria. Echaba de menos a Mary y a Lawrence, pero Lucy era una bendición constante.

En toda su vida, Abby solo había tenido un novio medianamente serio. Fue cuando estaba en el último curso del instituto, pero él solo había salido con ella porque su padre buscaba empleo en el bufete de abogados de su hermano y esperaba que estar con Abby lo ayudara a ganarse la confianza de Lawrence. Para Abby, que había creído estar enamorada de verdad del chico, enterarse de aquello fue como si le hubieran echado un jarro de agua fría. Tampoco había ayudado que, al dejarla, él añadiera unos cuantos insultos personales sobre su aspecto, su forma de vestir y su actitud, haciendo hincapié en que ella se hubiera negado a acostarse con él. En aquel momento, Abby solo tenía dieciocho años y una autoestima baja por el modo en que su hermano y ella habían crecido. Eso era lo que les había hecho su padre, con sus borracheras tan frecuentes y violentas. Intentó no volver atrás, pero a veces los recuerdos se inmiscuían en su vida diaria. Los recuerdos que tenía de los hombres eran o aterradores o tristes. Se guardaba para sí misma. Ahora que tenía que responsabilizarse de Lucy, si alguna vez encontraba a un hombre que quisiera casarse con ella, este probablemente se echaría atrás por la niña. Pero Abby quería a Lucy y nunca había accedido a darla en adopción. Solo pensarlo le resultaba repugnante. Lucy era de su sangre, la única hija de su difunto hermano. El hombre ficticio en cuestión tendría que estar dispuesto a aceptar a Lucy tanto como a ella. Así que tal vez fuera bueno que no tuviera mucho interés por los hombres.

Pensó en la imagen renovada que tenía de Cody Banks. No le había parecido nada aterrador. Había sido tan amable con Lucy, tan tierno. Seguro que siempre era así con los niños. Alguien le había dicho que era padrino de varios de la comunidad y que nunca se olvidaba de ellos ni en sus cumpleaños ni en Navidad. Parecía que ese nuevo hombre paciente y amable había devorado al gritón y afligido de seis años atrás.

Siendo justos, había que tener en cuenta que había amado a Deborah con locura. La gente decía que no volvió a ser el mismo cuando ella decidió trabajar para un gran hospital clínico en Denver y solo iba a casa muy de vez en cuando. Era como si Cody fuera lo último en su vida mientras que, para él, ella era todo su mundo.

Abby no podía ni imaginar lo que sería que la amaran así; importarle tanto a un hombre que a él no le importara nada más en la vida. Por desgracia, lo único que le había importado a Deborah en su vida fue ser médica. Pero, siendo justos, era una profesión noble y a ella se le había dado bien el trato con la gente. Era una buena doctora y estaba encaminada a ser conocida en los círculos médicos, sobre todo cuando empezó a especializarse en neurocirugía. Pero todo ese trabajo se esfumó cuando murió. Y Cody se quedó solo.

Ahora estaría más solo aún tras la muerte de Charlie Butler, cuyo rancho había heredado ella, su sobrina nieta política. Cody también era pariente político de Charlie y, aunque se apreciaban, había sido Abby quien había heredado el rancho. En un principio ella no se había cuestionado ese legado, pero ahora sí. Cody tenía su propio rancho, del que una pequeña parte lindaba con el que había heredado ella. ¿Por qué Charlie había ignorado a Cody y le había dado a ella su propiedad? Ojalá le hubiera hecho esa pregunta a Charlie mientras estaba vivo. Aunque el hombre en el fondo la apreciaba, no le había mostrado mucho afecto y había sido muy sincero al decir que no le gustaba tener por ahí a Lucy cuando iban a visitarlo. No le gustaban los niños, y eso podría explicar por qué no se había casado nunca.

—¿Crees que podríamos tener un perro? —preguntó Lucy con anhelo y sacando a Abby de sus pensamientos.

—Podríamos, pero un poco más adelante —respondió Abby sin prometer nada. Sonrió—. Vamos a esperar a estar instaladas y establecidas del todo, ¿vale?

Lucy sonrió.

—¡Vale! —exclamó, y añadió ladeando la cabeza—: ¿Podríamos tener un husky como el que tiene el *sheriff*?

A Abby se le aceleró el pulso. Qué curiosa reacción, pensó.

—Eso ya lo veremos también.

Lucy se abrazó a las piernas de su tía.

—Te quiero, tía Abby.

Abby se rio y la levantó en brazos.

—¡Y yo a ti, bomboncito!

Cody Banks estaba angustiado por no haberse percatado de la cojera de Anyu. La pequeña lo había visto de inmediato. Qué buena niña, pensó mientras conducía hacia la clínica veterinaria con Anyu en el asiento del copiloto de su todoterreno. Tenía una sonrisa dulce y unos modales encantadores. Su tía la quería, eso estaba claro. Él había deseado tener hijos, pero Deborah había querido más una carrera. Y ella le había importado tanto que él le habría dado todo lo que hubiera querido, y no se había quejado por que estuviera volcada en su trabajo ni por verla solo de vez en cuando y un día o dos en cada ocasión. Cody había seguido con su propio trabajo intentando no preocuparse al pensar que, si ella lo hubiera amado tanto como él a ella, tal vez se habría conformado con un puesto en el hospital local en lugar de querer trabajar un estado más abajo, en Denver. Pero había sido ambiciosa y, como no tenían niños que pudieran sentirse desatendidos, él no había dicho nada.

Se había sentido solo sin ella. Tal vez por eso había comprado el rancho. Le encantaban los animales. Tenía unas cuantas cabezas de ganado, que iban en aumento, y unas gallinas que le daban huevos frescos. También tenía un vaquero a tiempo completo, un hermano de Don Blalock, el capataz de Abby, y un par de mozos a media jornada que lo ayudaban a etiquetar y marcar a las nuevas incorporaciones a la manada. Por supuesto, si en algún momento llegaba a tener mucho ganado, los rancheros vecinos se presentarían a ayudarlo con el marcado, las vacunas y todo lo demás que requería la ganadería. Catelow era una agradable y pequeña comunidad llena de gente bondadosa. Cody no podía imaginarse viviendo en ninguna otra parte.

En alguna ocasión se había preguntado por qué Debby nunca le decía que bajara a Denver, a su piso. Siempre tenía alguna excusa, como que estaba de guardia o que tenía reuniones o pacientes privados. Qué curioso que no se hubiera dado cuenta mientras estaban casados. Aunque probablemente era lo que decía ella, que trabajaba tanto que no tenía tiempo para visitas ni siquiera del esposo que tanto la amaba.

Aparcó delante de la clínica veterinaria y entró con Anyu. La recepcionista le pidió que tomara asiento y casi al instante una auxiliar salió y los llevó a una sala.

—El doctor vendrá ahora mismo —informó con una sonrisa.

—Gracias.

La auxiliar se paró a acariciar a Anyu y a elogiar sus preciosos ojos azules antes de salir y dejarlos en la limpia y ordenada sala en cuyas paredes había coloridos pósteres de distintas razas de gatos y perros.

Tenía medio visto el grupo de los perros deportivos cuando el doctor Shriver entró. Era un hombre alto, serio con las personas pero cariñoso con los animales.

Saludó a Cody con la cabeza y miró la ficha.

—Dices que cojea.

—Sí. No me había fijado hasta que... Bueno, hasta que me lo ha comentado alguien —dijo con una mueca de pesar—. Debería haberlo visto yo.

—Solemos no ver cosas que ven los desconocidos —afirmó Shriver—. Vamos a echar un vistazo.

Subió a Anyu a la mesa de exploraciones. Cuando le manipuló la pata, ella gimoteó y la apartó.

—Podría ser un dedo roto —murmuró para sí el veterinario. Levantó la mirada—. Vamos a tener que hacer unas radiografías y una analítica. ¿Puedes dejárnosla?

—Claro. Tengo por delante un día cargadito —respondió Cody sacudiendo la cabeza—. Podemos pasarnos días enteros sin nada más urgente que controlar el tráfico o intervenir en una pelea y luego hay otros en los que necesitaría a veinte hombres más de los que tengo. Ayer tuvimos un atraco a un banco, ¡por Dios!

—Lo he oído en la radio —dijo Shriver sacudiendo la cabeza—. Para que luego la gente se piense que en los pueblos pequeños no tenemos esa clase de problemas.

—El crimen no tiene una residencia fija —comentó Cody secamente—. ¿Me llamarás cuando sepas algo?

—Por supuesto. Pero los resultados de las analíticas pueden tardar un par de días. Si puedes dejárnosla aquí, cuidaremos bien de ella.

—Supongo que sí —contestó él, y abrazó a la sonriente perra—. Sé buena —añadió. Ella lo miró con sus chispeantes y preciosos ojos azules como asegurándole que lo sería.

Cody estaba en el trabajo. Había un caso extraño que estaba investigando. Un hombre del este del país había entablado amistad con Charlie Butler, de quien Abigail Brennan había heredado el rancho. El hombre, Horace Whatley, había firmado un contrato como capataz tras aportar muchas e impresionantes referencias de algunos de los ranchos más grandes de Texas. Por entonces a Charlie le habían diagnosticado el cáncer y sufría muchos dolores. Había aceptado a Horace como empleado, básicamente a ciegas. El joven era tranquilo y se llevaba bien con los otros vaqueros. Era especialmente amable con Charlie y siempre estaba dispuesto a ayudarlo como fuera en agradecimiento por haberle dado empleo.

Pero, al cabo de unas semanas, empezaron a pasar cosas raras. A Horace le asignaron un puesto como ayudante del encargado del ganado, un trabajo de cierta responsabilidad. Pero el encargado, Dick Blakely, sufrió un infarto al corazón y tuvo que dejar el empleo. Se lo ofrecieron a Horace, que aprovechó esa oportunidad de un ascenso. Charlie le dio el puesto y le explicó cuáles serían sus responsabilidades. Horace estaba seguro de que podía asumirlas.

Como norma, a los vaqueros no les gustaba delatar a sus compañeros. Trabajaban en estrecha proximidad y sabían casi todo los unos de los otros. No se andaban con cuentos. Pero Don Blalock, el capataz general del rancho, vio que el encargado del ganado no estaba haciendo su trabajo. Su estricto régimen de alimentación para el ganado quedó ignorado cuando Horace recurrió a un proveedor ajeno y le encargó equipo nuevo y comida nueva para las reses de las que se ocupaba. Don conocía a ese proveedor y se había negado a hacer negocios con él. Era un hombre sin escrúpulos que vendía producto de mala calidad. En un rancho como ese, con ganado especializado, eso podría suponer un desastre para el programa de cría. De modo que Don se lo contó a Charlie.

Entonces Charlie le pidió a Horace que fuera a su despacho y le leyó la cartilla. Horace no tenía ninguna autoridad para hacer lo que había hecho, y se había excedido en el ejercicio de sus responsabilidades. Él sostuvo que tenía unas ideas buenas que quería probar y que sabía que el señor Butler quedaría satisfecho con los resultados. Charlie le dejó muy claro quién era el proveedor con quien estaba tratando y le preguntó cuánta experiencia tenía él como encargado del ganado.

Horace volvió a recitar sus referencias y reafirmó su deseo de experimentar con el programa de alimentación. Charlie le dijo que, si insistía, tendría que buscarse otro empleo. Horace claudicó, aunque no sin protestar.

Enfermo y muy disgustado con su nuevo empleado, Charlie hizo ir a Don Blalock y le pidió que llamara a todas las personas que Horace había listado como referencias.

Aquello resultó esclarecedor. Ninguna de esas personas lo había visto en su vida y un par de ellas enfurecieron por que se los hubiera mencionado como referencias en algo que parecía un asunto ilegal y punible. Don Blalock les había asegurado que los hombres del rancho no hablarían del tema con nadie más que los implicados.

Armado con esa información, Don fue a ver a Charlie, que se quedó impactado con la impertinencia del nuevo empleado y su capacidad de mentir.

Hizo llamar a Horace al despacho, donde le dijo a Don Blalock que le contara lo que su investigación había destapado.

Horace se había quedado sin habla por un momento, y su rostro había reflejado tristeza y resignación cuando Don añadió que un par de los rancheros mencionados como referencia estaban hablando de emprender acciones legales. Horace admitió entonces que había exagerado sus aptitudes, pero que estaba dispuesto a aprender si el señor Butler le daba una oportunidad de enmendarlo. Le encantaban los animales. Se esforzaría mucho por hacer lo que le dijeran.

En ese momento, Don le preguntó si había estado en un rancho alguna vez en su vida. La respuesta dejó a los dos hombres anonadados. No, había dicho Horace. Pero sí que había visto muchas películas antiguas del oeste y programas sobre ranchos en YouTube, e incluso había jugado a videojuegos en los que había que ocuparse del ganado, para asegurarse de cómo había que hacerlo.

Tras salir de su asombro, Charlie le dijo que necesitaba mucha más formación para el trabajo que tenía que asumir. Le ofreció empleo como vaquero, pero Horace se mostró reacio. No se veía lo bastante fuerte para semejante labor física. Y era cierto. El joven tenía un poco de sobrepeso y no estaba en una forma física excelente.

Se quedó asombrado cuando Charlie le dijo que en su rancho los capataces iban ascendiendo desde el puesto de vaquero. Allí la formación consistía en ser vaquero y aprender desde abajo. Le recomendó a Horace que volviera a sus videojuegos y le pagó el sueldo de una semana como indemnización.

Horace le dijo que se estaba perdiendo la oportunidad de hacer que su rancho fuera magnífico. Sacudió la cabeza con tristeza al marcharse.

Charlie y Don pensaron que ahí acababa todo, pero no fue así. Horace fue por todo el pueblo diciéndole a la gente que era el encargado del ganado del Rancho Circle B y que presentaría a los toros de pura raza del señor Butler en la gran convención que se celebraría en Denver.

Fue la gota que colmó el vaso. Charlie llamó a su abogado y le pidió que informara a su exempleado de que existían penas severas para la gente que contaba mentiras deliberadamente sobre otros. Horace sonrió al hombre e insistió en que Charlie lo había contratado. Que todo era un malentendido. El abogado, que no tenía sentido del humor y, para colmo, sí mal carácter, le dijo al hombrecillo lo que se podía esperar si no cerraba el pico.

Horace había dejado de decir esas cosas, pero seguía en el pueblo e insistiendo en que tenía unas ideas geniales para mejorar el pedigrí del ganado y que muy pronto encontraría trabajo haciéndolo.

Charlie y su abogado pensaron que el hombre tenía problemas mentales. Eso no habían llegado a comprobarlo porque Charlie había muerto poco después y nadie sabía adónde había ido Horace. Pero ahora esa pobre alma demente volvía a decir que muy pronto trabajaría en el Rancho Circle B.

Si intentaba conseguir trabajo allí, eso pondría a Abigail y a Lucy en la línea de fuego. Don Blalock la advertiría, de eso Cody estaba seguro, pero sería más sencillo decírselo él mismo. O decirle a Don que lo hiciera.

Decidió hacer unas cuantas comprobaciones más sobre el insensato señor Whatley. Empezó a hacer llamadas.

Un hombre de la zona conocía a Whatley: Bart Riddle, primo lejano de Cody.

—¿Qué puedes contarme de él? —preguntó Cody por teléfono.

—Tiene problemas —dijo Bart sin más—. Siento que Charlie no lo calara. Si hubiera sido el de siempre y no hubiera estado tan enfermo por la quimioterapia, habría pillado esa mentira desde el principio. Yo desde luego la pillé. Comprobé sus puñeteras referencias y descubrí que no tenía ninguna.

—Charlie también lo descubrió, al final. ¿Sabes de dónde es Whatley?

—Por desgracia, sí. Es de los Whatley de Miami. La familia es asquerosamente rica y al parecer su objetivo es mantener a su problemático pariente lo más alejado posible de ellos. Sus padres murieron hace tiempo, pero tiene una hermana, y no soporta la idea de tener que responsabilizarse de él. Le pasa una pensión escandalosa y deja que siga sus delirios por todo el mundo. El último, según he oído, es que era un chef famoso que había trabajado para multimillonarios cocinando en sus yates. Así que un restaurante lujoso de Nueva York lo contrató.

—¿Y? —preguntó Cody fascinado.

—Quemó la cocina la primera noche de trabajo. Luego vio un capítulo de esa serie de televisión antigua, *El gran chaparral*, y vino aquí para ayudar a regentar un rancho.

—Dios bendito —dijo Cody con ímpetu—. ¿Tiene alguna clase de enfermedad mental?

—Una severa, pero ya no está en tratamiento y, de hecho, ha recurrido al juzgado para que no lo mediquen en contra de su voluntad —añadió Bart—. Es una puñetera pena. He hablado con su hermana. Me ha dicho que, cuando se toma la medicación, es el hombre más encantador y amable con quien te podrías topar. Sin ellas, es como un accidente buscando un sitio donde ocurrir. Tiene delirios y están empeorando. Y parece que, de momento, no nos lo vamos a quitar de encima, porque le gusta estar aquí. Mucho.

—Joder —murmuró Cody—. Eso, junto con lo de Anyu, es suficiente para deprimir incluso a un hombre fuerte.

—¿Qué le pasa a Anyu? —preguntó Bart, porque sabía lo que esa perra significaba para Cody.

—Estaba cojeando. Ni siquiera me había fijado, pero la sobrinita de Abigail lo ha visto y me lo ha dicho. La he llevado al veterinario. Aún no me han llamado para darme los resultados de las analíticas.

—Seguro que será una espina clavada en la pata o algo así —dijo Bart con tono alentador. Se detuvo—. ¿Cómo has conocido a la niña?

—Se había ido detrás de un gato que se ha asustado y se ha metido en el bosque. Se quedó atrapada en un matorral, enganchada con los espinos, y no podía soltarse. La encontré cuando Anyu y yo estábamos dando un paseo.

—¡Anda!

Qué interesante. Bart sabía el miedo que le tenían Abby y Lucy.

—Seguro que Abby estaba desesperada. Adora a esa niña.

Cody soltó una suave carcajada.

—Sí que es verdad. Parecía que fuera a caerse redonda cuando llegó cabalgando —suspiró—. No imaginaba que una chica de ciudad como ella supiera qué hacer con un caballo.

—Antes de mudarse a Denver para vivir con su hermano, solía participar en rodeos —le recordó Bart—. Se le daba bien. Tiene buena mano con los caballos. Con la mayoría de animales. La adoran.

—Ya me he fijado —dijo Cody, y suspiró de nuevo—. Bueno, tengo que seguir con el trabajo. Si te enteras de algo más sobre nuestro supuesto vaquero, avísame, ¿vale?

—Claro. A lo mejor ahora se engancha a la ciencia ficción y se va a la NASA a enseñarles una forma mejor de construir cohetes.

Cody soltó una risita.

—Tienen a Elon Musk de socio desarrollando el Starship, el cohete interplanetario. ¡Qué tío!

—Es un fenómeno, sí.

—Hablamos pronto.

—Adiós.

Había sido un día largo en la oficina para Abby. No pasó nada malo, pero la tarea había resultado tediosa. Había tenido que comprobar todas las referencias legales que había reunido para que el señor Owens pudiera respaldar con ellas su argumentación en el juzgado. Aun así, era un buen empleo y le gustaba. Pero tenía una vida nueva por completo, allí donde nació, y costaba un poco acostumbrarse después de haber vivido en una ciudad del tamaño de Denver.

Cuando llegó a casa, Lucy ya estaba allí. La pequeña, sentada frente a la tele, se levantó de un salto y corrió a abrazarla.

—Qué bien que estés en casa —dijo suspirando y

mirando a su tía con una sonrisa radiante—. Me gusta mucho estar aquí, tía Abby. ¡Tengo muchos amigos y podemos vivir en un rancho con vaqueros de verdad!

Abby se rio.

—Bueno, sí, supongo que sí. ¿Qué tal si vamos a probar la pista de patinaje mañana? Es sábado.

—¡Ay! ¿Podríamos?

—Sí, podríamos. Las dos necesitamos relajarnos un poco después de toda la semana en el colegio y el trabajo. Iremos después de desayunar, ¿qué te parece?

—¡Genial!

En la pista había mucha gente, incluso siendo tan temprano. Abby y Lucy se ataron los patines y, con cuidado, caminaron sobre el hielo, agarradas de la mano.

—No te sueltes, ¡que estoy muy nerviosa y podría caerme! —dijo Abby sonriendo.

Lucy se rio.

—Vale. ¡Te prometo que cuidaré bien de ti para que no te resbales con el hielo!

Se giraron y se fundieron con la multitud, patinando despacio al principio y luego más rápido mientras la música salía de las paredes. Le daba un toque agradable; era música relajante, a un volumen moderado y sin letra. En su mayoría piezas clásicas, muy apropiadas para el tipo de patinaje que le encantaba a Abby.

Había querido ser campeona de patinaje artístico cuando era pequeña, pero, por aquel entonces, la pista de hielo de Catelow no tenía profesores y Denver estaba muy lejos. Además, su padre jamás le habría permitido escapar de su control. No podía salir del patio de casa más que los fines de semana, cuando él estaba demasiado borracho como para que le importara que su madre la llevara a patinar. Entre semana, cuando llegaba del colegio, era como si fuera una prisionera. Ni siquiera podía llevar a una amiga a jugar. Cuando su padre murió y ella se fue a vivir a Denver con Lawrence, había perdido el interés por el patinaje, más allá de verlo en la tele durante las Olimpiadas. Patinar allí trajo de vuelta aquellos sueños perdidos.

Tenía una expresión melancólica. Lucy le apretó la mano.

—Tienes que ser feliz aquí —le dijo la niña con tono de reprimenda—. Tenemos de todo. ¡Hasta gatos!

Abby soltó una carcajada.

—Entonces, ¿ese es el secreto de la vida? ¿Los gatos?

—Los gatos —convino Lucy con aire de suficiencia y sonriendo.

Abby sonrió de oreja a oreja.

—No sé qué haría sin ti, Lucy. Haces que el mundo parezca luminoso y nuevo cada día.

—Gracias.

—Y yo que creía que el secreto de la vida era el 42.

Lucy la miró boquiabierta.

—Lo vi en un libro. Y en una película. El mundo es de los ratones blancos y el secreto de la vida es el número 42.

Abby se rio con ganas.

—Mira, había un escritor estupendo llamado Douglas Adams que escribió una novela titulada *La guía del autoestopista galáctico*...

Para cuando terminó de darle todos los detalles de la historia, Lucy estaba extasiada y preguntando si no podían buscar la película y alquilarla *online*.

—Claro que sí —dijo Abby—. De hecho, vamos a verla esta noche después de cenar, ¿qué te parece?

—¡Genial!

A pesar de llamar varias veces preguntado por su perra, a Cody no le dieron los resultados de las pruebas. Le dijeron que esperara a que el veterinario tuviera toda la información.

Tardó varios días. Fue a la semana siguiente cuando el doctor Shriver lo llamó al trabajo y le pidió que se pasara por la consulta en cuanto pudiera.

Cody salió quemando rueda de camino a la clínica veterinaria.

El doctor Shriver estaba en la sala de espera cuando él entró. El hombre le indicó que lo acompañara a su despacho, al final del pasillo, y cerró la puerta.

—Siéntate.

Cody se sentó.

El veterinario respiró hondo. Odiaba esa parte de su trabajo.

—Tu perra tiene cáncer —dijo al cabo de un momento.

Cody se sintió como si se le hubiera rajado el corazón. Anyu era lo único que tenía en el mundo. Apretó los dientes.

—¿Es muy grave? ¿Podemos tratarlo?

—Muy grave —fue la respuesta—. Tiene metástasis. Lo tiene en los órganos internos y en los huesos.

Cody se quedó allí sentado, mirándolo, sin entender nada.

—Pero puedes tratarlo...

El doctor Shriver se echó hacia delante con las manos entrelazadas y apoyadas en la mesa.

—¿Quieres la verdad o que te lo suavice?

Cody respiró muy hondo.

—La verdad.

—Puedo darle quimio y radioterapia, tenemos instalaciones para ello. El coste será de miles de dólares. Al final Anyu acabará muriendo igualmente, pero tendrá que estar viniendo a menudo para el tratamiento. Y además está el tema del dolor.

Miles. Los pagaría, por supuesto. Tenía ahorros. Haría lo que fuera por alargarle la vida. ¡Lo que fuera!

El doctor Shriver vio en su delgado rostro lo que estaba pensando.

—Cody —dijo con voz suave—, está sufriendo. Mucho. En la naturaleza, los animales se lo ocultan a los otros animales. También se lo ocultan a los humanos. Por eso, para cuando lo descubrimos, en muchos casos ya es demasiado tarde para frenarlo. Y, aun así, puede acabar en metástasis en muy poco tiempo.

—Si fuera tu perro, un perro al que quisieras mucho, ¿tú qué harías? —preguntó Cody, tenso.

—Me la llevaría a casa y le dejaría vivir el tiempo que le queda como ella quiera —fue la delicada respuesta—. No le daría tratamiento, porque eso solo le alargará la vida pero no la salvará.

Cody lo miró.

—¿Cuánto tiempo?

—Seis meses tal vez. Quizá mucho menos.

Hubo una pausa.

—¿Cómo lo sabré cuando tenga que traerla...?

Shriver se levantó y le puso una mano en el hombro.

—Lo sabrás.

Cody se levantó también; de pronto se sentía más viejo y como si le hubieran arrancado la vida.

—Seis meses. Pues haré que sean los mejores seis meses de su vida —dijo al momento—. La consentiré más aún de lo que lo hago ya.

El doctor Shriver sonrió.

—Es justo lo que haría yo —contestó con tristeza en sus ojos azules—. Hace cinco meses perdí a mi *golden retriever*. Tenía catorce años. Mi hermana y yo nos la turnábamos, pero llevaba conmigo el último año. Me dolió terriblemente dejarla marchar.

Lo miró a los ojos y continuó:

—Sé lo que se siente. Lo lamento. Si pudiera hacer algo para curarla, lo haría.

—Lo sé —respondió Cody, y se detuvo un momento antes de añadir—: Gracias. ¿Puedo llevármela?

—Por supuesto. Le daré un par de medicamentos para el dolor. Tenemos nuestra propia farmacia. Le diré a una de las chicas que te traiga a Anyu mientras yo preparo la medicación. Si necesitas algo, aquí me tienes.

Cody forzó una sonrisa.

—Gracias.

Dejó la bolsa de medicinas en el asiento trasero y a Anyu a su lado, en el del copiloto. ¡Parecía tan tranquila! La abrazó, asustado ante un futuro que lo dejaría completamente solo. Anyu era lo único que tenía. ¡Lo era todo!

Pero los milagros existían. Podría recuperarse, se dijo. La enfermedad podría remitir. No era imposible. Tal vez las pruebas estaban mal. La acarició alborotándole el pelo. Le daría la medicación, por supuesto, pero el veterinario podía haberse equivocado.

—Nos vamos a casa a comer chili y ver lucha libre —le dijo a la preciosa y suave perrita—. ¿Te gustaría?

Los risueños ojos de Anyu lo miraron.

Él sonrió. Era una fuente inagotable de alegría. No podía perderla. ¡No podía!

Llevó a Anyu a casa y se acomodaron en el sofá con el chili casero y un refresco mientras veían lucha libre. Era una forma estupenda de olvidarse del trabajo durante unas horas, descansar y relajarse.

Estaba a mitad del segundo combate cuando sonó el teléfono. Anyu empezó a aullar. Él se rio. Siempre hacía eso cuando sonaba el teléfono.

—*Sheriff* Banks —dijo Cody con rotundidad.

—*Sheriff*, ¿puede venir a la comisaría? —preguntó su nuevo empleado, un joven oficial adjunto.

—¿Qué pasa?

—Pues resulta que tenemos una especie de... eh... Un asesinato...

—¿Cómo puñetas se puede tener una especie de asesinato? —preguntó Cody furioso.

—Hace unos minutos ha venido un tipo diciendo

que ha encontrado un cuerpo cerca de la propiedad de Butler, junto a la carretera, entre unos hierbajos. Dice que es un detective de Miami y que con mucho gusto ofrece sus servicios para ayudar a resolver el caso.

—Un asesinato. Un cadáver. Un detective de fuera que lo ha encontrado.

Cody respiró hondo para intentar calmarse.

—A ver. ¿Dónde está el cuerpo? ¿Lo habéis recuperado ya?

—Ahí está el problema. El detective vio el cuerpo pero, al parecer, lo han movido. Quiere ayudarnos a encontrarlo.

Cody se quedó mirando la pared. Primero Anyu y ahora esto. Estaba siendo un día horrible.

—Vale, iré a la comisaría y veremos qué hacer.

—Gracias, *sheriff*.

—El detective ese..., ¿crees que sabe lo que hace?

—Supongo. Me recuerda al de la tele, a Remington Steele. No es guapo, pero sí viste como él. Muy refinado.

—Voy para allá —dijo Cody, y colgó.

Capítulo 4

El detective de Miami llevaba, tal como había dicho el joven oficial, una ropa muy refinada. Un traje caro, una camisa de seda blanca y un peinado muy parecido al del detective de la tele. Lo único que le faltaba era altura. Era más bajo que Cody. Aunque, claro, Cody medía alrededor de metro ochenta y cinco, así que no había mucha gente que pudiera estar a su altura.

—¿Es usted el *sheriff*? —preguntó el otro hombre con una gran sonrisa y alargando la mano—. Soy Mike Steele. De Miami.

Cody le estrechó la mano.

—Encantado. Soy el *sheriff* Banks. ¿Qué es eso de un cadáver? —preguntó con tono sombrío.

—¡He encontrado uno! Estaba entre las zarzas, justo al sur del rancho de Butler —aseguró el hombre.

—¿En qué estado se encontraba? —preguntó Cody, porque la nieve de la última tormenta acababa de deshacerse y suponía que el criminólogo iba a necesitar una bolsa resistente para trasladar el cuerpo. Y tal vez una pala.

—¿El cuerpo? —preguntó el otro hombre. Frunció el ceño—. Pues llevaba ropa como la de los vaqueros y tenía una flecha atravesándole el pecho.

Cody se quedó atónito.

—¿Cómo dice?

—Quiero decir, un agujero de bala. Sí. Un agujero de bala.

Sonrió.

—Lo siento. Me he confundido.

—¿Dónde estaba el agujero de bala?

El hombrecillo se lo pensó bien.

—En el pecho.

—¿Había quemadura de pólvora?

El hombre frunció el ceño.

—No me he fijado, la verdad.

—Es difícil no ver una marca de pólvora —dijo Cody sospechando de la identidad del supuesto experto—. ¿En qué estado se encontraba el cuerpo?

—Pues muerto —fue la escueta respuesta.

—Lógicamente. Quiero decir si estaba mojado, seco, en descomposición, desmembrado...

El hombrecillo se estremeció.

—¡Claro que no! ¡Estaba de una pieza!

—Genial. ¿Y dónde está ahora?

El detective enarcó las cejas.

—Ha desaparecido.

—Debería habernos llamado para que fuéramos allí en lugar de venir aquí para informar —lo reprendió Cody. Frunció el ceño—. ¿Por qué no ha llamado desde la escena del crimen?

Las preguntas estaban inquietando al hombrecillo. Tosió y se detuvo como si buscara con desesperación una respuesta.

—¡Tengo el móvil sin batería! —contestó al momento con gesto triunfante—. Y está en mi habitación de motel, cargando, así que no he podido sacar ninguna foto en la escena del crimen.

—Pues es una puñetera lástima. Las fotos habrían sido de gran ayuda. Pero podemos ir allí con usted y buscar rastros de pruebas.

El detective vaciló, pero entonces sonrió.

—¡Sería estupendo! Recuerdo exactamente dónde estaba.

Cody lo llevó hacia su todoterreno y le indicó que se

subiera al asiento del copiloto mientras él se sentaba detrás del volante.

—¿Adónde vamos? —preguntó una vez que su acompañante estuvo sentado.

—¡Qué coche tan limpio! —fue la respuesta—. ¡Y qué equipamiento tan moderno y chulo! ¡Parece sacado de *Star Trek*!

—¿Es usted fan?

—Sí, sí. Antes iba a todas las convenciones. ¡Y una vez hasta hice un crucero con el elenco!

—Debió de ser interesante.

—¡Sí! Uno de los mejores días de toda mi vida —añadió el hombre con un largo suspiro y una sonrisa.

—Bueno, ¿adónde vamos? —insistió Cody cuando se incorporaron a la carretera principal.

—Estaba junto al gran portón con el logotipo del Circle B. A unos metros de la hierba —añadió.

Cody fruncía el ceño mientras conducía.

—Qué raro que no lo haya visto ninguno de los vaqueros.

—Ah, es que ha sido esta mañana muy temprano. Incluso antes de que salieran a trabajar.

—¿Cómo sabe a qué hora salen a trabajar? —quiso saber Cody.

—Bueno, es que tengo dispositivos de vigilancia —contestó el hombre con petulancia.

—Espero que tenga un buen motivo para usarlos —advirtió Cody—. Para algunos hace falta un permiso.

—¿Un permiso? —dijo el hombre tosiendo—. Sí, claro, un permiso. Aunque los dispositivos los monté después de encontrar el cuerpo.

—Ahí ha estado muy rápido —comentó Cody mirando al hombre—. ¿Ya los tenía en su posesión?

—Sí. Intento estar preparado para lo que sea. ¡Ahí! —dijo de pronto, señalando—. ¡Ahí es justo donde estaba el cuerpo!

Cody salió de la carretera y paró al lado del portón

que anunciaba a todo visitante que ese era el Rancho Circle B y que estaba prohibido entrar.

Bajaron del todoterreno y empezaron a echar un vistazo.

—¡Ahí! —dijo el detective señalando una zona de hierba.

No había dispositivos de vigilancia a la vista, ni alteración significativa de la zona, ni huellas visibles en la poca nieve que había caído a primera hora del día.

Cody estaba acercándose cuando el sonido de un motor lo distrajo. Se giró a tiempo de ver a Abby detener su pequeño coche frente al portón. Lucy y ella bajaron.

—¡Hola, *sheriff* Banks! —saludó Lucy acercándose a él con una gran sonrisa.

A Cody se le derritió el corazón.

—Hola, Lucy —respondió sonriendo—. ¿Cómo estás?

—Bien. ¿Cómo está Anyu?

Él apretó los dientes.

—Está muy enferma. Si no te hubieras fijado en que cojeaba, nunca habría sabido lo que le pasa.

—Lo siento mucho —lamentó Lucy mirando al *sheriff* con ternura.

Luchando contra la desesperación, él forzó una sonrisa para la niña. No era culpa suya. Esa dulce expresión lo hizo arrepentirse con amargura de cuánto la había asustado años atrás.

—Me gustaría tener un perro, pero la tía Abby dice que ahora mismo no tenemos tiempo. Aunque dice que algún día podríamos tener uno. Me encantan los perros. La suya es preciosa.

—Sí que lo es —respondió Cody—. Es lo único que tengo en el mundo —añadió con voz suave y sin pensar.

—La tía Abby es lo único que tengo yo —murmuró la niña, con su carita reflejando tristeza y una sabiduría que no era propia de su edad, como si pudiera ver dentro de Cody ese dolor que era casi físico.

Cody se sorprendió por la afinidad que tenía con la

niña, como si estuvieran conectados de algún modo. Ya le tenía cariño.

Tras intercambiar unas palabras con el detective, Abby se acercó a Cody y a Lucy.

—¿Debería llamar a Don para que se lleve a Lucy a casa? —le preguntó a Cody.

Cody luchaba contra fuertes emociones. La enfermedad de su perra lo estaba afectando mucho, pero por un minuto pensó en el trauma que sufriría la niña si encontraban el cuerpo cerca. Miró a Abby y asintió.

—Sería muy buena idea.

Abby llamó a Don desde el móvil de Cody y, sin entrar en detalles, le explicó que necesitaba que Lucy se quedara un rato con Maisie y su hija.

Don apareció a caballo mientras ella seguía hablando con él por teléfono. Perplejo, miró al detective como si le resultara familiar, pero descartó la idea al pensar que su encargado del ganado, al que se parecía ese hombre, no vestía así de elegante y, además, básicamente se había olvidado de su aspecto. Habían pasado semanas.

Don soltó una risita.

—Estaba haciendo la ronda. Parece que hemos tenido un intruso —dijo mirando a Cody con las cejas enarcadas y alzando el teléfono.

—Luego lo hablamos, Don —prometió Cody—. Ahora mismo necesitamos que te lleves a esta pequeña a casa —añadió mirando a Lucy y sonriendo. La niña le sonrió también.

—Puedo llevármela ahora mismo. Lucy, ¿quieres montar en un caballo grande?

—¡Ay, sí! ¿Puedo, tía Abby? —preguntó Lucy a su tía con mirada suplicante.

Abby soltó una risita.

—Claro que puedes —respondió acercándose para subir a Lucy al caballo.

Pero Cody estaba más cerca y fue más rápido.

Levantó a la niña con facilidad y le encantó sentir sus

suaves bracitos alrededor de su cuello mientras se la pasaba a Don, que la situó delante de él en la silla.

—Gracias, *sheriff* Banks.

—No hay de qué.

Le parecía una niña adorable. Era como la que había imaginado que Debby y él tendrían algún día. Pero ese sueño llevaba muerto mucho tiempo.

—La cuidaré bien —prometió Don.

—Lo sé —respondió Abby—. Pórtate bien y haz caso a Maisie.

—Sí, tía Abby.

Don se despidió de Abby inclinando el sombrero, giró al caballo y se alejó al galope con Lucy.

—Bueno, ya —dijo Abby girándose hacia los dos hombres—. ¿Qué es eso de un cadáver?

—Estaba ahí —aseguró el hombre joven.

Había estado a un lado, de espaldas a Don, hasta que el capataz se marchó. Pero ahora se había acercado y señalaba una hendidura en la hierba. Hizo intención de ir hacia allí, pero Cody alargó el brazo y se lo impidió.

—Mientras no sepamos que no lo es, esto es la escena de un crimen. Traeré a mi investigador para que la analice.

—¿Y cómo va a encontrar algo si no hay cuerpo? —preguntó el detective, que parecía extrañamente nervioso.

—Se sorprendería. Tengo unas cuantas preguntas más para usted.

El teléfono del joven sonó. Miró el número y apretó los dientes.

—Lo siento. Tengo que responder —dijo apartándose.

Cody se percató del detalle del móvil, pero prefirió no mencionarlo de momento. A ver por dónde salía el hombre.

Abby se acercó a Cody.

—Imagino que habrás visto que la forma del cuerpo que hay en la hierba es justo del tamaño de su detective forastero —murmuró en voz baja.

—No es lo único que he visto.

—Siento muchísimo lo de tu perra —lamentó ella con inquietud—. Yo una vez tuve uno, cuando vivía aquí y tenía unos siete años. Mi padre estaba borracho y mi perro se interpuso intentando protegernos a mi madre y a mí...

Se detuvo. Ni siquiera después de tantos años podía hablar de ello.

—Por aquel entonces no nos conocíamos —dijo Cody con voz suave—. Nosotros también éramos discretos. No fuiste la única con un padre que se emborrachaba y sacaba los puños. Por eso me hice agente de la ley. Para intentar evitar que otros niños pasen por lo que pasé yo.

—Por eso me hice asistente legal —confesó ella al momento—. Para intentar salvar a personas que son víctimas de esa clase de maltrato. En los bufetes de abogados no conoces a gente feliz. Conoces vidas rotas, sueños rotos, personas rotas.

—Tu jefe, Owens, es muy bueno en lo que hace. La comunidad lo respeta, y también la gente a la que ayuda dentro de la cárcel.

Ella sonrió.

—Me he dado cuenta.

Cody tenía la mirada puesta en el detective, que estaba hablando por teléfono con un tono bastante estridente.

—Has hecho un buen trabajo con Lucy. Es una niña dulce y buena.

—Mi hermano era igual —contestó Abby con voz suave—. Lo echo de menos cada día.

—Yo echo de menos a mi esposa —dijo él, y respiró hondo—. Llevamos dentro cicatrices que nunca se sanan.

La miró, con unos ojos oscuros que reflejaban una expresión sosegada y tierna.

—Los dos hemos sufrido mucho. Siento haberte complicado las cosas cuando acababas de perder a tu hermano y a tu cuñada.

Ella intentó suavizar el recuerdo. Seguía resultando perturbador.

—Nunca he sufrido tanto por nadie —confesó—. Bueno, puede que una vez. Tuve un amigo, era solo un amigo, que trabajaba en el bufete de Lawrence. Estaba loco por una chica que había conocido en un bar. Era preciosa. Él estaba enamoradísimo e incluso le compró un anillo porque quería casarse con ella. Luego descubrió que era una chica de compañía. Todos en el bufete se compadecieron de él. Un día no vino a trabajar y nadie sabía por qué. Lo encontraron en su apartamento, muerto. Se había pegado un tiro —se estremeció—. La amaba, pero ella solo lo veía como un cliente. ¡Pobre chico!

—Los hombres salen con muchas mujeres equivocadas antes de encontrar a la buena.

Ella asintió.

—Deborah era una de las personas más buenas que he conocido en mi vida. Imagino que sería una doctora estupenda.

—Una de las mejores.

A Cody le dolía hablar de ella. Miró al detective, que seguía al teléfono y ahora casi gritando mientras decía algo sobre que no iba a volver a casa y que la gente tenía que meterse en sus propios asuntos. Colgó y se quedó allí, inquieto, hasta que se dio cuenta de que las otras dos personas lo miraban con curiosidad.

—De mi oficina —explicó con aire de importancia y alzando el teléfono antes de meterlo en la funda del cinturón—. Unos problemillas. Nada grave.

—El... cuerpo —dijo Cody—, ¿era más o menos de su estatura?

El joven se quedó paralizado y miró el taciturno rostro del agente de la ley.

—Pues resulta que ¡sí!

—¿Y no tiene ni idea de adónde ha ido a parar el cuerpo?

—No —respondió el detective. Sonrió—. Pero tendremos que buscarlo, ¿no?

—Si tenemos que traer aquí a todo mi personal para buscar un cuerpo que podríamos no encontrar, ¿cómo voy a explicar la pérdida de horas laborales que hemos gastado aquí? Hay que pagar sueldos, ¿sabe? Y esto supondría muchas horas extra.

—Bueno, si es por eso, yo podría hacer una contribución importante —dijo el joven con actitud despreocupada—. Porque tenemos que encontrar el cuerpo.

El *sheriff* Banks volvió a ponerse el sombrero sobre su cabello castaño salpicado de rubio y miró al hombre, observándolo fijamente con esos ojos oscuros.

—Me gustaría ver sus credenciales. Y, además, no sé su nombre.

—Pero si ya se lo he dicho. Mike Steele.

—Permiso de conducir, por favor.

El hombre palideció.

—¿Permiso de conducir?

—Sí, vamos a verlo.

Él vaciló.

—Pero le he dicho...

Cody dio un paso para acercársele más. Ahora resultaba intimidante.

—Quiero ver su permiso de conducir, señor Steele. Ahora.

El hombre vio que no tenía salida. Con una mueca de disgusto, sacó el permiso y se lo dio a Cody, que lo estudió con atención.

—Horace Whatley —leyó.

Lo miró. El nombre le resultaba familiar. Don Blalock le había contado la historia de su falso encargado del ganado mientras se reía. Era el mismo hombre. Pero ahora nadie se estaba riendo.

Cody le devolvió el permiso.

—Señor Whatley —dijo con frialdad—, informar de un crimen falso es un delito procesable. Supone una pérdida de tiempo y recursos. Debería arrestarle y hacerle hablar ante el juez.

—Por favor, no —suplicó el hombrecillo, ahora ya no tan envalentonado—. Me harán volver a casa con mi hermana —añadió con la cara descompuesta—. Me trata como si fuera idiota. Todos me tratan como a un idiota. Quieren darme tanta medicación que no sabría ni mi nombre y... y encerrarme.

Llevó sus ojos claros hacia los del *sheriff*.

—No estoy tan loco como creen. Simplemente a veces me gusta escenificar mis fantasías —dijo, y suspiró—. Tengo independencia económica y soy muy rico. Puedo cuidar de mí mismo, y lo haría ¡si me dejaran! Nunca en mi vida le he hecho daño a nadie. Jamás lo haría. Por favor, no haga que me envíen de vuelta a Miami.

—¿Imagino que era su hermana la que le ha llamado por teléfono?

El hombre joven esbozó una mueca.

—La han llamado para contarle que me he hecho pasar por encargado de ganado. Ha estado fuera del país y no han podido contactar con ella hasta hoy. Sus abogados, quiero decir. Yo no pretendía hacer daño a nadie. De verdad que tengo buenas ideas sobre alimentación para ganado. He leído montones de revistas y las opiniones de todos los expertos. Por favor, no me mande a casa —repitió, y su expresión habría derretido hasta un corazón más duro que el de Cody—. Dejaré de trabajar en ranchos. ¡De verdad!

Cody se señaló al pecho.

—Y dejará de inventarse muertos —ordenó con firmeza—. Tiene una oportunidad más. Después, volverá con su hermana. ¿Entendido?

—¿Quiere decir que puedo quedarme? —exclamó el joven conteniendo las lágrimas—. No me meteré en líos. ¡Lo prometo! Seré el mejor habitante del pueblo. ¡Me esforzaré mucho! ¡Lo prometo! —repitió.

Cody soltó una risita.

—De acuerdo. Pero se acabó lo de experimentar con comida para ganado y fingir tener experiencia en los ranchos y, sobre todo, se acabaron los cadáveres. ¿Queda claro?

—¡Queda claro! —respondió el hombrecillo sonriéndole. Miró a Abby y se sonrojó—. Señorita Brennan, imagino que no necesitará más ayuda.

—Ojalá —dijo Abby con sinceridad—. Señor Whatley, ¿por qué no adquiere su propia casa? Si tiene dinero, no es una mala inversión. Son tiempos difíciles y se están poniendo a la venta muchas propiedades por todas partes, incluso aquí en el Condado de Carne.

—¿Una casa propia? —preguntó él con la cara casi iluminada—. Nunca he tenido nada propio. Me dan dinero y luego me echan para que no los moleste ni los avergüence. Una casa propia... —repitió,, y respiró hondo—. Lo voy a hacer.

Les sonrió a los dos y prácticamente salió corriendo hacia su coche.

—Dios, la que me ha caído —gruñó Cody fulminando a Abby con la mirada—. ¡Mira lo que has hecho!

—Nadie lo quiere —dijo ella con voz suave—. Está totalmente solo. Más o menos como nosotros —añadió estremeciéndose—. He pensado que, si lo intenta, podría encajar aquí. Y si tuviera su propia casa, se preocuparía más de eso que de inventarse cadáveres...

Él se rio.

—Vale, te entiendo —contestó recorriéndole el rostro con sus oscuros ojos.

Abby no era una belleza, pero, cuando sonreía, era como la luz del sol.

—Pero si te encuentras un cadáver, por favor, llámame a mí y no a Whatley.

Ella se trazó una cruz en el pecho.

—¡Sí, señor!

Cody sonrió.

Y Horace Whatley se compró un rancho de verdad,

con vaqueros de verdad, y de inmediato se puso a reformarlo para dejarlo a su gusto.

El señor Owens estaba preocupado. Era un hombre tranquilo la mayor parte del tiempo, pero en los últimos días había estado ausente hasta un punto sorprendente.

—¿Sabes qué tiene tan preocupado al señor Owens? —le preguntó Abby a Marie mientras se tomaban un almuerzo rápido en la cafetería del pueblo, en un banco de un rincón donde nadie podía oírlas.

—Tiene un sobrino, Jack, que ha estado entrando y saliendo del reformatorio. Agredió a otro chico por una novia y al señor Owens le costó mucho que no lo metieran en la cárcel —respondió Marie, y sacudió la cabeza—. He visto muchos casos así. Gente buena y encantadora con un rebelde en la familia que ni puede ni quiere estar a la altura. El chico tenía dos becas y las echó a perder. Su abuela le dejó un poco de dinero, pero se lo gastó todo. Lleva toda la vida teniendo problemas con la ley. Pero no es culpa suya, ya sabes. Lo que pasaba es que la policía lo acosaba, según su padre, que lo malcrió hasta el día de su muerte.

—Conozco a los de esa clase —respondió Abby—. En Denver ves toda clase de personas. Trabajé de recepcionista en el bufete de mi hermano antes de empezar a estudiar para ser asistente legal ¡y teníamos amenazas de muerte!

Marie sonrió.

—Aquí también las tenemos —dijo sorprendiendo a Abby—. Y tanto que las tenemos. El señor James tuvo una hace un par de semanas por el caso de unas tierras que estaba llevando. El acusado no quedó contento con el juicio.

—¿No sería el mundo perfecto si viviéramos en armonía con nuestros semejantes? —comentó Abby distraídamente.

—¿Cómo van las cosas en el rancho? —preguntó Marie.

—Genial. Lucy está feliz, no solo allí, sino también en el colegio. Y tiene un nuevo héroe —añadió riéndose—. Nunca adivinarías quién.

—Nuestro *sheriff*.

Abby enarcó las cejas.

—Resulta que les ha comentado a algunas personas el encanto de niña que es y lo bien que se porta —continuó Marie—. Por no hablar de que fue Lucy la que se dio cuenta de que su husky cojeaba cuando ni siquiera él lo había visto.

—Es muy observadora —dijo Abby sonriendo—. Como su padre. Lo echo de menos a diario. Y también a Mary. Adoraban a Lucy. Espero estar haciéndolo bien con ella.

—Por lo que yo veo, estás haciendo muy buen trabajo —aseguró Marie, y añadió inclinándose hacia ella—: Mi marido trabaja con el marido de una de las auxiliares de la clínica veterinaria del doctor Shriver y el hombre le ha contado una noticia muy triste.

—¿Qué? —preguntó Abby con curiosidad.

—La perra del *sheriff* Banks tiene cáncer.

—¡Ay, no! —dijo Abby preocupada.

Marie asintió estremecida.

—Qué pena. Es todo lo que le queda de su esposa. Deborah le dejó a la cachorra justo antes de morir. Se va a volver loco cuando la pierda.

Abby sintió una tristeza tan profunda que pareció que se la hubieran marcado a fuego.

—Ha dicho que la perrita es lo único que tiene.

—Sí. Qué pena que no tuvieran hijos, pero Deborah jamás se habría conformado con ser esposa y madre en Catelow, Wyoming. Siempre fue demasiado grande para este pueblo pequeño.

Marie no era una persona retorcida ni maliciosa. No fue un comentario propio de ella.

—Perdona, ha sonado muy mal, ¿no? Pero es que no

era la santa que Cody la hace parecer. Tengo una amiga que vivía cerca de su piso en Denver —comentó y levantó la mirada. Un pequeño grupo se dirigía al banco contiguo y ella se quedó en silencio.

Mientras salían, Marie se detuvo y dijo:

—Tú vivías y trabajabas en Denver. ¿Nunca viste a Deborah?

Abby se rio.

—Yo estudiaba y Lawrence no tenía nada que ver con ella. Mary apenas la mencionaba —contestó, y frunció el ceño—. Es curioso, nunca lo había pensado. Lawrence y yo éramos del mismo pueblo que Deborah, pero ella nunca fue de visita a su casa y ellos tampoco fueron a la suya. —Se detuvo—. Una vez los oí hablar. Mary dijo que no se atrevía a pasar por casa de Deborah. Nunca llegué a oír por qué.

—Había una muy buena razón —dijo Marie, y se calló. Había más gente saliendo—. Por Dios, mira qué hora es —añadió de pronto después de mirar el reloj—. Vamos a llegar tarde y el pobre señor Owens no está de muy buen humor últimamente.

Volvieron al trabajo y no mencionaron más a Deborah.

Abby sentía mucho lo de la perra del *sheriff*. ¿Habría tratamientos, al igual que para las personas?

Se lo comentó a Hannah mientras Lucy estaba en su habitación haciendo los deberes.

—Sí, sí, tienen tratamientos, pero cuestan miles de dólares —dijo Hannah—. Y cuando los acaban, el pobre animal se muere, pero después de pasar un infierno. Te llevan y te traen pasando de unas personas a otras, que, por muy amables y cariñosas que sean, te enganchan a cosas y te clavan agujas cuando ya de por sí estás enfermo y asustado. Así lo vería un animal por mucho que nosotros sepamos que los veterinarios hacen lo posible por mantener a nuestras mascotas sanas y con vida. Y tampoco es que eso vaya a curarlas. A lo mejor sí, si lo pillan lo bastante pronto y es un animal joven de alguien que pueda permitírselo. —Suspiró—. No me gustaría verme teniendo que tomar una decisión así. Mi viejo Thomas tiene catorce años. Es un encanto de gato, pero creo que no lo haría pasar por eso ni aunque pudiera permitirme pagar el tratamiento.

Miró a Abby mientras retiraba comida del fuego y añadió:

—Imagino que lo has preguntado porque te has enterado de lo de la perra del *sheriff* Banks, ¿no?

Abby asintió con una mueca de pesar.

—El *sheriff* Banks se va a volver loco. Loco del todo. Quiere a esa perra como a un hijo. Se la lleva a todas partes, incluso al trabajo.

—Ojalá pudiéramos hacer algo —murmuró Abby en voz baja.

Hannah se limpió las manos en el delantal.

—No hay mucho que nadie pueda hacer excepto estar a su lado cuando necesite un amigo.

Abby asintió.

Los hombres estaban reparando una zona del granero, entre fuertes golpes y algunos comentarios en tono cantarín, cuando un lujoso todoterreno paró en el camino de entrada. Era sábado y Abby no esperaba compañía.

Salió mientras se terminaba un trozo de manzana que se había servido del cuenco donde estaban las manzanas que Hannah había pelado y deshuesado para hacer una tarta.

Era el hombre de Miami, el señor Whatley; el que había fingido ser un experto ganadero y después un detective. Se obligó a no sonreír mientras él bajaba con cuidado del vehículo usando un escalón que sin duda le había añadido al enorme y alto coche.

Whatley subió al porche. Iba vestido con unos tejanos y unas botas estupendas, y una camisa vaquera de corchetes bajo una cazadora de borrego que parecía dos tallas más grande. Llevaba un sombrero vaquero también; un Stetson con la característica hebilla de cinturón a modo de cinta.

—Señor Whatley —saludó ella con una agradable sonrisa—. ¿Qué puedo hacer por usted?

Él inclinó el sombrero.

—Señorita Brennan, estoy aprendiendo a dirigir un rancho y necesito algunos consejos.

Ella vaciló.

—Señor Whatley, ya sabe que lo único que sé de dirigir ranchos es que eso se lo dejas a gente que sabe lo que hace. Yo no sé.

—No, no es eso. Tengo que encontrar a una mujer afable como la tía Bee que cocinaba para el *sheriff* Taylor en *El show de Andy Griffith*.

Abby se recordó que quedarse boquiabierta no sería de ninguna ayuda. Tragó saliva.

—A ver, señor Whatley, lo mejor sería poner un anuncio en el periódico local. En la columna de ofertas de empleo —añadió con amabilidad.

—No, no, eso no me sirve, podría venir cualquiera —dijo él de inmediato—. Pago muy buenos sueldos y nunca pediré que me sirvan comida después de medianoche ni haré nada que la incomode. Lo prometo.

Sonrió.

Abby se estaba estrujando el cerebro en busca de alguna respuesta cuando Hannah apareció detrás.

—Está Julia Donovan —propuso—. Acaba de enviudar y está a punto de perder su casa porque su marido le dejó la vivienda y todo lo que tenía al holgazán de su hermano, que se ha adueñado de la propiedad y le ha dicho a Julia que tiene dos semanas para encontrar un sitio donde vivir. Qué encanto de hombre. Ojalá se tropiece con un tronco y caiga de cabeza en un lecho de ortigas —terminó, sonriendo con dulzura.

Abby tuvo que contenerse para no partirse de la risa. En su lugar, tosió.

—¿Es una persona agradable? —preguntó el señor Whatley.

Hannah sonrió.

—¿No debería preguntar primero si sabe cocinar?

—Bueno, es que estoy acostumbrado a comer mal. Mi hermana apenas sabe hervir un huevo. Pero ser agradable es más importante que ninguna otra cosa —añadió con mucha solemnidad.

—Pues cocina como los ángeles y es una de esas personas de las que se aprovechan los demás porque es muy cariñosa y buena.

El señor Whatley sonrió y asintió.

—Justo la clase de persona que busco. ¿Podría decirme cómo ponerme en contacto con ella?

—Desde luego. Ahora mismo le escribo su teléfono y la llamaré primero para decirle que le gustaría verla por un posible trabajo. Es bastante tímida...

Ahora el señor Whatley sonrió aún más.

—Genial. Yo también soy tímido. Me cuesta hablar con la gente. Con usted no, señorita Brennan —añadió cuando Hannah había entrado en la casa—, ni tampoco con el *sheriff*. Paso mucho tiempo solo.

—Muchos somos así, señor Whatley —dijo ella con comprensión.

Hannah salió con el número teléfono.

—Si no le importa, señor Whatley, deme unos minutos primero para hablar con ella.

—No me importa en absoluto. Muchas gracias. Espero que tengan muy buen día.

Inclinó el sombrero, con gran dificultad se subió a la cabina de su enorme vehículo, y se marchó despidiéndose con la mano.

—¿Crees que le servirá? —preguntó Abby.

—Creo que será justo lo que necesita —respondió Hannah—. Su marido fue un tacaño desconsiderado y retorcido. Le daba una miseria de dinero, así que ella solo tenía para comprarse un vestido nuevo muy de vez en cuando. Lo más seguro es que a su cuñado se le caiga la casa encima cuando se mude, ¡y bien merecido se lo tendrá! A Julia le gustará Whatley. Y a él le gustará ella. Apenas tiene veintiocho años.

—No creo que Whatley sea mucho mayor —dijo Abby pensativa.

Hannah meneó las cejas.

—¡Hannah, mira que eres mala! —soltó Abby.

—Solo ayudo a que la naturaleza siga su curso. Además, será la salvación para la pobre Julia. ¡Ese cuñado holgazán y horroroso que tiene le da dos semanas para que encuentre otra casa sin importarle siquiera que ella nunca haya tenido un trabajo porque su marido se negaba a dejarla trabajar!

—¿Es el único hermano del marido?

—El único, y su padre lo crio para que fuera como él. Jamás tuvo oportunidad. Pero Julia la tendrá. Bendita sea, le va a parecer estar en el paraíso.

Abby sonrió.

Abby se fijó en que el señor Owens estuvo inquieto el resto de la semana y no tenía la cabeza en los estatutos. Le pasó uno de sus casos a otra abogada del bufete, Sally Toller. Hacía algunas llamadas. Y, cuando no las hacía, estaba sentado a su mesa, mirando a la nada y como si cargara el peso del mundo sobre los hombros. Abby se preguntó si sería su sobrino el causante de semejante angustia. Era un buen hombre. Ojalá pudiera solucionar las cosas en casa.

Capítulo 5

Cody había estado trabajando en el caso del atraco al banco, y era bastante enigmático. El ladrón llevaba una máscara de cara completa con el rostro de un presidente fallecido y un revólver antiguo en una pistolera. No había dicho ni una palabra. Tan solo le había puesto delante una nota a la señorita Dorothy Hanover y había señalado el arma. Ella le había dado el contenido de su caja y, con lo alterada que estaba, había olvidado pulsar el botón de la alarma silenciosa. Nadie la había culpado. Tenía casi setenta años y aquello no era un hecho cotidiano.

La gente del pueblo se había preocupado por sus ahorros, pero el presidente del banco les había asegurado a todos que sus bienes estaban protegidos. Y que el *sheriff* Banks atraparía al culpable, había añadido con absoluta confianza. Su *sheriff* era uno de los mejores de Wyoming, y eso hizo que Cody anduviera con la cabeza un poco más alta a pesar de no tener un sospechoso.

Por norma, ese trabajo lo habría llevado la policía local, pero el jefe de policía estaba de vacaciones porque acababa de nacer su primer hijo. Era un niño diminuto y el jefe decía que esos primeros días eran valiosísimos y que iba a tomarse un tiempo libre para estar con su familia. El alcalde se había reído y le había deseado lo mejor. El siguiente al mando, Bill Harris, iba a ocuparse de los deberes del jefe de policía, pero era mayor que la mayoría de sus hombres y, con sus problemas de salud, no estaba para ir por ahí persiguiendo a atracadores de banco. Era muy querido porque años atrás había sido patrullero, siempre recorriéndose el pueblo. De esa forma reunió mucha información y llegó a conocer bien a los vecinos. Era una fuente de información en la que confiaban muchos de los otros agentes cuando trabajaban en sus respectivos casos.

Cody tuvo cuidado de no desobedecer la autoridad de Bill, pero el otro hombre estaba agradecido de tenerlo en el caso. Cody era conocido por su perseverancia para atrapar a criminales y nunca paraba hasta que no resolvía un crimen. Tenía un historial extraordinario. Pero Catelow contaba con una población muy pequeña, y allí todo el mundo sabía dónde vivían los malos y quiénes eran sus parientes. No era como en una gran ciudad, donde había millones de personas que podían haber cometido un crimen.

Cody se sentó en una silla en el despacho temporal de Bill. Se quitó el Stetson y lo dejó en otra silla.

—Un atraco a un banco. En nuestro pueblo —comentó sacudiendo la cabeza—. Ni siquiera recuerdo haber tenido uno nunca.

—Ah, yo sí —dijo Bill sonriendo. Se pasó la mano por su calva—. Fue en los sesenta y el perpetrador resultó ser un chico de dieciséis años que quería comprarle a su madre un buen regalo de cumpleaños. Ella tenía cáncer y estaban los dos solos y sin dinero. El chico intentó suicidarse cuando lo detuvieron, pero luego no fueron duros con él. No tenía antecedentes y, cuando cumplió la mayoría de edad, limpiamos su historial. Estudió Derecho y, tras trabajar muchos años como fiscal, lo nombraron juez del distrito.

—Su madre habría estado orgullosa de él —opinó Cody.

—Lo estuvo, porque el chico se entregó y luego se

esforzó mucho por reformarse. La gente del pueblo lo ayudó —explicó Bill sonriendo—. Es una de las mejores cosas de Catelow, su gente tan compasiva y sin prejuicios.

—Ya me he fijado —dijo Cody sonriendo.

—¿Tenemos algún sospechoso? —preguntó Bill.

Cody negó con la cabeza.

—La máscara no se compró aquí en el pueblo. Y el arma usada no se ha encontrado —añadió. Sacudió la cabeza—. A plena luz del día y gente por todas partes, y atraca un banco y escapa. La cajera estaba tan conmocionada que no pulsó la alarma silenciosa. Según los testigos, las amenazas que el atracador había puesto en la nota eran bastante fuertes. Se llevó la nota, así que no hay posibilidad de conseguir huellas ni de que un experto en caligrafía la analice. La cajera dijo que, cuando te está apuntando una pistola, el cañón parece tres veces más grande. Sé lo que quiere decir. Yo también he tenido pistolas apuntándome.

—Gajes del oficio.

Él asintió.

—Mi investigador está recabando huellas. Hay que tomárselas a todas las personas que había en el banco para poder cotejarlas. Un follón —añadió sacudiendo la cabeza—. Ojalá el jefe de policía estuviera aquí. Es un gran investigador.

—Y tú también, Bill —protestó Cody—. Yo también lo echo de menos, pero, si yo tuviera un recién nacido, también me quedaría en casa unos días.

—Su esposa es una chica encantadora. Pasaron por mucho cuando eran novios, pero son muy felices. Me alegro por ellos. Sigo echando de menos a mi esposa y hace más de quince años que falleció.

—La mía falleció hace seis —dijo Cody. Se le tensó el rostro—. Primero ella y ahora Anyu...

Bill frunció el ceño.

—¿Qué pasa con Anyu?

Cody respiró hondo para intentar calmarse.

—Tiene cáncer. Lo tiene demasiado extendido como para que los tratamientos fuertes hagan mucho más que prolongarle el dolor. No quiero que la sacrifiquen. Dije que me la llevaría a casa y la mimaría, y es lo que he hecho. Le han recetado analgésicos.

Apretó los dientes.

—Es lo único que me queda en el mundo —añadió con aspereza.

—Son como nuestros hijos, ¿verdad? —murmuró el otro hombre con voz suave—. Yo tengo tres. Todos callejeros, pero haría lo que fuera por ellos.

—No me imagino la vida sin ella.

—Ya sabes, Dios nunca cierra una ventana, sino que abre una puerta. ¿Entiendes lo que digo? —preguntó ladeando la cabeza.

Cody lo pensó un momento.

—Supongo que sí. —Suspiró—. ¡Pero es que es tan duro!

—Somos hojas flotando río abajo, Cody —dijo Bill con suavidad—. Creemos que tenemos el control, que podemos hacer cualquier cosa. Pero al final, incluso teniendo voluntad propia, hay límites. Tenemos que tener en cuenta que puede que haya un poder superior que dicta lo que nos sucede. Y, si eso es verdad, es más sencillo flotar que intentar bracear hasta la orilla. Y aunque pudiéramos hacerlo —continuó acercándose con una sonrisa—, ¡nos perderíamos toda la aventura de la vida!

Cody soltó una carcajada.

—Deberías haber sido predicador, Bill.

—Sí, debería, pero no sentí la llamada —contestó sonriendo—. Supongo que soy más un capellán, por así decirlo. Tengo los hombros bien trabajados de tanto que soportan. Muchos agentes tienen problemas de un tipo u otro. Yo me siento y les dejo hablar.

—Ayuda más de lo que crees —aseguró Cody—. Tener a alguien que te escuche.

—Tú no tienes a nadie que lo haga.

—Tengo a Anyu.

—Sí, pero no te responde —añadió Bill fingiendo una cara de espanto.

Cody se rio.

—No. De momento no.

Cody agarró el sombrero y se levantó.

—Te mantendré al tanto. Y si hablas con el jefe, dile que me da envidia. Me habría encantado tener un hijo —añadió con tristeza.

—He leído que un hombre de cincuenta años acaba de tener el primero —dijo Bill apretando los labios—. No eres tan mayor, hijo.

—A veces me siento como si lo fuera —contestó Cody encogiéndose de hombros—. Jamás superaré lo de Debby. Nunca nadie me parecería mejor que ella, y no podría conformarme con eso.

Fue hacia la puerta.

—Te avisaré si descubro algo.

—Hazlo, sí.

Cody cerró la puerta y volvió a su todoterreno. A la fuerza, se sacó a Debby y a Anyu de la cabeza. Tenía un caso que resolver.

Una semana después, Hannah y Abby estaban empezando a preparar la cena cuando una camioneta se detuvo junto a la casa. La conducía Don Blalock. Sacó algo y subió los escalones.

Abby llegó a la puerta justo cuando él llamó. Al abrirla, se quedó boquiabierta. Don tenía en brazos al animalito peludo más adorable que ella había visto en su vida.

—Tengo una huérfana que necesita un hogar —dijo con un suspiro—. La he encontrado en un matorral cuando estábamos reuniendo a las vacas preñadas para llevarlas a un prado más cercano. Tiene frío y hambre.

—No digas más.

Abby le quitó a la cachorra de los brazos y la achuchó. La perrita gimoteó y acurrucó la cabeza contra su pecho.

—Ya está —dijo Abby—. ¡No pienso soltar a esta perrita hasta que me muera!

Don se rio.

—Me imaginaba que reaccionarías así. Me he acordado de que Lucy quería un perrito y que tú dijiste que te lo pensarías. ¿Quieres pensártelo un poco más?

—¡Ni hablar! Esta bebé no se marcha de aquí.

Hannah salió a acariciar también a esa cosita diminuta.

—¡Es adorable!

—Y justo lo que necesitamos —aseguró Abby. Suspiró—. Bueno, ya nos las apañaremos para adiestrarla.

—El hermano de Maisie adiestraba perros para la policía —sugirió Don sonriendo—. Podrías pedirle algunos consejos.

—¡Gracias, sí!

—Te pasaré su número.

—Genial. Y tengo que llevarla al veterinario lo antes posible.

—Puedo llevarla yo ahora mismo, si quieres. Necesitará un chequeo y vacunas.

—¿Puedes? Estamos haciendo la cena.

—No tardaré mucho.

Él volvió a tomar en brazos a la perrita, que también se acurrucó en sus brazos.

—¡Es una dulzura! Será una mascota fantástica.

—¡Muchas gracias, Don!

—No hay de qué.

Lucy volvió del colegio e hizo los deberes extrañada por lo raras que estaban Hannah y la tía Abby.

—Estáis muy raras —acabo diciendo.

—Tenemos un secreto —contestó Abby.

Justo en ese momento, se oyó una camioneta detenerse fuera.

—Y ahora mismo va a entrar por la puerta —añadió.

Don subió los escalones con la cachorrita en brazos. La habían lavado y ahora estaba blanca como la nieve. Tenía las puntas de las orejas negras y unos ojos grandes y azules.

—¡Pero si parece nieve! —gritó Lucy dando saltitos—. Por favor, ¿nos la podemos quedar? ¡Por favor, tía Abby!

—Claro que podemos, y qué nombre tan bonito le has puesto. Nieve.

—Nieve —repitió Lucy mientras, con cuidado, le ponían a la perrita en los brazos. La cachorra le lamió la cara y ella se rio.

—Le han puesto las vacunas —explicó Don entregándole a Abby los documentos del veterinario—. Tendrás que llamar para decirles su nombre. Ahora está registrada como «perra de Abby» —añadió con una risita.

—Ahora mismo llamo —prometió ella—. ¡Muchas gracias, Don!

—Un placer. La cena huele muy bien. Seguro que Maisie está esperándome para servir la nuestra. Me voy a casa.

—¡Gracias otra vez!

Él alzó una mano mientras salía.

Abby llamó al veterinario y le dio el nombre de la perra además del número de su tarjeta de crédito para pagar la consulta y las vacunas. Y durante una noche, un día y otra noche, en la casa no se hizo nada porque sus ocupantes estaban demasiado ocupadas achuchando a la cachorrita.

Anyu recorrió la propiedad con Cody. Cada día que pasaba iba un poco más despacio y él veía que tenía dolores. Preocupado, le daba la medicación. Ella levantaba la mirada con sus risueños ojos, pero iba perdiendo la capacidad de andar. Un día no pudo levantarse. Y Cody finalmente llamó al veterinario.

Pasó el último día de Anyu con ella en el sofá, a su lado. Fue una lenta y dolorosa despedida. Era gran parte de su vida, su compañera, su mejor amiga. Anyu era el último vínculo con Debby. No sabía cómo iba a superarlo. Contenía las lágrimas mientras acariciaba el limpio y suave pelaje de Anyu y contemplaba un futuro oscuro.

Al final, la llevó al todoterreno y, con cuidado, la sentó en el asiento delantero.

—Vamos a dar un paseo, ¿vale? —le dijo al sentarse detrás del volante.

Ella emitió un suave gimoteo y sus ojos azules lo miraron, pero esta vez no sonrieron. Estaban dilatados de un dolor que él solo podía llegar a imaginar.

—Se acabó el dolor, preciosa —murmuró al agacharse para abrazarla una última vez. Se le saltaron las lágrimas. Fue como volver a perder a Debby—. ¿Cómo voy a vivir sin ti? —susurró con la voz rota.

Parpadeó para quitarse las lágrimas y arrancó el coche. Se sintió como si estuviera llevando a una víctima a la guillotina. Y no era una víctima cualquiera. Era toda su vida en un precioso ovillo peludo.

El doctor Shriver lo recibió en la puerta y le indicó a la auxiliar que se ocupaba del papeleo y de recibir a los pacientes que se retirara.

Cody tenía a Anyu en brazos, agarrándola con fuerza.

—Le duele al andar —dijo apretando los dientes.

—Tráela aquí —pidió el veterinario.

Cody lo siguió hacia la sala donde estaba la mesa de operaciones. Tendió a Anyu con delicadeza. Ella seguía gimoteando. Todo parecía dolerle. Cody miró al doctor suplicándole un milagro con la mirada.

El veterinario le puso una gran mano en el hombro.

—Escúchame —dijo con suavidad—. El dolor irá a peor y ella no podrá soportarlo. Tendrá que estar tan sedada que no te reconocerá. Y seguirá...

Al hombre le costaba decirlo. Tras él, una de las auxiliares calmaba a Anyu.

—¿No hay esperanza? ¿Ninguna? —preguntó Cody con la voz estrangulada por la emoción.

—Lo siento mucho. No, no se puede hacer nada, Cody —respondió apartándolo de donde estaba la auxiliar—. Cuando he tenido que sacrificar a alguno de mis perros, me he quedado con ellos durante todo el proceso. La última vez me afectó tanto que tuve que tomarme unos días libres. Permíteme un consejo: no te quedes a ver esto. Sedaremos a Anyu. No sabrá qué le está pasando ni tampoco le importará. Hablaremos con ella y la reconfortaremos.

Forzó una sonrisa.

—Algún día tú también te irás y ella estará esperándote. Eso es lo que pienso de mis mascotas. Así todo es más soportable. Todos nos vamos. Nada en la vida es permanente. Esto es solo una pequeña separación.

Cody asintió.

—Si fuera algún otro animal, me marcharía —contestó él, sonriendo a pesar del dolor—, pero ella nunca me ha dejado a mí y yo no pienso dejarla a ella.

—De acuerdo entonces.

El veterinario dejó que Cody se quedara junto a la mesa agarrándole la pata a Anyu. La perrita lo miró una última vez con esos tiernos y preciosos ojos azules. Y entonces la durmieron, con mucha delicadeza, y ella cerró los ojos para siempre.

Abby estaba almorzando en la cafetería del pueblo. Una de las auxiliares del doctor Shriver se sentó en la mesa de al lado con otro de los empleados del veterinario.

—Ha sido durísimo —le dijo al joven sacudiendo la cabeza—. En serio, he pensado que íbamos a tener que sedar a Cody. Alguien tendría que haberle impedido conducir. En mi vida he visto a nadie sufrir tanto.

A Abby le dio un vuelco el corazón. Se quedó allí sentada, escuchando.

—La perra se la dio su esposa ¿no? —preguntó la mujer.

Su compañero asintió.

—Ha dicho que era como volver a perderla. No debería haberse quedado viéndolo todo —dijo la mujer con rotundidad—. Yo el año pasado tuve que sacrificar a mi gato de dieciséis años ¡y no pude soportarlo! Le dije a Lily que se quedara con él mientras lo dormían. —Suspiró—. Luego pedí que lo incineraran. Lo tengo en una urna en la repisa de la chimenea.

—Yo lo he hecho un par de veces.

—El *sheriff* no ha querido. Se la ha llevado a casa en su todoterreno. Ha dicho que el sitio favorito de Anyu era debajo de un manzano y que él mismo la enterraría allí.

—Es una pena que no tenga familia.

—Ya. Madre mía, ahora mismo lo último que necesita es estar solo. Perder a una mascota a la que quieres es como perder a un miembro de tu familia. La gente llora la pérdida de un animal igual que la pérdida de una persona. Sobre todo alguien como Cody. No tiene a nadie.

—Muy cierto.

Abby se levantó con la comida a medio terminar, dejó propina y salió por la puerta.

Cody no solía beber, pero la ocasión lo requería. Una ocasión horrible. Tenía una botella de setecientos cincuenta mililitros de Jack Daniel's que no había abierto nunca. Se la había regalado por Navidad uno de sus adjuntos. Rompió el sello y se sirvió un vaso grande.

Ahora, ya demasiado tarde, supo que el veterinario

había tenido razón. No debería haberse quedado. Durante el resto de su vida vería a Anyu en sus últimos minutos de vida, oiría su suave gemido, vería sus patas moverse con inquietud durante un instante.

Vio cómo se le fue la vida. Anyu estaba ahí tendida sobre la mesa metálica. La había metido en brazos en el todoterreno y la había llevado a casa.

Cavó un gran hoyo bajo el manzano y fue a buscar un paño para cubrirla. No podría soportar verle la cara mientras terminaba la tarea.

El lugar parecía apropiado. Anyu estaría ahí, cerca, a su lado, mientras él viviera. Por norma, no era un hombre sentimental, pero le pondría flores en la tumba.

Ahora que lo pensaba, nunca le había puesto flores a la tumba de Debby. Había querido enterrarla en Catelow, pero el director de la funeraria se mostró firme a la hora de respetar los últimos deseos de ella. Debby había querido que la enterraran en un cementerio de Denver, cerca del hospital donde trabajaba. Uno de sus colegas, un neurólogo llamado Craig Stern, había apoyado al director de la funeraria. Decía que conocía a Debby y que ella le había dicho a todo el mundo dónde quería estar si perdía la vida. A Cody le parecía raro que su esposa le hubiera contado eso a un hombre que no fuera su marido. El médico parecía haber bebido demasiado. Casi estaba tambaleándose en el funeral. Y en el cementerio, cuando se pronunció una última oración por ella, Cody le había visto lágrimas en los ojos antes de que él se girara.

Debían de haber trabajado juntos en el hospital, pensó. Tal vez fuera el mentor que estaba enseñándole a Debby nuevas teorías sobre Neurología. Iba muy bien vestido y parecía cinco o seis años mayor que Cody. Teniendo en cuenta lo agitado que estaba aquel día, Cody esperaba que no hubiera tenido pacientes esperándolo en el hospital. Se lo sacó de la cabeza. Sabía muy poco del trabajo de su esposa. Ella nunca hablaba ni del hospital ni de sus colegas. Ahora todo eso era historia.

Debby se había ido para siempre. La luz se había apagado en el mundo.

Se había servido otra copa. Su segundo al mando estaba de servicio. Cody había dado una breve explicación sobre su necesidad de tomarse libres un par de días. Por supuesto, a esas alturas todo Catelow sabía ya lo de Anyu. Los cotilleos volaban.

Se terminó la copa. ¿Era la tercera o la cuarta? No lo recordaba. Lo tenía todo borroso.

Miró al sofá que Anyu siempre había compartido con él. Se le saltaron las lágrimas. No se molestó en contenerlas. No había nadie que pudiera verlas. Nadie en absoluto.

Se sobresaltó cuando de pronto llamaron a la puerta. Con dificultad, se levantó y rezó por que no fuera una emergencia, y es que apenas podía caminar, y mucho menos conducir. Fue tambaleándose hasta la puerta y miró por el panel de vidrio. Parpadeó sorprendido.

Abrió la puerta y Abby lo miró, estremeciéndose.

—Deberías irte a casa —dijo él con aspereza—. He estado bebiendo. Mucho.

Ella captó el aliento a alcohol, pero Cody no parecía peligroso. Parecía angustiado. Hundido. Agotado. Destrozado.

—Lo siento mucho, Cody —lamentó con compasión en los ojos y en la voz.

—Me he quedado con ella mientras...

—Yo me quedé con la gata que teníamos en casa de mi hermano cuando murió. No volvería a hacerlo —confesó Abby sacudiendo la cabeza—. Te destroza el corazón.

Él asintió. Su rostro reflejaba cada uno de los años vividos. Tenía los ojos enrojecidos y estaba tembloroso. Ella cerró la puerta y se acercó a él.

—Ahora ya no tengo a nadie —se lamentó Cody con la voz entrecortada.

Abby ni siquiera pensó. Lo abrazó con fuerza, apoyando la cabeza en su amplio torso cubierto por el suave tejido de la camisa. Olía a jabón, a cuero y a colonia. Era un buen olor.

Él vaciló, pero solo unos segundos. La abrazó con fuerza. Apoyó la cara en su cuello, por donde le caía esa melena tupida y suave. Ella sintió humedad. Hundió los dedos en su denso pelo castaño salpicado de rubio y lo meció entre sus brazos. No dijo ni una palabra. Solo lo abrazó.

Fue un consuelo inesperado. Cody no tenía claro que le gustara esa sensación de impotencia que siguió, pero era agradable sentirse abrazado, sentirse reconfortado. No recordaba que nadie se hubiera preocupado por él cuando lo había pasado mal. Y mucho menos Debby, que solo le dijo que se calmara cuando volvió a casa destrozado y angustiado porque había tenido que disparar a un hombre. No había matado al delincuente, pero lo conocía. La bala le alcanzó la cadera y le atravesó un hueso. Lo trasladaron al hospital de Denver para operarlo. Luego el hombre denunció al condado y también a la oficina del *sheriff*, algo que se sumó al sufrimiento. Debby había ido a pasar el fin de semana, pero se marchó a Denver a la mañana siguiente temprano tras recibir una llamada. Se había llevado el teléfono al baño para hablar con quien fuera. Cody estaba tan traumatizado que apenas estaba lúcido. Debby había dicho que ese hombre era un criminal y que tenía lo que se merecía. Y que Cody era un idiota por sumirse en semejante estado por un tiroteo que ni siquiera había resultado letal. Lo había dejado allí, solo, con una vaga promesa de volver en un mes más o menos. Ni siquiera le había dado un beso de despedida.

Y, en cambio, ahí estaba Abby, a pesar del miedo que le había tenido, meciéndolo en sus suaves brazos porque acababa de perder a su mascota. Debby no lo habría hecho. Se mantenía distanciada de cualquier tipo de tragedia. En ocasiones él se había preguntado qué clase de médica sería. La amaba con locura, pero con él era fría, incluso en la cama. Veía la intimidad como un deber y era muy cuidadosa a la hora de tomarse la píldora anticonceptiva cada mañana. No parecía disfrutar con Cody. A él le encantaba estar con ella porque la amaba, pero sabía que ella no disfrutaba. En alguna ocasión, Debby había mencionado que él era demasiado convencional y bastante aburrido en la intimidad; que ella le dejaba hacer lo que quisiera, pero que era como hacer el amor con una almohada. Cody odiaba recordarlo.

Era lo único molesto de verdad de su matrimonio. Bueno, eso y la insistencia de Debby en tener que vivir en Denver para acabar sus estudios. Estaba lejos de Catelow. Cody se ofrecía a desplazarse él cuando ella estaba libre, pero Debby siempre ponía alguna excusa. Era como si pensara que el lugar de Cody estaba en un pueblo pequeño, no en un hospital de la ciudad.

¿Por qué nunca se había fijado en eso? Ella nunca lo había querido tener cerca de su piso en Denver. Ahora sentía curiosidad. Debby lo dejó ir allí una vez, solo una, y estuvo con él todo el tiempo. Solo le enseñó el salón y se quedó visiblemente aliviada cuando él se marchó.

Siempre estaba mirando a su alrededor incluso cuando Cody iba a verla al hospital, como había hecho unas cuantas veces porque se sentía demasiado solo. Tampoco había pensado en eso. No había pensado en muchas cosas raras que hacía Deborah. Como la noche en la que quiso ir a casa de un amigo a tomar unas copas. El médico ese, Craig Stern, que había estado en su funeral y había insistido en que ella había pedido que la enterraran en Denver si le pasaba algo. Cody se había sentido incómodo, pero el médico aún más. Debby no se había movido del lado de Cody y el doctor Stern había logrado evitarlo todo el tiempo que estuvieron allí. Luego Debby se había ido mostrando cada vez más callada y reservada y pareció aliviada cuando Cody dijo que tenía que volver a Catelow y que no podía quedarse a pasar la noche.

Tenía la cabeza demasiado ocupada para retener demasiado ese pensamiento. Además, el suave cuerpo que se pegaba al suyo tan confiadamente lo hacía sentirse protegido. Abby era independiente a rabiar pero muy afectuosa.

—Ven aquí —pidió ella al momento, agarrándole la mano para llevarlo a la cocina—. Siéntate. Tienes que comer algo.

Cody respiró hondo. Le daba vueltas la cabeza.

—¿No deberías estar en el trabajo? —preguntó con tono suave.

—He llamado y he dicho que necesitaba tomarme la tarde libre —respondió ella antes de abrir la nevera.

Había beicon, huevos y mantequilla. Los sacó, encontró una sartén y se puso a hacer beicon con huevos y tostada de mantequilla. Ya de paso, preparó también una cafetera.

Cody se sentó y la observó, fascinada. Hacía años que no veía a una mujer cocinar. Debby no sabía. Compraba comida precocinada y la calentaba o iba a Catelow a por algo para llevar. Abby era una mujer de muchos talentos, según estaba descubriendo. Sabía montar a caballo, tenía un trabajo, cocinaba y llevaba un rancho enorme, con ayuda de Don Blalock, y además tenía un gran corazón. Cómo cuidaba de su sobrina era prueba de ello.

Cody se sentía mejor. Solo la presencia de Abby resultaba reconfortante.

Pero no lo diría, por supuesto. No era un hombre demasiado emocional. Era un agente de la ley con un puesto de responsabilidad. Aunque ahora mismo no podría desempeñar ese trabajo porque estaba borracho como una cuba.

Emitió un profundo sonido gutural y se removió un poco en la silla.

—Aquí tienes —dijo ella poniéndolo todo en la mesa—. Te sentirás mejor si comes algo.

—Qué buena pinta.

Abby sonrió.

—Lucy y yo a veces tomamos el desayuno para el almuerzo o la cena, sobre todo si tengo que trabajar hasta tarde.

Él frunció el ceño mientras ella servía dos tazas de café.

—Vivís en un tramo de carretera solitario. El rancho está a tres kilómetros de la carretera principal. Por la noche es peligroso.

—Tengo las puertas cerradas con llave —le aseguró ella.

—Si me avisas los días que trabajas hasta tarde, le diré a uno de mis oficiales que te siga hasta casa.

Ella echó leche al café e intentó adaptarse a esa nueva y tan distinta amistad que se estaba forjando entre los dos.

—¿Ya no te doy miedo? —preguntó Cody, y pareció importarle de verdad.

—No —respondió ella con delicadeza—. Claro que no —dijo, y añadió sonriendo—: No eres un borracho agresivo.

Él soltó una risita.

—Por norma, no me emborracho.

Se le tensó el rostro cuando volvió a ver a Anyu tendida en la mesa metálica, tan quieta y confiada mientras la vida se le escapaba lentamente.

—Estás pensando en ello, ¿verdad? —preguntó Abby con delicadeza—. Tranquilo. Ella está bien. Está persiguiendo conejos por la nieve y riéndose.

Cody respiró hondo mientras volvía a contener las lágrimas. Qué doloroso era. Estaría solo del todo. Completamente solo. No tenía nada, no tenía a nadie. Su último vínculo con Debby se había ido para siempre.

—Anoche Lucy me decía que le gustaría saber adiestrar a un perro —mencionó Abby sin mirarlo.

Comieron en silencio unos minutos.

—Pero Lucy tiene un gato, ¿no? —preguntó él perplejo. Seguía confuso.

Ella asintió y se terminó el café de un trago.

—Sí, pero Don se ha encontrado a una cachorrita abandonada en la nieve. La ha llevado al veterinario para que le hicieran un reconocimiento y nos la ha traído a casa. Es blanca como la nieve y tiene los ojos azules. Lucy la adora. En Denver no podíamos tener mascota, así que está loca de contenta. Un gatito y una perrita, todo a la vez. Pero no tenemos ni idea de cómo cuidar de una cachorra.

Cody estaba tan afectado que en un principio las palabras le pasaron por encima. Se terminó la improvisada comida y se acomodó en la silla con el café, mirándola.

—Lucy es una niña encantadora —dijo finalmente.

—Sí —contestó ella sonriendo—. Tiene un corazón enorme, pero es muy sensible. Fue horrible para ella ir al colegio en Denver. Había bandas. Agredieron a una profesora. Y a una niña no mucho mayor que Lucy tres chicos la metieron en el baño y... —Se detuvo—. Bueno, ya te puedes imaginar lo que pasó.

—¿Los pillaron? —preguntó él con la voz crispada. Estaba indignado por que algo así hubiera pasado en un colegio, donde los alumnos deberían estar protegidos de esas cosas.

—Sí. Y los procesaron. Pero eran menores, ya sabes, así que entraron en un reformatorio y salieron al cumplir la mayoría de edad. Por ahí seguirán, acosando a alguna otra pobre cría.

—¿Y qué pasó con la niña?

—Sus padres la llevaron a un psicólogo. Lo último que oí fue que le estaba yendo muy bien. —Suspiró—. Qué pena. Pasó en el colegio. Los niños están descontrolados en esta sociedad.

—Ni te lo imaginas. Ahora el gobierno mete mano en todo. Los padres que castigan a sus hijos pueden acabar arrestados si el niño llama a los Servicios Sociales y los denuncia. Nosotros tenemos que tener a un psicólogo para que entreviste a los niños que presencian sucesos traumáticos —dijo, y esbozó una sonrisa—: Y cualquier cosa que digas ofenderá a alguien, que luego puede salir en redes sociales y destrozarte.

—Pueden juzgarlos —le recordó ella—. Podemos rastrear una dirección IP. No es nada difícil.

Se rio.

—Es increíble la de niños que se creen que pueden decir lo que quieran en Internet y que son completamente anónimos cuando se meten con otros niños. Pero no lo son.

—El mes pasado arrestamos a un chaval por acosar *online* a una alumna. La víctima intentó suicidarse, aunque por suerte no lo logró. Hubo un juicio.

—Bien —dijo ella con aspereza.

Él sonrió.

—Eres buena cocinera.

Abby se sonrojó un poco y se rio con timidez.

—Gracias.

Levantó la mirada hacia los ojos enrojecidos de Cody y vio dolor, aún evidente en ellos.

—Cuando me marche, te quedarás solo. —Bajando la mirada, añadió—: Tenemos una habitación de sobra. Hannah podría prepararte una cama.

Miró arriba de nuevo y vio sus ojos cargados de asombro.

—Ya, ya lo sé, eres un tipo grande y duro que no necesita niñera, pero sí que necesitas tener a gente a tu alrededor, al menos esta noche.

Ladeó la cabeza y lo miró, sonriendo con timidez.

Él respiró hondo. Miró al sofá y se estremeció porque jamás volvería a ver a Anyu allí.

—Hannah es muy buena cocinera. Esta noche va a preparar *strogonoff*.

Él la miró.

—Me encanta el *strogonoff*.

—¿Entonces?

Cody sonrió. Qué mujer tan dulce. A lo mejor no estaría mal dejarse mimar, aunque fuera una noche. Además, también estaría Lucy, a la que ya quería mucho.

—Vale —aceptó, y se terminó el café—. Gracias —añadió con aspereza.

—No tienes que darme las gracias. Solo te estoy haciendo la pelota.

Él abrió los ojos de par en par.

—¿Cómo dices?

—Si te damos de comer y te cuidamos bien, vendrás pegando tiros si nos atacan los marcianos.

Él tardó unos segundos en pillarlo. Echó la cabeza atrás y se rio, se rio de verdad.

—Eres una chica rara.

Abby sonrió.

—Y me dedico a fondo a serlo. ¿Esta noche no estás de servicio?

—Estoy demasiado borracho para estar de servicio.

—Por cierto, ¿dónde está la botella de *whisky*?

Él aún se tambaleaba un poco. Sonrió.

—En el cubo de la basura. Me lo he bebido todo.

—Ay, madre —dijo ella preocupada.

—No te preocupes. Aguanto bien el alcohol.

A lo mejor sí, pero no esa vez. Apenas un minuto después, se había levantado y estaba corriendo hacia el cuarto de baño.

Abby lo siguió, mojó una toalla que encontró en un cajón del mueble, y lo limpió cuando él terminó.

Cody se quedó de pie, mirándola.

—¿Qué? —preguntó ella.

—Nunca nadie me ha cuidado así. No desde que murió mi madre.

—Bueno, aquí no hay nadie más que pueda hacerlo —contestó ella como quitándole importancia. Sonrió—. Toma. —Le dio un vaso con un poco de colutorio—. Llamaré a Hannah para que prepare una cama en la habitación de invitados.

—Vale —dijo él, y tras vacilar añadió—: Gracias.

Ella miró su tenso y atormentado rostro.

—Lo superarás —le aseguró con voz suave—. Solo necesitas tiempo. Y gente a tu alrededor.

Él no respondió. Sí que sonrió.

Capítulo 6

Hannah se sorprendió con la llamada, pero le preparó una cama a Cody en la habitación de invitados mientras rehacía mentalmente la lista de ingredientes del *strogonoff* para tener suficiente para un hombre hambriento y ellas tres.

Lucy apareció con la cachorrita en brazos.

—¿Qué haces aquí, Hannah?

Hannah le sonrió.

—El *sheriff* va a pasar la noche con nosotras.

—¿Sí? —preguntó la niña sorprendida—. ¿Por qué?

—Hoy ha perdido a su perra. Tu tía dice que está muy triste y que no debería estar solo.

—¿Entonces Anyu...?

Lucy se detuvo y tragó saliva.

—Qué pena. Pobre *sheriff*. Puede abrazar a mi cachorra —añadió de inmediato—. Lo ayudará a sentirse mejor.

Hannah le sonrió.

—Eres un encanto de niña.

Lucy le sonrió.

Cody vaciló ante la idea de ir en un coche con otra persona conduciendo.

—No te queda otra —dijo Abby sin más—. Está claro

que no puedes conducir, y hay mucha distancia para ir andando hasta mi casa. Además —añadió con tono de burla—, imagínate que uno de tus ayudantes te viera tambaleándote por la carretera y se preguntara por qué.

Él soltó una risita.

—Lo pillo.

—¿Te encuentras mejor? —preguntó ella cuando se subieron a su coche.

—Mucho. Has sido muy amable al invitarme a pasar la noche.

—Cuando perdí a mi hermano y a mi cuñada, una amiga hizo lo mismo por mí. Trabajábamos juntas en el bufete. Nunca lo olvidé.

Lo miró a la cara; era un rostro tenso de dolor y pena.

—Perder a un animal al que quieres tanto no dista mucho de perder a una persona. Ahora ya por fin la gente entiende lo traumático que es perder a una mascota querida. El proceso de duelo es básicamente el mismo.

—Yo antes no lo entendía —confesó él al momento, cuando ya estaban en marcha—. Anyu es una de las pocas mascotas que he tenido. Cuando vivía en mi casa, habría sido imposible tener un animal. Ahora tengo toda clase de criaturas a mi alrededor, además del ganado —dijo riéndose—. Tengo una familia de mapaches viviendo en uno de los cobertizos y hay un búho que se sienta en el árbol al lado de casa y ulula para mí todas las noches. Hasta tengo un pájaro carpintero.

—¿Das de comer a los pájaros?

—Sí.

Abby sonrió.

—Yo también. Tenemos comederos por todas partes. Me gustan los pájaros.

—Y a mí.

Abby se detuvo en el cruce y esperó a que cambiara el semáforo. No volvieron a hablar, pero fue un silencio cómodo, agradable, como si fueran viejos amigos. Qué raro sentirse así con él, pensó.

Cody pensaba lo mismo. Abby era una mujer muy cariñosa y protectora. Nunca había conocido a ninguna así, no desde que su madre había muerto. No tenía claro que le gustara. Llevaba solo tanto tiempo que se había acostumbrado. Pero ella tenía razón sobre lo de que pasara la noche acompañado. No soportaba la idea de sentarse en el salón, en el sofá que había compartido con Anyu, cuando acababa de enterrarla.

—¿Cómo va la investigación del atraco al banco? —preguntó ella cuando casi habían llegado al rancho.

—Despacio. No encontramos ninguna conexión local, pero es pronto. Lo resolveremos.

Ella se rio.

—Lo sé. Tu primo dice que eres el investigador más tenaz que ha conocido.

—Bart es un buen tipo.

—Sí que lo es —dijo ella, y lo miró un momento—. Y también lo es nuestro Don Blalock. No sé cómo me las apañaría sin él. No sé nada sobre llevar un rancho.

—Eres muy sincera, ¿no? —preguntó él de pronto, posando sus oscuros ojos enrojecidos en su perfil.

—Las mentiras son una pérdida de tiempo y de esfuerzo.

Él se rio.

—Bueno, sí, supongo.

—Imagino que tú oirás muchas en tu trabajo.

—Sí. Ya sabes, nadie es nunca culpable de un crimen. Fue la policía, a la que le dio por perseguirlos, o solo estaban mirando algo que luego se los acusó de robar —dijo Cody. Sacudió la cabeza—. Una vez hubo un tipo que estaba en el aparcamiento de un concesionario intentando hacerle un puente a un Bronco nuevo para robarlo. —Suspiró—. Si eso es solo mirar, yo soy un oso pardo.

Abby lo miró con gesto de diversión.

—No pareces un oso pardo. Bueno, no mucho.

—Gracias. Creo.

Ella sonrió.

—De nada. ¡Ya estamos en casa!

Bajaron y entraron por la cocina, como solía hacer Abby.

—¡Ya estamos en casa! —gritó sin percatarse del repentino brillo en los ojos del hombre que tenía al lado.

Lucy apareció corriendo con la cachorrita en brazos y acurrucada.

—¡Hola, *sheriff* Banks! ¿Vas a pasar la noche con nosotras?

Él no pudo evitar sonreír al ver ese entusiasmo en su carita.

—Sí.

—Hannah ha preparado la cama. ¡Y vamos a cenar *strogonoff*!

—Suena de maravilla —contestó Cody, pero su mirada estaba en la perrita.

No se parecía nada a Anyu, que era blanca y negra. Esa cosita era blanca impoluta con solo un poco de negro en las puntas de las orejas.

—Se llama Nieve —le contó Lucy—. Don la ha encontrado sola en la nieve y nos la ha traído. Por eso la he llamado Nieve.

—Es preciosa —dijo Cody sonriendo a la niña.

Lucy se acercó un poco más, vacilante.

—¿Quieres tenerla en brazos? —preguntó con timidez.

—Me encantaría, Lucy —contestó él con voz suave.

La niña le dio a la perrita, que lo miró con unos brillantes ojos azules y, cuando él la acercó más, le lamió la cara. Cody se rio y, al acurrucarse a esa cosita, se liberó de parte de su angustia.

Lucy sonrió aliviada. Quería reconfortar al *sheriff*, que tenía aspecto triste, y parecía que lo había hecho bien, porque la perrita lo había hecho sonreír.

Abby vio al hombre con la cachorrita y de pronto pensó en el padre tan maravilloso que sería. Qué tierno era con el animalito.

En ese momento, él levantó los ojos y vio la extraña mirada de Abby. Enarcó las cejas.

—¿Qué? —preguntó ella.

—Esa expresión —dijo él acariciando con su gran mano el suave pelo de la cachorra—. ¿En qué estabas pensando?

Ella se estremeció. Pero, bueno, él había preguntado.

—En que serías un padre maravilloso —confesó, y se sonrojó un poco porque le pareció un comentario muy personal.

Él la miró con esos ojos oscuros y cálidos y con expresión de desconcierto.

—Me encantan los niños —contestó al momento. Se encogió de hombros—. Pero Debby estaba decidida a ser la mejor en su campo, así que lo de los niños estaba descartado.

—Ya.

Abby vio mucho más de lo que estaba dispuesta a admitir, así que sonrió y le preguntó si le apetecía una taza de café.

—Sí —aceptó Cody con un largo suspiro—. Me noto el estómago vacío. Aquí tienes a tu bebé, Lucy. Es una ricura. Igual que tú.

Lucy sonrió.

—Gracias, *sheriff* Banks —dijo la niña agarrando a Nieve y acurrucándola—. También tenemos gatos. ¡Un montón!

—Yo también tengo gatos, en el granero. Los llamo «la brigada cazaratones». Desde luego, los tienen a raya.

—Yo tengo un gato y duerme conmigo. Se llama Patrick.

Él sonrió. La niña lo fascinaba. No había tenido mucho trato con niños en general, excepto en circunstancias trágicas de su trabajo. Y, con diferencia, Lucy era la niña más interesante con la que se había cruzado.

Hannah entró en la cocina para ayudar a poner en una bandeja unas galletas junto con el café, la leche y el azúcar.

—Gracias, Hannah —dijo Abby, que empezó a levantar la bandeja.

—Yo me ocupo —se ofreció Cody, quitándosela con una cálida sonrisa.

Esa sonrisa impactó en el pecho a Abby, que se quedó confusa y encantada a la vez. Se sonrojó de nuevo y carraspeó.

—Gracias.

—No hay de qué.

Él se dirigió al salón y dejó la bandeja en una mesita de café.

Se tomaron el café y las galletas sin hablar durante unos minutos mientras Lucy, acurrucada a su perrita, daba sorbos a un chocolate caliente.

—Galletas caseras —comentó Cody suspirando—. No tomaba una galleta casera desde que murió mi madre.

Abby se rio.

—Hannah es una cocinera alucinante.

—Y tú también, tía Abby —interpuso Lucy—. Sabe hacer bollos franceses —le dijo al *sheriff*—. ¡Y pan!

Cody gruñó.

—Me encanta el pan casero. Aquí antes teníamos un panadero, pero se mudó a California hace tres años.

—Te voy a hornear uno para ti solo —prometió Abby.

Él le sonrió.

—Qué amable.

—Soy amable la mayoría de las veces.

Cody enarcó las cejas.

—¿La mayoría de las veces?

Abby miró a su sobrina.

—Lucy, ¿puedes darle agua a la perrita? Está jadeando.

—Aquí dentro hace calor —dijo Lucy asintiendo. Se levantó de un salto—. Ahora mismo vuelvo.

—Fui a ver a la directora del colegio de Lucy en Denver justo después de que agredieran a aquella niña. Los chicos le habían hecho un comentario a Lucy que ella ni siquiera entendió. Me lo contó y me planté en el colegio. La directora se llevó una buena bronca y envié una carta certificada al presidente del comité escolar —dijo, y apretó los labios—. Debajo añadí el nombre y la dirección de mi abogado. Me soltaron toda clase de disculpas y promesas, pero entonces el tío Butler murió y nos vinimos aquí.

Sacudió la cabeza y continuó:

—Esto es tan distinto... Cuando me marché, era demasiado pequeña para valorarlo, pero, desde que he vuelto, no me puedo imaginar viviendo en otra parte. Lucy adora a su profesora y el colegio, y ha hecho muchos amigos.

Cody asintió.

—Esta comunidad es única. Es más como una familia, una familia enorme y extendida. Debby odiaba estar aquí. Solo venía de visita cuando no le quedaba más remedio —añadió, y arrugó la boca—. Siempre pensé que se enamoró del uniforme más que de mí.

Levantó la mirada para ver si ella entendía el comentario.

Abby sonrió.

—Todos sabemos lo del uniforme y cómo atrae a las mujeres. Los agentes de la ley soléis ser bastante musculosos, porque tenéis que serlo, y el uniforme lo resalta. Pero más de un agente ha perdido su trabajo por sucumbir a esa idolatría por el héroe.

Él sonrió.

—Atrae a las mujeres —afirmó Cody, y suspiró antes de dar un sorbo de café—. He tenido mis problemas con eso a lo largo de los años. Cuando estaba casado, lo ignoraba directamente. Ahora puede complicar una simple investigación.

—No puedes evitarlo si eres guapo —dijo ella sin rodeos.

Él volvió a enarcar las cejas.

—¿Yo?

Abby lo fulminó con la mirada.

—Claro, tú. Eres un bombón, y no me digas que no te lo han dicho nunca.

Él abrió los ojos como platos y apretó los labios.

—No yo —aclaró ella exasperada—. Otras mujeres.

—Ah.

Cody bebió un poco más de café, sin mirarla.

—¿Por qué tú no?

—Yo no quiero tener nada con ningún hombre —contestó sinceramente.

—Abby, eres una mujer adulta...

—Mi padre era un borracho agresivo. Mi madre me dijo que, cuando se casaron, parecía el hombre más dulce de la tierra. Pero que, cuando cerraban la puerta de casa, él no era el mismo hombre.

Lo miró apenada.

—¿Eso cómo se sabe? Nunca sabes cómo es de verdad una persona hasta que no vives con ella. Y para entonces ya es demasiado tarde.

Cody frunció el ceño. No se había planteado cuánto había condicionado la infancia de Abby su actitud hacia los hombres. Y luego encima él había perdido los nervios en el aparcamiento del hospital...

—Y yo lo empeoré —dijo directamente viéndola sonrojarse—. Yo no soy así —intentó explicar—. Estaba totalmente consumido por la pena, destrozado. Nunca he lamentado nada tanto como culparos a Lucy y a ti por algo que ni siquiera fue culpa vuestra. Os dejé marcadas a las dos —continuó sacudiendo la cabeza—. Ojalá hubiera un modo de compensároslo.

—Nos repusimos y seguimos adelante —respondió Abby sin más.

—Tú no. Estás sola.

—Por elección —aseguró ella, y sonrió—. Tengo un buen trabajo, gente que se preocupa por mí, una niña a la que criar, gatos en el granero, una cachorrita nueva... ¿Qué más necesito? —preguntó riéndose.

—Tus propios hijos —respondió él sin sonreír. Sus oscuros ojos eran penetrantes y ella no pudo apartar la mirada de ellos.

La recorrió un cosquilleo por todas partes. Se le aceleró el pulso. No era en absoluto lo que había tenido pensado al invitarlo a casa. ¡Se sentía vulnerable! Fue una reacción inesperada y un poco aterradora.

—Tengo a Lucy.

—Lucy es una muñequita —dijo él sonriendo—. Pero no es lo mismo.

—Tú querías hijos, ¿verdad?

—Sí, sí. Me moría de ganas —respondió Cody, y añadió arrugando la boca—: Pero Debby no. Estaba centrada en su carrera. —Suspiró—. Creo que ni siquiera quería casarse. Nos conocimos en un festival, cuando ella estaba visitando a una amiga, y nos casamos poco tiempo después. Siempre pareció sorprendida consigo misma por haberlo hecho. Había mencionado que tenía una especie de relación con alguien del trabajo, pero no volvió a decir nada después de la boda. Supongo que fue algo pasajero.

Sonrió con tristeza.

—La quería de forma casi enfermiza. Ella solo venía a casa unos días al año. Siempre tenía algún seminario o algún taller, o trabajo directamente. Intenté darle la libertad que necesitaba. Jamás la até. A lo mejor debería haberlo hecho. —Levantó la mirada—. Es casi como si me hubiera casado yo pero ella no, ¿sabes?

Y esa fue la primera vez que Cody dijo algo negativo sobre su esposa, en toda su vida.

—Hay mujeres que no se adaptan a sentar cabeza. En el bufete de mi hermano, en Denver, tuvimos un abogado en prácticas. Se casó, pero su mujer salía con sus amigas, supuestamente, todos los fines de semana mientras él trabajaba haciendo informes. Un día ella se marchó y no volvió jamás. Tenían dos niñas pequeñas y la mujer las abandonó así, sin más.

Abby sacudió la cabeza y concluyó:

—Nunca podré entender esa clase de actitud. Ser padres es un deber sagrado.

—Es algo que se ha perdido mucho en nuestra sociedad. Con los dos padres trabajando, a los niños los crían los cuidadores de las guarderías, los profesores, los amigos, la televisión y los videojuegos. A muchos no los llevan nunca a la iglesia, no les enseñan modales ni a ser amables, y el programa escolar se reduce a lo que el gobierno cree que necesitan saber. Antiguamente los padres les enseñaban modales y ética a sus hijos. Ahora las calles de las grandes ciudades de este país parecen reformatorios. Y esos son los chavales que van a heredar el mundo.

—Que Dios ayude a la gente que tenga que habitarlo con ellos.

—Por eso estoy en Catelow —dijo él—. Aquí los tiempos no cambian.

Ella sonrió.

—Supongo que por eso yo también estoy aquí. No me gusta el cambio.

Él ladeó la cabeza y la observó. No era una belleza. Sus ojos sí. Tenía una figura bonita y una melena larga que a Cody le encantaba. Pero lo que más le gustaba era su gran corazón. Nunca en toda su vida había conocido a una mujer así.

—¿Tengo una verruga en la nariz? —preguntó Abby, incómoda por tanto escrutinio.

Él soltó una risita.

—No. Estaba pensando que tienes un corazón tan grande como tu casa.

—Ah —contestó ella sonrojándose.

—Has sido muy amable —dijo él con voz suave—. Creo que me habría vuelto loco en casa esta noche —añadió con tristeza en la mirada—. No sé qué hacer sin ella.

Lucy volvió corriendo con su cachorrita en brazos.

—¡Nieve ha tomado un poco de leche! Ahora está superdormida. ¿Puede quedarse en mi habitación esta noche?

—Claro.

Lucy se sentó al lado de Cody, lo miró con esos cálidos y bonitos ojos, y sonrió.

—Puedes tener en brazos a Nieve siempre que quieras.

—Eres muy amable, Lucy —contestó él sonriendo.

—Nunca había podido tener mascotas. Vivíamos en un lugar horrible. Ni siquiera se podía tener un gato. La gente no era como aquí. ¡Es guay que hayamos podido venir a vivir en el rancho!

Cody no pudo evitar reírse.

—A mí tampoco me van mucho las grandes cuidades, Lucy.

Hannah entró en la sala limpiándose las manos en el delantal.

—Estoy empezando el *strogonoff* —anunció sonriente—. El tiempo justo para salir e ir al granero a ver a los gatos, si lo tenías en mente.

—¡Sí! —exclamó Lucy—. ¡Son tan monos!

—Me encantaría ver los gatos del granero —dijo Cody.

—¡Guay!

Lucy se levantó y corrió hacia la puerta trasera delante de ellos.

—A lo mejor necesito algo de apoyo, si no te importa —susurró Cody—. No estoy acostumbrado al alcohol y puede que haya bebido un poco demasiado.

—No te preocupes —respondió Abby colocándose bajo un musculoso brazo para guiarlo—. Considéreme una muleta calentita.

Él la miró con unos ojos centelleantes.

—Y suave también —bromeó. Y, movido por un impulso que no entendió, se agachó y le besó la punta de la nariz—. No dejes que me tropiece con nada grande, ¿vale? —añadió como si no hubiera hecho nada escandaloso.

Abby notó una sacudida por dentro. Una caricia tan simple la había hecho temblar. No estaba acostumbrada a los hombres. Tenía que ser por eso. Y el *sheriff* era tan fuerte y tan guapísimo, y olía a cuero y a una agradable loción para después del afeitado.

—Si veo un novillo y lo veo a tiempo, te llevaré hacia otro lado para que no te tropieces —le prometió.

Cody se rio. Fue un sonido extraño, uno que ella nunca había oído salir de él.

—No estoy tan borracho. Creo.

Abby sonrió. Se estaba levantando viento. Le sacudía el pelo apartándoselo de la cara y los hombros. Sonrió, cerró los ojos y levantó el rostro hacia la brisa.

—Eres de elementos —murmuró él observándola.

Ella abrió los ojos.

—¿Qué?

—Te gustan el viento, la lluvia y las tormentas.

—Pues sí.

—A mí también.

A Abby le costaba respirar con normalidad, sobre todo cuando el brazo de él la estrujó un poco.

—Roca grande —avisó Cody antes de que ella pudiera decidir qué hacer.

Abby parpadeó atónita. Había una roca enorme y lo había llevado directo a ella.

—A la porra tu licencia como guía —bromeó él.

Ella se rio.

—No seas malo. No estaba prestando atención. Y sí, me encantan el viento, la lluvia y las tormentas —dijo, y suspiró—. Y la nieve, sobre todo.

—Pues eso es bueno, porque aquí tenemos de sobra cada invierno.

De hecho, estaban volviendo a caer copos en pequeños remolinos.

—Imagino que nevará aún más.

—Probablemente mucho. Espero que mi equipo se pueda ocupar de los accidentes sin mí. Esta noche no estoy de guardia, pero, si se ven sobrepasados, me llamarán.

—No estás en condiciones de conducir ni de solucionar problemas —señaló ella con delicadeza.

Él esbozó una mueca de disgusto.

—Ya lo sé.

Abby dejó de andar y lo miró a través de los diminutos remolinos de nieve.

—Puedes tener un virus estomacal de veinticuatro horas y nosotras te estamos cuidando porque alguien nos ha dicho que te habías puesto enfermo.

—Vaya, vaya, qué mentirosilla —bromeó Cody—. Y muy creativa, por cierto.

Ella sonrió.

—Practico mintiéndole a Lucy cuando le digo que Santa Claus y el Conejito de Pascua existen —susurró.

Él la llevó hacia sí.

—Gracias —dijo con voz ronca.

Abby le sonrió; tenía una expresión radiante y los ojos chispeantes.

—¿Para qué están los amigos?

Cody la miró conteniendo el fuerte impulso de agacharse y besarla hasta dejarla sin aliento. Se contuvo justo a tiempo y entonces Lucy echó a correr hacia ellos.

—¡Myra está amamantando a los gatitos! ¡Y no le molesta que esté Nieve!

—Myra es muy tranquila —dijo Abby riéndose.

Él no respondió. Estaba sumido en sus pensamientos. Enseguida, Abby se había buscado un lugar en su vida. Ella, y Lucy también. Cody no lo entendía, pero lo aceptaba con gratitud. Era agradable dejar de estar completamente solo.

Se sentaron y vieron a Myra con los gatitos mientras Nieve correteaba con sus regordetas patitas y luego se acurrucaba en el regazo de Lucy.

—Nieve va a ser una chica grande —comentó Cody observándola.

—¿Cómo lo sabes? —preguntó Lucy.

—Tiene unas pezuñas grandes y un torso cuadrado —dijo él, y sonrió—. No tengo claro qué cruce tiene, pero desde luego tiene algo de malamute o husky en su linaje.

—Uno de nuestros vaqueros tiene una malamute —comentó Abby—. Tuvo cachorros y Don nos dijo que uno se había perdido. Lo llamé para contarle lo de Nieve y dijo que podíamos quedárnosla sin problema. También me dijo que no están seguros de quién es el padre.

Apretó los labios y añadió:

—Creen que podría ser un lobo.

—¿Un lobo? —preguntó Lucy, todo ojos—. ¡Me encantan los lobos!

—A mí también —confesó Cody—. Tienen muy mala fama, pero aquí tenemos al menos dos manadas. Están etiquetados y supervisados, y a ninguno se lo ha pillado nunca atacando al ganado.

—Me alegra saberlo —dijo Abby—. Aunque tampoco es que quisiera que mataran a ninguno por hacer eso. Pediríamos que lo reubicaran.

—Necesitaréis un adiestrador para Nieve si tiene algo de lobo —recomendó Cody—. Los lobos también son grandes.

—El hermano de Maisie es adiestrador de perros K-9. Don me va a dar su número.

—Es muy buena idea. Aunque no creo que Nieve pueda ser peligrosa, un poquito de adiestramiento nunca viene mal.

—En YouTube he visto un lobo ruso —comentó Lucy—. ¡Era enooooorme! Y blanco también.

—Nieve puede hacerse muy grande. El mayor problema que tendréis con ella es aseguraros de que no se escape —continuó Cody, y añadió con una risita—: Los huskies son expertos del escapismo. Cuesta tenerlos encerrados. Anyu se me escapó una vez y la encontré a ocho kilómetros jugando con otros perros.

Se detuvo porque el recuerdo fue doloroso.

Abby, discretamente, le agarró la mano y le dio un apretón.

—Cada vez será menos difícil —le susurró.

Él la miró y respiró hondo.

—Eso dicen.

—¿A Debby le gustaban los perros? —preguntó Abby.

Cody frunció el ceño.

—Pues no. De hecho, no le gustaban los animales, directamente. Lo de Anyu fue un sorpresón. Y justo cuando ella... falleció —dijo casi atragantándose con la palabra—. Me dijeron que fuera a ver a una enfermera que vivía cerca. Debby había dejado una nota diciendo que, en el apartamento de esa enfermera, tenía un regalo para el hombre más preciado de su vida. Fui a recogerlo y resultó ser una cachorrita. La enfermera no parecía muy conforme con darme a la perra, ni siquiera después de que le enseñara la nota —añadió él riéndose—. Es curioso, acabo de acordarme.

—Probablemente Debby pensó que te encantaría tener un perro que te hiciera compañía —dijo Abby.

Él suspiró.

—Hay muchas cosas a las que no les he encontrado sentido en estos seis años —comentó él enigmáticamente.

—Así es la vida —respondió Abby—. ¿Te apetece un café caliente? ¿Un chocolate? —añadió ella sonriendo a Lucy.

—¡Genial! ¿Entro a decírselo a Hannah?

—Sí, cielo —contestó Abby sonriendo a la pequeña.

—¡Vale!

Lucy agarró a Nieve y fue hacia la casa.

—Es un encanto —dijo Cody—. Es todo ojos y corazón.

—Sí. Echa de menos a sus padres, pero todo se va aplacando con el tiempo.

—Tú también debes de echarlos de menos.

Abby asintió.

—Lawrence y yo nos teníamos el uno al otro y los dos teníamos a Mary —dijo, y sonrió con melancolía—. Era una persona maravillosa. Lucy se parece mucho a ella.

—Tú también lo eres. Todo corazón.

Abby se rio.

—Algunas veces es una desventaja. En Denver, en el bufete, solían decirme que era demasiado ingenua para la vida. Cuando en la calle se me acercaba alguien pidiendo limosna, yo siempre tenía un dólar o dos que dar.

—Si eso es ser ingenua, me encanta —contestó él—. Yo jamás le daría la espalda a una persona necesitada.

—Es lo que me imaginaba de ti. Me contaron que tu oponente en las últimas elecciones iba quejándose a todo el que lo escuchara de que tu reputación le impediría conseguir el puesto. Y, de hecho, solo consiguió un uno por ciento de los votos, así que está claro que tenía razón.

—Este es mi segundo mandato, aunque fui oficial adjunto del *sheriff* durante un tiempo antes de acabar sentado detrás de una mesa —explicó, y añadió con mirada pensativa—: No tengo claro que quiera presentarme otra vez para el puesto. Es un trabajo gratificante, pero, si puedo hacer que el rancho funcione, es posible que me plantee alternativas.

—¿A Debby no le importaba tu trabajo? —preguntó ella vacilante—. Quiero decir, es peligroso. Muy peligroso.

Él la miró con afecto.

—Nunca pensó en ello.

Abby iba a decir algo, pero prefirió no hacerlo.

Él frunció el ceño.

—Tú sí pensarías en ello.

Ella se estremeció.

—Pues... sí. A ver, si estuviera casada con alguien que

llevara una placa, pensaría mucho en ello. Estaría levantada a las dos de la mañana tomándome un café solo y con ojeras, preocupada.

Eso lo dejó impactado. Nunca se había planteado cuánto le había importado la falta de preocupación de Debby. Ella no lo echaba de menos cuando volvía al trabajo en el hospital. No le preocupaba que pudieran dispararle. Nunca le decía que tuviera cuidado. Si estaba enfermo, le decía que espabilara y se fuera a trabajar.

—No debería haber dicho nada. Lo siento... —empezó a decir Abby.

Él se levantó, tiró de ella y la giró hacia sí. Sus manos, posadas sobre las mangas de su cazadora, resultaban cálidas y fuertes.

—Nunca se preocupó por mí —dijo, y tomó aire entrecortadamente sin dejar de mirarla—. Si hubiera estado aquí cuando Anyu..., cuando la perdí, le habría molestado que yo sufriera tanto. No tenía nada de empatía por las personas que sufrían.

—¡Pero si era médica...!

—Ya. Yo tampoco lo entendí nunca. Estaba locamente enamorado por primera vez en mi vida, ciego de deseo. Nunca la vi tal cual era. Seis años después me estoy cuestionando muchas cosas en las que nunca me había fijado antes.

Ladeó la cabeza y sus ojos oscuros se suavizaron.

—Deberías haberte casado y haber tenido muchos hijos, Abby —dijo con ternura—. Estarías jugando al béisbol con ellos en el jardín mientras la cena estuviera en el fuego —añadió con una risita.

—Me encantaría tener una familia grande. Lawrence era mucho mayor que yo. Cuando se marchó de casa, fue como ser hija única, igual que Lucy ahora. Las familias grandes tienen que ser una maravilla, sobre todo en fiestas como Navidad.

—Siempre he pensado lo mismo. Te sientes solo siendo el único niño de la casa.

Ella le observó la cara mientras se preguntaba cómo serían sus hijos. Sonrió ligeramente.

—Tendrían los ojos marrones —dijo pensando en alto.

Cody se rio.

—¿Qué?

—Tus hijos. Tendrían los ojos marrones.

—No necesariamente. Mi abuelo materno tenía los ojos azules, mi abuela materna los tenía marrones, ¡y mi madre, verdes!

—¡Hala!

La gran mano de Cody le acarició la mejilla y se quedó allí posada.

—Nunca he visto una piel como la tuya —comentó él despacio—. No hay ni una sola imperfección por ninguna parte.

—La he heredado de mi abuela —dijo ella sonriendo con tristeza—. Tenía una piel preciosa.

Cody le acarició con el pulgar su suave boca, haciendo que le temblara.

—Tampoco llevas pintalabios, y no lo necesitas.

Abby se sintió temblorosa por dentro. Cada vez le costaba más respirar. Era muy alto. Lo miró con emociones encontradas.

Él agachó la cabeza mientras con el pulgar le dibujaba suaves trazos sobre la boca, avivando un deseo que ella nunca antes había sentido.

—Deberíamos... deberíamos... ir... dentro —titubeó Abby.

—Deberíamos, sí —respondió él con voz ronca mientras bajaba la boca hacia la suya y muy muy despacio le separaba los labios.

Ella se quedó rígida y, de pronto, la mano que tenía en la manga de la cazadora de él se contrajo. Pero no se apartó. Hacía años que no la besaban. En aquel momento no le había gustado. Pero esto era distinto. Muy distinto...

Cody sonrió.

—Sabes a café y galletas de chocolate —susurró—. Deliciosa...

Mientras ella asimilaba el comentario, él abrió la boca solo un poco y la posó sobre sus labios. Abby pudo sentir el repentino cambio en su respiración según su boca, poco a poco, se volvía más insistente.

El deseo que Cody sentía se transfirió a ella. Abby recuperó el aliento y se quedó muy quieta. Después se puso de puntillas para que él no apartara la cabeza.

Unas grandes manos le rodearon la cintura y él la alzó, solo un poco.

—Los dos estamos desentrenados —dijo Cody con voz ronca.

—Sí...

—Tengo una solución muy buena para eso.

—¿Sí?

—Podemos practicar el uno con el otro...

Volvió a besarla. Ella le soltó la manga de la cazadora y lo rodeó por el cuello, agarrándose a él como si le fuera la vida en ello.

Fue un beso largo, lento y dulce que se prolongó hasta que una vocecilla se oyó desde la puerta trasera.

—¿Dónde estáis, chicos? ¡Hannah ha hecho café!

Se separaron con brusquedad, ambos un poco inquietos.

—¡Ya vamos, cielo! —gritó Abby con la voz un poco demasiado chillona.

Cody le agarró la mano y respiró hondo.

—Sí —comentó mientras la conducía por la puerta del granero—. ¡Vamos a necesitar mucha práctica!

Capítulo 7

Abby había comprado un Monopoly unos días atrás para que Lucy y ella tuvieran algo con lo que entretenerse. Lucy veía dibujos los sábados por la mañana, pero a ninguna le gustaba sentarse a ver la tele sin más.

Por eso sacó el juego y lo puso en la mesa después de que Hannah hubiera retirado los platos y los hubiera fregado.

—Vamos, Hannah, no podemos jugar solo tres —gritó Abby.

—No se me dan bien los juegos de mesa —murmuró la mujer.

—¡Pues maravilloso! Así tengo más oportunidad de ganar —bromeó Abby sonriendo.

—Me encanta el Monopoly. La tía Abby y yo jugábamos cuando vivíamos en la ciudad —dijo Lucy.

Cody soltó una risita.

—Yo jugaba con el jefe de policía cuando éramos pequeños.

—En el cole han dicho que ha tenido un bebé —comentó Lucy.

—Es un niño —anunció Abby sonriendo—. También es amigo del señor Owens.

—Conociendo a su mujer, tendrán muchos más —señaló Hannah con una risita—. Le encantan los bebés.

—Jo, y a mí —murmuró Abby pensativa—. Tendré

que buscar una excusa para ir a verlos y poder tener al bebé en brazos.

—No podrás pasar de la puerta hasta que tenga al menos dos meses —advirtió Hannah con una sonrisa—. Su esposa está aterrada de pensar que el niño pueda resfriarse o pillar algún germen...

—Creo que yo sería igual —comentó Abby—. Sobre todo con el primero.

Hannah tiró el dado y gruñó:

—¡Ay, no!

Había caído en Park Place, donde Abby tenía dos hoteles.

—Qué pena, ¿no? —dijo Abby. Sonrió a Hannah—. Y va a costarte una pasta, ¡te lo prometo!

—A lo mejor la banca podría darme un préstamo —bromeó Hannah.

Abby apartó la banca de la mesa y puso mala cara.

—¡Para que no hagas trampas! —exclamó con gracia.

—Muy bonito. Espera y verás. ¡Mañana te voy a cocinar hígado encebollado!

—¡No! —protestó Abby dejando la caja de nuevo en la mesa.

Cody, que observaba la interacción, se rio.

La música de una popular película de acción sonó de pronto con un estruendo. Él se sacó el móvil del bolsillo y miró el número.

—Es Bill Harris —aclaró, y se dispuso a abrir el teléfono.

Abby contestó por él y se llevó el dedo índice a los labios, haciéndolos callar a todos.

—Hola, Bill —saludó ella al responder—. Tenemos a Cody aquí. Está enfermo con un virus estomacal y no tenía a nadie que cuidara de él, así que vamos a hacerlo nosotras.

Hubo una respuesta y una risa. Ella escuchó, asintiendo.

—Se lo diré. Seguro que mañana se reincorpora. Ya se encuentra mejor.

Hubo otro comentario y ella colgó.

—Bill dice que tienen un sospechoso del atraco al banco.

Cody frunció el ceño. Ella parecía preocupada.

—¿Quién es?

—Nuestro amigo de Miami —respondió con tristeza.

—¡Anda ya! ¡No es un atracador de bancos! —protestó Cody.

Ella suspiró.

—Bill dice que hay un testigo.

Cody apretó los labios.

—En tu bufete hay un abogado defensor buenísimo. Seguro que correrá a representar a Whatley.

Ella sonrió.

—Sí, seguro que sí. Es imposible que Whatley haya atracado un banco, ¡por Dios! ¡No le hace falta el dinero!

—Mañana lo arreglaremos. De momento, voy a comprar otra estación de tren —anunció Cody, y retomaron el juego con ganas.

Después, mientras todos se preparaban para irse a dormir, un Cody mucho más sobrio se detuvo en el salón y le agarró la mano a Abby.

—Solo quiero que sepas lo agradecido que estoy...

—No es necesario —respondió ella con tono suave. Le sonrió—. Los vecinos se ayudan. Además, nos ha gustado tenerte en casa. Puede que hayas notado una ausencia de compañía masculina por aquí —añadió en broma.

Él soltó una risita.

—Sí, la verdad.

Ladeó la cabeza y la miró.

—Me gusta.

Ella enarcó las cejas.

—¿Te gusta qué?

—Que haya ausencia de otros hombres por aquí.

Cody no se podía creer lo que había dicho. Carraspeó y añadió:

—Lo que quiero decir es que nunca se sabe con quién puedes acabar. Algunos hombres no son lo que aparentan ser. Si un hombre es adicto al juego, o un mujeriego, o un maltratador de mujeres, ¿cómo vas a saberlo hasta que no vivas con él?

Se le entristeció el gesto.

—He estado en muchos hogares destruidos. Hogares destruidos, vidas destruidas. Son gajes del oficio, pero nunca llego a acostumbrarme.

—Y nunca tienes a nadie con quien hablar cuando llegas a casa —dijo ella con tono suave.

Él suspiró.

—Tenía a Anyu.

Cody sintió una punzada en la garganta. El dolor era muy nuevo y casi insoportable.

—Se sentaba en el sofá conmigo y se reía de mí mientras le hablaba.

Ella le puso una mano en el brazo.

—Lleva tiempo recuperarse de una pérdida. Duele mucho cuando está reciente.

Se quedaron mirándose mientras recordaban a los seres amados que habían perdido.

—Me habría gustado tener un montón de hijos y una esposa que quisiera quedarse en casa y cuidar de ellos —confesó Cody, y bajó un lado de la boca—. Debby no quería eso. No le gustaban los niños. Tampoco le gustaban los perros.

Frunció el ceño y se rio.

—Qué curioso, ¿no?, que me regalara un cachorro.

—Imagino que sabía que te gustaban los animales.

—La verdad es que no sabía nada de mí. Nos casamos en un arrebato, pero fue solo algo físico al principio —dijo él esbozando una mueca—. Ella no quería casarse, pero yo sí. Soy tremendamente convencional. No podía vivir con una mujer sin estar casado. Voy a la iglesia —añadió con suavidad—. Ella pensaba que era un anticuado. Venía aquí muy poco. Yo sabía que su carrera era lo primero. Fue difícil acostumbrarme a ser lo segundo en su vida.

Suspiró antes de continuar:

—Supongo que era una buena doctora. No me dejaba ir a su piso. Bueno, fui una vez y ella estaba inquieta y no paró de moverse hasta que me sentí incómodo y me marché.

Abby frunció el ceño.

—Qué raro.

—Sí, ¿verdad? Como si hubiera algo que no quería que supiese.

«O alguien», pensó Abby. Parecía que Debby estuviera viéndose con alguien en Denver. Alguien a quien su marido no podía ver ni de quien pudiera saber.

—O alguien —añadió Cody de pronto. Juntó las cejas—. Hablaba mucho de un médico, su mentor en Neurología. Vino al funeral. Estaba llorando. Nos informó de que ella quería que la enterraran en Denver, no aquí. Qué locura, jamás me había cuestionado nada de esto.

—No creo que la gente que está enamorada se fije en esas cosas —dijo ella con suavidad—. Aunque yo tampoco puedo saberlo. Nunca he estado enamorada. Encaprichada sí, una o dos veces. Pero nunca como en los libros, donde la protagonista no soporta estar separada de su enamorado ni unos minutos.

Suspiró.

—Lawrence y Mary tenían esa clase de amor, sobre todo después de que naciera Lucy.

—Me encantan los niños —dijo Cody.

—Ay, a mí también —respondió Abby con un suave matiz de anhelo en la voz—. Lucy ha sido la mayor bendición de mi vida. La quiero muchísimo.

—Sería genial que tuviera niños con los que jugar.

Ella asintió; estaba pensando en niños. La tristeza se le reflejaba en el rostro.

—¿Qué pasa? —preguntó Cody con ternura.

Abby lo miró.

—Yo jamás metería a Lucy en un hogar de acogida. Pero ningún hombre en su sano juicio va a querer tener una familia ya formada, no sé si me entiendes.

Cody esbozó una lenta sonrisa.

—Date tiempo. Solo llevas aquí unas semanas.

Ella se rio.

—Es verdad. De vez en cuando pasan hombres muy guapos por el bufete. La mayoría están casados, pero hay uno... —dijo pensativa—. Es seguridad privada de alguien de por aquí, no dijo de quién. Está como un tren. Alto y con el pelo y los ojos oscuros. Ninguna de las mujeres que estábamos allí, ni siquiera las casadas, podíamos quitarle los ojos de encima. Podría hacer de protagonista en películas, así de guapo es.

Cody sintió un repentino y demoledor dolor. ¿Eran celos? No recordaba haberlos sentido nunca.

—Puede que lo conozca —contestó al momento—. Trabaja en un caso conmigo. Con nuestro departamento —se corrigió—. Se apellida Lassiter. Su padre tiene una agencia de detectives en Houston.

—¿Houston? Entonces, ¿qué hace aquí?

—Ni idea. Estamos rastreando al mismo fugitivo. Pensamos que podría estar escondido por la zona.

No podía decir más. Era un caso que podía clasificarse como secreto. El hombre en cuestión tenía un aspecto tan corriente que podía esconderse incluso en un pueblo pequeño. Había cometido asesinato y algo peor. No sería fácil de encontrar.

—Te has quedado muy pensativo —dijo ella.

Cody sonrió.

—Lo siento. Me he quedado pensando en el caso un momento. Ten cuidado si sales sola —le pidió, y dejó de sonreír—. Lo digo por todas. Ese hombre ha dicho que no piensa volver a la cárcel, así que hasta podría llegar al suicidio mediante provocación a la policía. Le da igual tener que volver a matar para conseguir dinero. ¿Lo entiendes?

—Lo entiendo —respondió ella sonriendo—. Gracias. Por preocuparte, quiero decir —añadió avergonzada—. Lucy y yo solo nos tenemos a las dos y a Hannah.

—Me tenéis a mí —dijo él sorprendiéndola. Le acarició la mejilla con su gran mano—. Aquí estoy si me necesitáis.

Ella le lanzó una suave mirada de asombro.

—Y aquí estamos nosotras si nos necesitas. Como hoy.

Él sonrió. Respiró hondo.

—Ya casi vuelvo a estar sobrio.

—Y aquí no tenemos alcohol —añadió ella con firmeza.

Cody soltó una risita.

—No te lo estaba pidiendo. Estoy un poco harto de ir corriendo al baño a vomitar —dijo, y añadió con solemnidad—: Gracias por lo que has hecho. Hay gente que se reiría de un hombre que se vuelve loco por la muerte de su perra.

—Eso solo lo haría gente sin corazón —respondió ella con tono suave—. Era una perra preciosa y la tuviste durante seis largos y buenos años. Si recuerdas los buenos tiempos y agradeces haberla tenido tanto tiempo, puede que eso lo haga todo más sencillo. Y volverás a verla —añadió con absoluta fe. Sonrió—. Cuando te vayas, cuando llegue tu momento, estará esperándote.

Él suspiró.

—Haces que resulte mucho más fácil.

—Me alegro.

Cody esbozó una mueca.

—Creo que deberíamos irnos a la cama. Es muy tarde. He disfrutado mucho de la noche —confesó él—. Ha sido divertido.

Abby sonrió.

—Puedes venir y jugar al Monopoly con nosotras

cualquier noche que estés libre. No vemos la tele. Solo cuando hace mal tiempo.

—Lo recordaré. Buenas noches.

—Buenas noches, Cody.

—Buenas noches, Abby.

El sonido de su nombre en sus labios la hizo sentirse especial. Sonrió. Sin esperárselo, Cody se agachó y la besó, con mucha delicadeza. Antes de que ella pudiera decir nada, él ya estaba arriba, en la habitación de invitados y con la puerta cerrada.

Se quedó despierta mucho rato, pensando en ese beso. Y, cuando por fin se quedó dormida, tuvo dulces sueños.

El desayuno estaba delicioso. Hannah hizo galletas, salchichas y huevos revueltos, y lo sirvió todo con confituras caseras de fresa e higo.

—Esto desde luego supera a una tostada quemada con huevos gomosos —comentó Cody mientras abría una segunda galleta para rellenarla con mantequilla y confitura de fresa.

—Pásate por aquí y te enseñaré a cocinar —bromeó Hannah—. O... —añadió con una pícara sonrisa a Abby— podrías venir a desayunar todos los días.

—Me encantaría —dijo Abby sin pensarlo, y al momento se sonrojó por haber sido tan lanzada.

—¡A mí también! —soltó Lucy. Bajó la mano para acariciar a la preciosa perrita blanca de ojos sonrientes—. Y a mi perrita también le encantaría. ¿Lo ves? ¡Nieve se está riendo!

Todos los adultos se rieron también. Cody miró a la perrita con un suspiro de aflicción. Le recordaba a Anyu.

Abby le puso una mano sobre la suya por encima de la mesa.

—Lucy va a necesitar ayuda con su perrita. El desayuno

es un buen momento para hablar del tema —dijo, pero vaciló un instante. Costaba saber qué pensaría Cody—. Si quieres, claro...

Él giró la mano y se la apretó.

—Me gustaría. Si no soy un incordio.

—¡Un incordio! —resopló Hannah—. Si supieras la de cosas que pasan en casa y que solo sabéis solucionar los hombres. Se le dan fatal los destornilladores —dijo señalando a Abby— y es un peligro con la llave inglesa.

Cody soltó una carcajada.

—Entonces, agradeceré mucho el desayuno y, a cambio, arreglaré lo que haga falta.

—Es una oferta muy generosa —contestó Hannah, y le sonrió.

—Muy generosa, desde luego —secundó Abby. Sonrió—. Sobre todo porque creo que se está soltando la correa de la secadora.

—Le echaré un vistazo.

—Y si no acabo mis deberes a tiempo, ¿a lo mejor podrías ayudarme a hacerlos en el desayuno? —preguntó Lucy con los ojos abiertos de par en par.

Él sonrió a la pequeña.

—Lo haría encantado, Lucy.

La niña sonrió y le hincó el diente al desayuno.

Cody estaba empezando a sentirse un miembro de la familia. Era agradable sentir que formaba parte de algo. Nunca lo había sentido con Debby. De pronto se sintió mal consigo mismo por haber pensado algo así. Ella lo había amado, al igual que él la había amado a ella. No era digno de él pensar algo así.

Se terminó el desayuno, recogió su bolsa y salió a la puerta seguido por la mayoría de la familia. Se detuvo en los escalones al recordar que no tenía forma de volver a casa. Abby lo había llevado hasta allí en su coche.

Tras él resonaron unas llaves. Abby le sonrió.

—¿Listo para irnos? Aún queda casi una hora para llevar a Lucy al cole.

—Vale. Y gracias. Por todo.

—Los vecinos cuidamos los unos de los otros —respondió ella sonriendo—. Vamos.

Abby lo dejó en el porche delantero. Él no se entretuvo. Le sonrió, volvió a darle las gracias y entró en su casa.

Ella se marchó con la sensación de haber dejado algo a medio acabar. Él seguía de duelo por Anyu. La pérdida era muy reciente. Probablemente seguía de duelo por Debby también. Haber perdido a la perra, con la conexión que tenía con su esposa, agravaría el dolor. Lo sentía por él. Quería quedarse y reconfortarlo, pero Cody, sin decir ni una palabra, le había dejado claro que estaba bien y solo necesitaba estar solo.

Bueno, él se iría a trabajar, eso seguro, y con eso tendría la cabeza entretenida. Además, había dicho que iría a desayunar, así que eso la había animado y alegrado. ¿Por qué sería? Era un hombre agradable y le caía bien, y ella se sentía vacía cuando no estaba con él. Era una extraña sensación en la que no tenía tiempo de pensar, porque dejaría tarde a Lucy en el colegio y llegaría tarde al trabajo, ¡y eso era inconcebible!

Le mencionó al señor Owens los posibles cargos que se presentarían contra Whatley, añadiendo el dato sobre el criminal fugado al que no habían encontrado y que estaba desesperado por conseguir dinero. Perfectamente podía haber sido él el que hubiera robado el banco, pero los cotilleos locales ya estaban culpando a Whatley. De momento no lo habían arrestado, y eso era bueno, pero ¿no podía el señor Owens asignarle un abogado defensor?

Sí, sí que podía, dijo él de inmediato, pero necesitaría ver a Whatley y asegurarse de que a él le parecía bien. Curioso lo aliviado que se había mostrado cuando ella había mencionado al criminal que andaba suelto. Pero, en fin, Abby se puso a trabajar y se olvidó de todo.

Mientras, Horace Whatley estaba casi en modo pánico. Había oído por el pueblo fragmentos de conversaciones según los cuales el atracador del banco era prácticamente de su estatura. A Whatley lo conocían por haber intentado hacerse pasar por un encargado de ganado y un detective que juraba haber encontrado un cadáver, y eso era prueba, según decían, de que no tenía ningún problema en quebrantar la ley. Si hacía esas cosas, ¿no podía llegar a atracar un banco también? Además, últimamente parecía tener problemas de liquidez. Uno de los cheques que había usado en la ferretería había sido rechazado. Había usado la tarjeta de crédito en el supermercado y se la habían denegado. Un hombre ansioso de dinero era un sospechoso viable para el atraco al banco.

Abby oyó los chismorreos y se quedó espantada. Whatley, por muy excéntrico que fuera, no era una mala persona. Además, ¿por qué no tendría dinero disponible? Don, su capataz, que lo había investigado, decía que ese hombre tenía una fortuna. Su hermana mayor vivía en Florida, desde donde le enviaba dinero a Wyoming. Don había añadido que la mujer no le había parecido mala persona cuando la había llamado para hablarle de su hermano. Parecía preocuparse mucho por su hermano y solo quería lo mejor para él. Whatley tenía problemas mentales, pero la medicación le funcionaba... si se la tomaba. Había tenido un abogado muy paciente que lo había ayudado a denegar el tratamiento, incluyendo la medicación.

Abby se preguntó si su hermana sabría que se había comprado un rancho que le estaba dando dinero. Decidió que alguien debía llamar y averiguarlo.

Por eso, a la mañana siguiente durante el desayuno, le sacó el tema a Cody.

Él sonrió y dijo:

—Lo siento, cielo. Voy un paso por delante de ti.

Cody se detuvo y carraspeó. Se le había escapado esa palabra cariñosa. La ignoró y continuó:

—Su hermana tiene un novio de gustos muy caros. Ella le está dando todos sus caprichos a costa de Whatley. Su pretendiente dice que ella no tiene ninguna necesidad de mantener a su hermano pequeño y que él debería ganarse su propio dinero sin tocar el del patrimonio.

Cody le había recordado a la hermana que Whatley, por muy excéntrico que fuera, no era peligroso, y que si ella seguía reteniéndole los fondos a los que tenía derecho, él podía perfectamente presentar una demanda que podría privarla de todos los bienes del patrimonio.

La mujer se había quedado impactada al oírlo. Tartamudeando, había dicho que ella no quería cortarle los cheques, pero que su novio se lo había recomendado. Prometió empezar a enviarlos de nuevo muy pronto, probablemente a través de su abogado para que su novio no se enterara.

Cody, que podía sentir la injusticia dada su experiencia con la ley, le preguntó por el nombre de su novio, casi de pasada. Ella se lo dio sin pensarlo: Bobby Grant. Y cuando él preguntó cómo se ganaba la vida, ella tartamudeó de nuevo y dijo que tenía algún tipo de inversiones y que estaba insistiendo en que ella metiera allí casi todo su dinero. Cody le dijo que debería hablarlo en privado con sus abogados antes de hacer nada.

La mujer respondió que le parecía muy buena idea y que eso haría. Cody dijo que, si le parecía bien, volvería a contactar con ella. Estaba trabajando en un caso local en el que podría estar implicado su hermano. Ella le preguntó de qué se trataba y él se lo contó. Hubo una pausa cargada de estupefacción.

—¡Él jamás atracaría un banco! ¡Jamás! Nunca le ha hecho daño a un alma. Incluso se para en mitad de la carretera para apartar tortugas. ¡Es inocente! Lo conozco y sé que ni hará ni haría algo así. ¡No es un ladrón!

Fue ahí cuando Cody mencionó que a su hermano le habían rechazado un cheque y la tarjeta de crédito.

Se oyó un repentino y profundo murmullo tras ella.

—Yo... eh... Me ocuparé de eso enseguida. Tengo que colgar. Si necesita más información, llámeme.

—Gracias, eso haré. Si pasa algo... raro, ¿me llamará?

Hubo una pausa y otro murmullo más impaciente.

—Sí. Adiós.

La mujer colgó, dejándolo con una mirada de preocupación y una sospecha cada vez mayor. Cody introdujo el nombre y la ubicación del novio en el programa VICAP y esperó a que lo buscara entre múltiples sospechosos.

Aparecieron dos posibles coincidencias, ambas en el Condado de Dade. Uno era un conocido piloto de carreras, cuya reputación estaba, al parecer, fuera de toda duda. El otro, un hombre con antecedentes por haberles robado dinero, bajo toda clase de pretextos, a mujeres solteras que vivían solas. Lo habían arrestado, lo habían acusado en dos ocasiones y lo habían condenado solo una. En al menos cinco arrestos, las víctimas se negaron a presentar cargos. Tenía encanto, al parecer, y sabía usarlo. Hubo un cargo por agresión con arma letal. El hermano de una de sus víctimas lo había acusado de robo y él lo había agredido. Después, al hombre le habían rajado los neumáticos y habían allanado y dañado su casa, pero no hubo pruebas para condenarlo por ello. Tampoco importó, porque la acusación por agresión prosperó y él pasó dos años en la cárcel. Cody se quedó sorprendido. Llamó al jefe de policía encargado del caso y se enteró de que se rumoreaba que el *gigolo* podía haber estado buscando un modo de librarse del hermano. Así, podría casarse con la mujer y quedarse con su fortuna. Si su hermano hubiera desaparecido, y ella también, ese hombre podría haberse quedado forrado de por vida.

El jefe de policía le contó también que ese oportunista podía estar relacionado con otro caso ocurrido en Denver. Cortejó a una mujer allí y se produjo una muerte, la de la hermana de ella. La policía lo investigó, pero no pudo encontrar pruebas suficientes para que la acusación prosperara. Poco después, él abandonó el estado y se trasladó al Condado de Dade.

Y entonces el jefe de policía hizo algo curioso. Advirtió a Cody sobre Horace Whatley. Le dijo que no tenía ninguna enfermedad mental grave, sino solo algunos problemas de conducta que desaparecían cuando tomaba la medicación.

Después, habló de Bobby Grant y la hermana de Whatley, que ya había pasado de los cuarenta y estaba encaprichadísima con las atenciones de ese hombre encantador y mucho más joven con quien estaba saliendo.

—He hablado con ella por teléfono antes de llamarle a usted —dijo Cody—. Parece muy agradable. Algo ingenua, no sé si me entiende.

—Es ingenua. Y muy dulce también —añadió el jefe con tono suave—. Vive en mi calle, aquí en Miami. Bueno, ella vive en una finca y yo vivo en un piso pequeño en un complejo próximo —añadió con una risita—. Con mi salario no puedo permitirme una mansión.

—Pues ya somos dos —contestó Cody riéndose—. Pero, claro, no nos dedicamos a esto por el dinero.

—Exacto. ¿Qué tal si le echa un ojo a Whatley? Yo también le tengo aprecio.

—Le echaré un ojo, sí —prometió Cody—. Se ha comprado un rancho aquí y se ha convertido en una especie de emblema para el pueblo. Somos un pueblo muy pequeño, muy unido y algo cerrado, pero él encaja bien. Y la verdad es que está haciendo un buen trabajo con el rancho. Tenía algunas ideas radicales a las que todos quitamos importancia, pero las ha llevado a cabo en su rancho y le están dando dinero. Muy pronto será solvente.

—Me alegra saberlo. Siempre me ha caído bien. Nita Whatley tuvo un prometido que murió en Oriente Medio durante la invasión de Irak, uno de los hombres de mi unidad. Jamás lo superó. Y desde entonces ni siquiera había hablado con ningún otro hombre. Hasta que hace unas semanas conoció a este oportunista de altos vuelos y ahora vuelve a sentirse como una adolescente —gruñó—. Qué pena. Es una mujer dulce y, por lo general, centrada y sensata. Se merece algo mejor.

—Espero que tenga vigilado a ese hombre —dijo Cody.

—No lo dude. Y si quiere ir a Denver a investigar el caso del que le he hablado, le daré la dirección de la hermana de la fallecida.

Él pensó en su difunta esposa. Ella también había vivido en Denver y a él le gustaría ir a su antiguo piso y hablar con gente que la había conocido. Eso lo reconfortaría. Seguía amándola y la echaba de menos. También echaba de menos a Anyu.

—Eso haré —contestó Cody—. ¿Puede enviarme un mensaje con la información? —le pidió, y luego le dio su número de móvil—. Y le agradeceré cualquier otra información que pueda conseguir. Estoy investigando un atraco a un banco en Catelow. Hacía años que no teníamos uno.

—Buena suerte. Nosotros hemos tenido dos esta semana. El crimen no se va de vacaciones. Ojalá lo hiciera. Estamos sobrepasados de trabajado y escasos de recursos.

—Como todos, ¿no? —dijo Cody riéndose—. Gracias por la ayuda.

—No hay de qué.

Cody fue al Rancho Whatley, llamado Pride's Run, para hablar con Horace.

Le abrió la puerta una sonriente mujer, Julia Donovan, el ama de llaves.

—*Sheriff* Banks, ¡qué alegría verle! Pase.

Lo llevó a la cocina, donde su jefe se estaba tomando un café y leyendo el periódico.

El hombre levantó la mirada y sonrió.

—¡*Sheriff*! ¡Qué alegría verle! ¿Un café?

—Me encantaría tomarme una taza —respondió Cody dejando su sombrero en una silla antes de sentarse—. Ha sido un día largo.

—¿Cómo lo quiere, *sheriff*? —preguntó Julia.

—Solo y cargado —respondió, y se rio—. Me mantiene despierto.

—¿Qué puedo hacer por usted? —preguntó Whatley, y sonrió. No hubo ni indecisión, ni nerviosismo; ninguna muestra de que la visita del *sheriff* pudiera ser una maña señal.

—He hablado con su hermana.

Whatley dejó de sonreír y suspiró.

—Sí. Yo también. ¡Ese hombre! ¡Ha vendido un cuadro antiguo, el favorito de nuestra madre, y ella se lo ha permitido! ¡Estoy tan enfadado!

Cody le dio las gracias a Julia por el café. Bebió un sorbo. Estaba perfecto, fuerte y gustoso.

—El novio de su hermana tiene antecedentes criminales —dijo, y Whatley pareció animarse de pronto.

—¿Ha estado condenado por algo? —preguntó interesado.

Cody asintió.

—Por agresión. Atacó y casi mató al hermano de su novia. Se rumoreó que quería quedarse con su patrimonio y que el único modo de hacerlo era quitándose de encima al suspicaz hermano.

—¡Dios!

—Y eso no es todo. Creemos que mató a la hermana de otra víctima, en Denver. En aquella ocasión se libró de todos los cargos, pero se sabe que la hermana le plantó cara y que era la única otra heredera de la fortuna.

—Mi pobre hermana —murmuró Whatley—. Ha estado sola mucho tiempo. Supongo que era vulnerable a las atenciones de un hombre y él se aprovechó de eso.

—Eso mismo pienso yo. Y también el jefe de policía de la zona.

—Está enamorado de ella. Siempre lo ha estado. Pero era el oficial al mando de la unidad en la que estaba su prometido cuando murió. Aquella relación acabó con toda esperanza que él pudiera tener. Pero ahora mi hermana no está prometida y él podría tener una oportunidad. Por desgracia, la fortuna de mi hermana es lo que lo echa para atrás. Él no quiere que lo acusen de cortejarla por su dinero.

—Ya, eso me suena —dijo Cody—. Le pasó lo mismo a un amigo mío hace unos años. Pero lo superaron.

—Por cierto, ¿conoce a alguien del Departamento de Flora y Fauna local? Tengo que hablar con alguien sobre un alce que se siente atraído por nuestra vaca lechera. No quiero que le hagan daño —añadió Whatley a toda prisa—. Solo quiero ver si podrían trasladarlo a un bosque nacional en alguna parte y soltarlo.

Cody se rio.

—Bienvenido al fascinante mundo de la vida de rancho, Whatley. Tiene usted cualidades. Desde luego que las tiene.

—Gracias —respondió Whatley con un suspiro—. Aunque ojalá pudiera resolver el problema de mi pobre hermana antes de que su maldito novio nos deje en la ruina y acabemos viviendo en la calle.

—Eso no pasará. He hablado con su hermana y le he comentado que podría haber complicaciones graves si seguía bloqueando sus cheques y su tarjeta de crédito. Va a volver a activarlos, pero a través de su abogado. Creo que le tiene miedo a su novio, pero está demasiado enamorada para admitirlo.

—Eso mismo pienso yo. Es un alivio, lo del dinero —añadió Whatley en voz baja—. Estoy de deudas hasta las orejas. Hasta había llegado al límite de mi tarjeta de crédito. Sin esos cheques regulares, le aseguro que ya estaría en la calle.

—No. Jamás acabaría en la calle, aquí no. Alguno de nosotros le adoptaría y le acogería.

Whatley se sonrojó.

—¿Qué?

—Tendría un lugar donde vivir y muchos entre los que elegir —dijo Cody sonriendo—. No tiene ni idea de cuánto se le aprecia por aquí. Ha encajado en este lugar.

Él levantó la mirada, aún colorado.

—Esta es la primera vez en toda mi vida que vivo en un lugar donde encajo. Soy excéntrico. Donde vivía antes, los amigos que teníamos hacían bromas conmigo y se burlaban de mí.

—Entonces no eran amigos, ¿no?

—No, no creo que lo fueran —contestó él despacio—. Mi hermana nunca ha tenido buen ojo para la gente. Es voluble. Una vez acogió en casa a una indigente que se trajo a todos sus amigos y luego tuvo que llamar a la policía para echarlos. Causaron muchos daños en la propiedad y a ella le daba miedo pedirles que se marcharan. La animé a llamar a la policía porque sabía que Dan Brady se plantaría en persona y se ocuparía del problema. ¡Ojalá Nita se fijara en él! Es un buen hombre. Justo lo que ella necesita.

—¿Es el jefe de policía? Sabía el apellido pero no el nombre de pila. Me cae bien.

—Sí. Es un hombre estupendo. Aunque una vez me arrestó por un robo. Pero el propietario se puso de mi parte y dijo que yo jamás robaría nada. Encontraron al hombre que lo hizo y confesó unas semanas después. Si no fuera porque hay gente maja, creo que estaría cumpliendo condena en la cárcel en lugar del verdadero culpable.

—Aquí en Catelow no. Eso nunca. No conmigo al cargo.

—Lo que me lleva a la pregunta, ¿qué hace aquí, *sheriff*?

Cody se rio.

—El atraco al banco.

—¡Ah! ¿Alguien piensa que he sido yo? —preguntó, y ni siquiera parecía nervioso. Sonrió.

—Se ha mencionado su nombre junto con varios otros —dijo Cody enarcando las cejas y sonriendo—. Uno era el del pastor metodista. Se quedó, por decirlo de forma suave, impactado.

Whatley soltó una carcajada.

—¿Quién lo ha acusado?

—Un miembro de la congregación que estaba enfadado porque no estaba avanzando y haciendo lo que están haciendo las iglesias de todas las ciudades grandes.

—Este es un pueblo pequeño y seguimos siendo personas temerosas de Dios —dijo Whatley con convicción—. Si el pastor se quedara en la calle, podría mudarse aquí conmigo. Espero que se mantenga firme. El gobierno no debería meterse ni en medicina ni en religión. No está cualificado para controlar ninguna de las dos.

—No podría estar más de acuerdo —convino Cody. Se levantó y agarró su sombrero.

—Si me tiene como sospechoso, ¿por qué no me ha interrogado? —preguntó Whatley al acompañarlo a la salida.

Cody se situó en el escalón superior y se giró hacia él con una sonrisa en los ojos.

—Acabo de hacerlo. Me costaría mucho encontrar a un hombre más inocente que usted. Que tenga un buen día.

—Igualmente, *sheriff*.

Y Whatley sonrió también.

Capítulo 8

Cody obtuvo permiso de las autoridades locales para ir a Denver, con gastos pagados, a interrogar a una víctima del oportunista, ya que ese caso estaba vinculado con Horace Whatley, uno de los sospechosos del atraco al banco en Catelow. Era una vinculación algo tenue, por decir mucho, pero a la vez firme. Si ese *gigolo* oportunista tenía un cómplice que intentaba incriminar a Horace como el ladrón, entonces podría deshacerse de él y dejaría a Nita sin ningún familiar que le impidiera a él hacer todo lo que quisiera y quedarse con su dinero.

Cody les dijo a sus chicas, como consideraba a Abby, Lucy y Hannah, que estaría fuera unos días investigando un cargo contra el novio de la hermana de un vecino que además había dejado otra víctima en la cercana Denver.

—Será la hermana de Whatley, en Florida —dijo Abby al instante, asintiendo.

Él abrió la boca ligeramente.

—¿Cómo lo has sabido?

—Alguien se lo ha dicho a alguien, que se lo ha dicho a alguien más, que se lo ha contado a alguien más en la cafetería. Esas cosas. Un asqueroso conspirador anda detrás de la hermana de Whatley. Espero que lo aten a un árbol y le pongan un cartel en el pecho diciendo lo que ha hecho.

—Qué medieval —dijo él esbozando una mueca mientras se comía la deliciosa tortilla que había hecho Hannah.

—Necesitamos que vuelva lo medieval —resopló Hannah—. La de cosas de las que se libra la gente hoy en día, por no hablar de todo de lo que se libran los políticos. Y además, ¿por qué nuestro país lo está gobernando un puñado de ancianos seniles?

—¡Hannah! —exclamó Abby—. En política tenemos a muchos hombres mayores estupendos y lo hacen la mar de bien.

—No hablo de ellos. ¡Hablo de los granujas escandalosos que están siempre delante de las cámaras menospreciando a la gente que tiene puntos de vista opuestos!

—Deberías dejar de ver las noticias —le aconsejó Abby—. Busca mejor una peli antigua bonita —añadió y suspiró—. Vivir en Catelow es lo mejor que podemos hacer para vivir como lo hacía la gente de antes, cuando estaban más cerca de la tierra y de Dios.

—Amén —contestó Hannah.

—Bueno, tenemos que vivir con lo que tenemos —dijo Cody con tono filosófico—. Mañana echaré de menos el desayuno. Y también os echaré de menos a vosotras.

—Espero que encuentres algo que te ayude con el caso —deseó Abby.

—Y yo.

Cody no lo dijo, pero Abby lo sabía; sabía que él pasaría parte de esos días fuera pensando en Debby, que había muerto en el hospital de Denver. Le sería un lugar familiar porque había ido a visitarla allí, aunque no hubiera sido muy a menudo. Esperaba que eso pudiera ayudarlo a recuperarse. Seguía viviendo en el pasado con su precioso fantasma. No había mujer viva que pudiera competir con la perfección de un recuerdo. A Abby le habría gustado hacerlo, pero se acobardaba, al igual que él. Ahora Cody se mostraba cordial, pero solo cordial. Tal vez una visita a Denver lo ayudaría a olvidar por fin. Desde luego lo alejaría de casa, donde aún lloraba a Anyu.

—Espero que tengas buen viaje a pesar del motivo por el que vas —dijo Abby mientras todas le decían adiós desde el porche delantero.

—No estaré fuera mucho tiempo. Si necesitáis algo, llamad a mi oficial adjunto. Él sabe qué hacer.

—Lo haremos. Ten cuidado —dijo Abby.

Cody sonrió.

—Siempre tengo cuidado. Nos vemos en unos días.

Se marchó despidiéndose con la mano. Abby se quedó mirándolo hasta que desapareció por la carretera mientras Hannah y Lucy volvían a la cocina a por más galletas.

Cuando Cody entró en Denver, fue como retroceder en el tiempo. Solo había estado allí para visitar a Debby unas cuantas veces durante su matrimonio. Lo que más recordaba era el hospital donde ella había muerto. Se había vuelto loco de dolor y había arremetido contra todos los que la rodeaban mientras enfermeros y médicos residentes intentaban salvarle la vida. También había arremetido contra Abby y Lucy y les había dejado huella, cosa que aún lo avergonzaba.

En el hospital habían hecho todo lo que habían podido, pero no habían logrado salvar a Debby. Sus últimas palabras habían sido incomprensibles. Qué curioso que las recordase ahora, mientras accedía al aparcamiento de un motel cercano al hospital. Debby había dicho que Osito cuidara de Muttsy. ¿Quién narices era Osito? ¿Y quién o qué era Muttsy?

No había pensado en eso en seis años, pero ahora había vuelto a su mente con ganas. Por supuesto, Debby había estado delirando por la fiebre y eso le habría nublado los pensamientos. Podía haber sido algo de su infancia. Cody recordaba de forma muy vívida la última

vez que la había visto, cuando cayó en un estado de in-
consciencia. Al menos lo había reconocido. Y, como había podido, había sonreído y le había dicho que lo
sentía. ¿A qué había venido eso?

Él había estado viviendo con el recuerdo de Debby
mucho tiempo. Había estado años enterrado en su dolor sin cuestionarse nada del pasado. Pero, ahora que
estaba en Denver, estaba recordando cosas extrañas,
comportamientos extraños, que había enterrado con
ella.

Una de las principales era Anyu. Debby la había
dejado al cuidado de una enfermera para que, según
decía en la nota, fuera a recogerla el hombre más preciado de su vida. Y, por supuesto, ese hombre tenía que
ser él. Estaba seguro. Así que fue al apartamento de la
enfermera y, al ver a Anyu, se quedó abrumado, totalmente encantado. Debby le había dejado esa preciosa
y suave bolita de ojos azules, y él se había enamorado
al instante.

La enfermera se había comportado de forma extraña. Él le había dado la nota y le había dicho que una
auxiliar del hospital le había dicho que tenía una sorpresa esperándolo en el piso de esa enfermera y que el
último deseo de Debby era que se quedara con la perrita.

La enfermera había recuperado la compostura y había dicho que por supuesto, que la perrita tenía que estar con su esposo, aunque se había mostrado impactada
cuando Cody le había hablado de su matrimonio, de la
ambición de Debby y del dolor que sentía él. La enfermera había conocido bien a Debby y también estaba
sufriendo. La perrita compensó mucho parte del dolor
de Cody. Se la llevó a casa tras el funeral y la llamó Anyu.
Había sido su confidente, su tesoro, hasta su muerte.
Perderla había sido como volver a perder a Debby.

Se registró en el motel y pensó en por qué había ido
allí. Tenía unas preguntas sobre Debby para las que

quería respuestas, pero también había ido a hacer un trabajo, así que más valía que se pusiera en marcha.

Su primera visita fue a una mujer llamada Violet Henry, y resultó agobiante hacerle responder hasta las preguntas más básicas.

—Maté a mi hermana —dijo ella con rotundidad después de haberse negado a responder las cautelosas preguntas de Cody.

No era una mujer hermosa. Era menuda y delgada, y tenía algunas canas entremezcladas con el tono marrón cálido de su larga melena. Estaba nerviosa, no dejaba de moverse mientras hablaba sobre lo sucedido.

—Señorita Henry, así es la vida —respondió Cody con tono suave—. Todos hacemos cosas que desearíamos poder retirar, pero no podemos. No puede rebobinar la vida. Tiene que seguir adelante. Y no, usted no mató a su hermana. Usted se enamoró de un hombre que resultó ser la peor clase de persona. Eso escapaba a su control.

A la mujer se le saltaron las lágrimas. Se llevó la taza de café a los labios. Le había ofrecido una a Cody, pero él la había rechazado. Aún seguía lleno del café del desayuno.

—Él parecía la respuesta a mis oraciones —comenzó a decir la mujer—. ¡Era tan guapo! Me impactó que un hombre así pudiera amar algo en mí.

Se sonrojó y añadió:

—No soy una mujer bonita. —Sonrió y luego continuó—: Pero él me hacía sentir que lo era. Me traía regalitos y me llevaba a restaurantes y a bailar. —Se rio con tristeza—. Nunca me percaté de que era yo la que acababa pagándolo todo. Hasta le di dinero para apostar en un casino de lujo y perdió treinta mil dólares en una tirada de la ruleta —comentó estremeciéndose—. A mi hermana, Candy, no le gustaba, y me lo dijo. Me dijo que iba detrás de mi dinero. Hasta contrató un detective privado. Al menos eso dijo. Nunca supe nada del tema hasta después de que ella... después de que muriera. La policía me dijo que había habido una investigación y que él estaba implicado en conductas criminales. Para entonces ya era demasiado tarde. Pobre Candy.

Se detuvo y se llevó un pañuelo a los ojos.

—Me quería. Era la única familia que me quedaba, y él me la arrebató —dijo con sus ojos marrones encendidos de venganza—. Me encantaría verlo en la silla eléctrica, si es que aún se usan esas cosas, ¡y yo misma tiraría de la palanca si me dejaran!

—Ahora se usa la inyección letal —respondió Cody—. Pero es igual de efectiva.

—Supongo que sí. —Respiró hondo—. Tengo todas las cosas de Candy —añadió mirándolo con unos ojos sin vida—. Siempre tuvo razón. Ojalá la hubiera escuchado.

—¿Podría mirar entre sus cosas y ver si hay algún papel que pudiera conducirme al detective al que contrató?

—¿Eso le ayudaría a atrapar al hombre que lo hizo?

—Creo que podría ayudarme bastante, sí —respondió él con convicción.

Ella sonrió.

—Entonces esta noche lo revisaré todo. ¿Tiene un número de móvil?

—Sí —contestó Cody, y se lo dio—. Estaré aquí al menos dos o tres días. Me alojo en el Motel Starlight, en Spruce Lane.

Ella asintió.

—Me pondré con ello hoy mismo —prometió. Lo observó—: ¿Ha vuelto a las andadas con otra pobre mujer?

—Sí. Una heredera rica de Florida. Al parecer, su hermano es su próximo objetivo, ya que es el único pariente que tiene ella.

Cody sacudió la cabeza.

—Nunca he sido rico ni lo seré. No me puedo imaginar haciéndoles algo tan espantoso a una buena mujer y a su familia solo por tener dinero.

—Yo tampoco —contestó la señorita Henry—. Ese hombre es un monstruo y seguirá haciendo esto hasta que de verdad mate a alguien.

Se le empañaron los ojos.

—Sigo pensando que mató a mi hermana, pero jamás podré demostrarlo.

—Con un poco de suerte, yo la ayudaré a demostrarlo. El hombre tras el que va ahora vive en mi condado —le explicó Cody, y sonrió con melancolía—. Está un poco desequilibrado, pero es un hombre bueno y amable. No me gustaría nada verlo acusado de un crimen que no ha cometido solo porque un cazafortunas quiera quitárselo de en medio.

—Si puedo ayudar, desde luego que lo haré —se ofreció la señorita Henry—. Incluso testificaré en un juzgado si lo necesita. Un hombre así no debería irse de rositas después de haber cometido un asesinato. Es muy posible que el detective encontrara pruebas de algún crimen que mi exnovio cometió.

—No lo dudo —contestó él suspirando—. No duermo mucho, así que puede escribirme incluso a las dos de la mañana si encuentra algo.

Ella ladeó la cabeza y lo observó.

—¿Ha perdido usted a alguien?

Él asintió.

—A mi husky. Se llamaba Anyu y era mi única familia. Solo tenía seis años.

—Pobre de usted —murmuró ella en voz baja—. Yo perdí a mi Nicky. Solo era un gato callejero, pero lo tuve durante dieciséis años. Era una dulzura. Pasé semanas llorándolo.

Miró a Cody.

—Tuve que dejarlo con una vecina cuando Bobby vino. Así se llamaba mi exnovio, Bobby Grant. Odiaba a los animales y a los niños. Se me había olvidado.

Cody volvió a tomar notas.

—Esto podría ayudarnos. ¿Recuerda alguna otra cosa?

—Pues la verdad es que sí. Cuando empezó a quejarse de que mi hermana estaba celosa de mí y que estaba planeando encerrarme en un psiquiátrico, le dije que ella jamás haría eso. Se puso algo violento. Me llevó contra una pared y, pegándose a mi cara, me dijo que podía demostrarlo. Entonces se preparó para irse mientras me decía que si quería pasarme el resto de mi vida en una institución mental, era problema mío, no suyo.

Sonrió con tristeza.

—Cómo no, le supliqué que se quedara. Me asustó. Yo sufría pequeños brotes en los que veía a gente invisible y cosas así. Mi hermana lo sabía. No era tan descabellado que pudiera tener alguna idea de encerrarme. Ella no habría hecho algo así, pero él me asustó.

Bajó la mirada.

—No mucho después, una noche Candy no volvió a casa después de una cita. La encontraron en el río al cabo de unos días.

Cerró los ojos y se estremeció.

—Lo que más miedo le daba a Candy en el mundo era ahogarse. Nunca descubrimos quién fue su acompañante en aquella cita.

—Yo puedo hacer una suposición bien fundamentada.

—Y yo. Seguro que Candy salió con él, le plantó cara diciéndole lo que el detective y ella habían descubierto, y él la mató. —Apretó los dientes—. Jamás me perdonaré por lo que le pasó. Pero si usted puede encontrar algo para pillar a ese... a ese... ese despiadado tramposo, le estaré agradecida el resto de mi vida.

—Le prometo que haré todo lo que pueda —dijo Cody levantándose—. Gracias por concederme su tiempo, señorita Henry.

—Ha sido un placer, *sheriff* Banks. Si encuentro algo, prometo decírselo.

—Se lo agradecería. Siento haberle despertado tan malos recuerdos.

—Como si no pensara en ello cada día. Pero la vida sigue —añadió con tristeza.

Él asintió.

—Y tanto que sigue.

Volvió al motel. Cenó en un restaurante que había al lado y pensó en lo que le había dicho la señorita Henry. Si el detective había encontrado alguna prueba de que ese sinvergüenza había salido con su hermana y luego la había matado, eso ayudaría a evitar que Whatley entrara en la cárcel.

Al parecer, ese hombre había recorrido el mundo un par de veces y era tan resbaladizo como un cerdo engrasado. Desde luego se había librado de un cargo de asesinato, aunque se había marchado a Florida cuando la señorita Henry había mencionado a ese detective.

Estaba pensando que el detective, si es que podía encontrarlo, podría atar muchos cabos sueltos. Ojalá la señorita Henry pudiera conseguir al menos un número de teléfono o un nombre.

Mientras tanto, se encontraba tan cansado y agotado que se fue pronto a la cama. A la mañana siguiente desayunó. No había recibido ningún mensaje de la señorita Henry, así que decidió ir a ver al policía que se había ocupado de la investigación del asesinato.

El hombre estaría fuera hasta el día siguiente, pero prometió sacar tiempo para hablar con él. Ya que Cody tenía un rato libre, fue al bloque de pisos donde había vivido Debby y le preguntó al gerente si el piso estaba vacío y podía verlo.

Por un golpe de suerte, lo estaba. El hombre lo acompañó.

—Nadie se queda mucho tiempo en él —le dijo riéndose—. No entiendo por qué. Una vez sí que tuvimos a una inquilina que estuvo viviendo aquí casi dos años. Estaba casada, pero su marido solo pasaba alguna que otra noche aquí. Era gente rara. Parecían muy volcados en su trabajo. Los dos eran médicos. Trabajaban en el hospital al final de la calle.

A Cody se le paró el corazón.

—¿Podría ser Deborah Banks?

—Deborah seguro, pero el apellido que me dio no era ese. Era Stern. El otro médico era Craig Stern.

A Cody se le tensó todo el cuerpo. Ese era el médico que había ido al funeral de Debby.

—Ella llevaba alianza de boda, así que supuse que estaban casados —continuó el hombre mientras avanzaban, ajeno al asombro en el rostro de Cody—. Buenos inquilinos, eso sí. Siempre pagaban a tiempo y nunca estropearon el piso. Ella murió de algún virus. Su marido se volvió loco, tuvieron que llevarlo al hospital y sedarlo. Se mudó a otro sitio una semana después. Nunca había visto a nadie sufrir tanto por una muerte. Pobre hombre.

A Cody se le había revuelto el estómago. Su vida y sus recuerdos se agolpaban en su mente.

El hombre abrió la puerta.

—Está completamente amueblado —dijo llevando a Cody adentro—. Tal como se quedó cuando murió la doctora. El otro médico no quería nada de lo que había aquí y lo dejó para el siguiente inquilino. Bueno, sí que se llevó a su perra al marcharse, una perrita peluda llamada Muttsy. Una monada. El hombre la adoraba. La doctora simplemente la toleraba —añadió, y soltó una risita—. Así son las cosas, ¿no? Supongo que estaría celosa de las atenciones que el médico le daba a la perrita.

—Supongo —contestó Cody con tono angustiado al recordar lo que Debby había dicho mientras moría: «Decidle a Osito que cuide de Muttsy».

—Bueno, mire todo lo que quiera. Venga a buscarme cuando termine y volveré a cerrar —le pidió, y luego añadió—: ¿Conocía usted a los médicos?

—No mucho —respondió Cody con voz débil, y era

verdad—. La mujer vivió un tiempo en mi pueblo, en Wyoming. Estoy aquí por un caso que no tiene relación con ellos.

—Ya, entiendo. Bueno, estaré por aquí.

El hombre salió y cerró la puerta. Cody vagó por las habitaciones. El mobiliario era moderno y el único cuadro de la sala era un gran bodegón sobre la repisa de la chimenea. Cruzó la cocina, que parecía que no se había usado nunca. Luego miró dentro de los dormitorios. Uno era grande, muy grande, y el otro pequeño. Parecían habitaciones para invitados, como la del motel donde estaba alojado. No se quedó mucho dentro.

Llevaba años llorando a su difunta esposa. Ahora le habían dicho que ella había estado viviendo con otro hombre y fingiendo estar casada con él. ¿Por qué no se había divorciado y se había casado con el médico de verdad? No tenía respuesta para eso.

Tal vez había algún motivo por el que era el médico el que no podía casare con Debby. Apretó los labios mientras pensaba en ello. ¿Y si el médico estaba casado también y el matrimonio a larga distancia de Debby con Cody le daba respetabilidad a su relación en el trabajo y los libraba de cualquier sospecha de que estuvieran viéndose?

Cody recordó con dolor lo que acababa de decirle el gerente, que la pareja al parecer estaba casada, pero que era solo la mujer la que se alojaba allí de forma permanente. El otro médico, al parecer su marido, solo iba de vez en cuando. Tenía sentido. Cody estaba furioso. Odiaba con ganas a Craig Stern. Quería ir a por él y hacerle daño. Cody se había pasado dos años en el Condado de Carne, Wyoming, casado con una mujer que era una esposa ausente, que no quería que él la visitara en Denver y que casi nunca iba a casa. Se había pasado esos años loco de amor, tan cautivado por ella que habría hecho lo que fuera por no perderla. Y esos años ella había vivido una mentira en los brazos de otro hombre y fingiendo ser su esposa.

No tenía pensado ir al hospital, pero los pies lo llevaron hasta allí. Fue al mostrador de información y preguntó por el doctor Craig Stern. La recepcionista sonrió y le preguntó si era un conocido. Sí, respondió Cody. Dijo que el hombre era un buen amigo de su difunta esposa. Que estaba en la ciudad y que quería saludarlo.

El médico estaba en su consulta, en un edificio más pequeño enfrente del hospital. La mujer le dio a Cody el número de la sala.

Se dirigió allí y habló con la recepcionista. Un minuto después, lo llevaron a ver al doctor Stern.

Fue un impacto. El médico se quedó pálido. Se reconocieron del funeral de Debby.

Cody estaba enfurecido y tuvo que controlarse.

—Creo que mi esposa te llamaba «Osito», ¿no? —preguntó Cody con frialdad, atacando al enemigo en su propio terreno.

El doctor Stern respiró hondo y se sentó detrás de su mesa.

—Sí —reconoció con pesar. Miró a Cody con tristeza—. Estoy casado. Mi mujer le da a la botella, odia mi trabajo y la mayoría del tiempo está por ahí viajando con sus amigos. Intenté divorciarme, pero me montó una escena y me amenazó con acusarme de conducta inapropiada para asegurarse de que jamás volviera a ver a mi hija.

Levantó la mirada; su rostro era un tormento.

—Yo quería que Debby te pidiera el divorcio, pero ella decía que su matrimonio hacía que pareciera que los dos estábamos unidos a otras personas y que así no se hablaría de nosotros. La quería más que a mi vida, y ella me quería también. Lo siento mucho —añadió finalmente—. No quería que las cosas fueran así. Pero los dos estábamos unidos a nuestro modo y tú fuiste un daño colateral.

—Nunca me quiso —reconoció Cody por fin dándose cuenta de la verdad.

—Te apreciaba y odiaba engañarte —respondió Stern con delicadeza—. Fui su mentor en Neurología. Era una mujer absolutamente brillante. Tenía un gran futuro por delante —aseguró, y se recostó en la silla—. Mi vida acabó cuando ella murió. Adoro mi trabajo. Es lo único que evita que me tire del tejado de un edificio.

—No sabía nada de esto —replicó Cody con voz gélida—. Jamás pensé que pudiera ser infiel, que estuviera llevando una doble vida. La quería más a que nada en el mundo. Me dejó una perrita...

—Sí, la husky —dijo el médico con la mirada apagada ante el recuerdo—. Se suponía que era para mí, como un último regalo, pero te la dieron a ti por equivocación. Iba a hacerle compañía a Muttsy —continuó mirando el rostro tenso de Cody—. Me encantan los perros. A ella no le gustaban los animales, pero toleraba a la perra cuando yo iba a verla. Mi esposa odia a los perros —añadió con una mueca de pesar—. También me odia a mí.

Cody estaba demasiado agitado como para compadecerse del hombre. Aún estaba asimilando lo que acababa de descubrir sobre su perfecto matrimonio.

Y el médico lo vio.

—¿Te vas a quedar unos días?

—Sí —contestó Cody con brusquedad—. Estoy investigando un asesinato que podría estar vinculado con un caso en el que estoy trabajando en Wyoming.

El médico asintió.

—Vuelve a tu motel, tómate una copa bien cargada y duerme unas horas. Has sufrido un impacto. Lo siento mucho por la parte que me toca, pero no podía haber evitado lo que pasó. Yo también amaba a Debby. La amaba más que a mi propia vida —confesó con la voz entrecortada antes de desviar la mirada.

Cody estaba luchando contra la traición, el impacto, la rabia y media docena de emociones menos traumáticas. Recordó que el médico por poco no se desmayó en el funeral. Recordó lo que le habían dicho, que habían tenido que hospitalizarlo y sedarlo cuando Debby murió por lo hundido que estaba.

—Supongo que los dos somos víctimas —contestó Cody en voz alta al cabo de un momento.

El médico asintió.

Cody respiró hondo, asintió y salió de la consulta. Caminó y caminó hasta que estuvo demasiado cansado para hacer ninguna otra cosa. Fue al restaurante próximo al motel, pidió una copa bien cargada en la barra y se la bebió. Volvió a la habitación del motel y se dejó caer en la cama.

Cuando se despertó, tenía dos mensajes en el móvil. Uno era de la señorita Henry, pidiéndole que la llamara cuando tuviera tiempo. El otro era de Abby. Decía simplemente: *¿Estás bien? Estamos todas preocupadas por ti. Cuídate.*

El mensaje, tan breve, le levantó el ánimo y lo hizo sentirse bien. Abby estaba preocupada por él. Sonrió. La única mujer del mundo que tenía buenas razones para odiarlo estaba preocupada por él. Y no solo Abby, sino también Lucy y Hannah. Sus chicas. Sonrió de nuevo.

Pero tenía que ocuparse de unos asuntos antes de poder plantearse nada más.

Llamó a la señorita Henry.

—He encontrado algo —dijo ella cuando él se identificó—. No es mucho, solo una nota que al parecer mi hermana estaba escribiendo a la agencia de detectives la noche que salió con el asesino y no volvió —le contó con tristeza—. Pero la agencia está en Houston, Texas...

—Lassiter —soltó Cody al recodar que un detective con ese apellido había estado en Catelow por un trabajo.

—Bueno, sí, ¿cómo lo sabe? —preguntó la señorita Henry.

—La mayor agencia de detectives de Houston es la de Lassiter. Me ha parecido lo más lógico.

—Muy bien, *sheriff*. Este detective es el hijo del fundador de la agencia, a juzgar por lo que escribió mi hermana. ¿Eso es de alguna ayuda?

—Sí que lo es. Por favor, no deje de mirar. ¿Su hermana tenía un diario?

Se oyó un suave grito ahogado.

—¡Sí! Ni siquiera lo he buscado. Estoy segura de que el asesino no lo habría encontrado. Mi hermana tenía un escondite que solo las dos conocíamos. Iré a mirar ahora mismo. Si lo encuentro, le llamaré.

—Sí, hágalo, por favor. Y gracias.

—Estamos en el mismo bando —respondió ella, y colgó.

«Por fin», pensó Cody. Un posible avance en el caso. Ahora solo faltaba hacer que el *gigolo* se pusiera nervioso y salvar a Whatley...

Respiró hondo. No tenía sentido agotarse pensando en cosas que podrían no suceder. Sabía que la ley tenía que actuar paso a paso.

Mientras, él tenía que asimilar lo que suponía haber reabierto la muerte de Debby y la presencia del doctor en su vida.

Había creído que Debby le era fiel. Bien sabía Dios que él le había sido fiel a ella. Un agente de la ley tenía oportunidades de no serlo. Muchas mujeres sospechosas de algún delito estaban dispuestas a hacer casi lo que fuera con tal de librarse de un cargo que pudiera meterlas en la cárcel. Y luego también estaban las mujeres obsesionadas que se enamoraban del uniforme y de los músculos que lo rellenaban. Cody nunca se había visto tentado siquiera. Estaba loco por su esposa. Estaba tan feliz de estar casado con ella que había ignorado todas las señales que podían haberlo llevado hasta la verdad hacía años.

Ahora tenía que asimilarla y vivir con ella, y no sabía cómo iba a hacerlo. Llevaba mucho tiempo viviendo de los recuerdos. Y ahora además resultaba que Anyu ni siquiera había sido para él. Había perdido a Debby y a Anyu. No le quedaba nada de la vida que creía que estaba viviendo. Una vida llena de alegría y pesar, y todo era una farsa. Debby había estado enamorada de otro hombre, un hombre que ella nunca pudo tener del todo. Y el médico al que amó se encontraba en la misma situación que ella.

Cody había sido... ¿cómo había dicho el doctor Stern?... un daño colateral. Él era al que más daño habían hecho, pero no lo había sabido. Si no hubiera salido de Wyoming, si nunca hubiera ido hasta allí investigando ese caso para intentar salvar a Horace Whatley, jamás habría sabido lo de Debby y su amante.

Sintió el dolor como un relámpago recorriéndole el cuerpo. Se sentó con los codos apoyados en las rodillas y la cabeza en las manos.

—¿Por qué? —gritó—. ¡Por Dios, Debby! ¿Por qué no me lo dijiste?

No podría haberlo hecho. Él ahora lo veía claro. Ella tenía que mantener su matrimonio para proteger al hombre que amaba de verdad, un hombre que formaba parte de un mundo en el que Cody no vivía.

Sintió en su interior un frío vacío que no había conocido hasta ahora. Entendía que necesitaría tiempo para procesar esa nueva realidad, para acostumbrarse a ella. Tenía que tener tiempo.

Pero no podía dejar que sus problemas personales se interpusieran en la investigación de un asesinato. Tenía que salvar a Whatley. Porque era muy probable que ese *gigolo* fuera a hacer todo lo posible por librarse del hombrecillo para tener acceso completo a la fortuna de su hermana. Si lo había logrado con la hermana de la señorita Henry, era más que capaz de intentarlo de nuevo. Escapar de un cargo de asesinato y empezar una vida nueva en Florida con una nueva víctima le habría generado una sensación de inmunidad.

Eso podía darles ventaja a Cody y a Dan Brady, el jefe

de policía del Condado de Dade, porque ahora tenían información que Bobby Grant desconocía. Ojalá la señorita Henry pudiera encontrar el diario. Eso resolvería muchos problemas.

Pero al cabo de media hora lo llamó y dijo apesadumbrada:

—Lo cambió de lugar. Sé que lo guardaba ahí. A las dos nos gustaban los escondites y los lugares secretos. Vivía conmigo, así que compartíamos secretos. No creo que él pudiera encontrarlo. Nunca estaba solo lo bastante como para haber podido ponerse a buscarlo, y no tenía ni idea de que Candy tuviera siquiera un diario. Pero, si no puedo encontrarlo, es imposible saber qué escribió en él.

—¿Hablaba con usted de lo que escribía?

—La verdad es que no.

Hubo una pausa.

—Me temo que yo le resultaba algo hostil. Ella no se callaba lo que pensaba de Bobby Grant. Lo odiaba. Ni siquiera se quedaba en casa cuando él venía a buscarme para salir. Desde luego, a él no le habría contado que tenía un diario. No habría tenido ningún motivo para hacerlo.

—No a menos que ella lo hubiera amenazado con el contenido —dijo Cody en voz baja.

Hubo un largo suspiro.

—Eso no lo había pensado. Lo siento mucho. Estaba segura de que estaba en su escondite. Seguiré mirando —añadió rápidamente—. No pienso rendirme.

—¿Tenía su hermana una caja de seguridad?

—Bueno, sí, pero solo la usaba para guardar reliquias familiares. Joyas de diamantes sobre todo. Hace una semana eché un vistazo y las joyas seguían estando. Me pregunté si él se habría enterado de que estaban ahí y habría hecho una copia de la llave.

—¿Habría sabido dónde estaba?

Ella volvió a suspirar.

—No sabía que teníamos la caja de seguridad. Yo estaba demasiado ocupada escuchándolo alardear de sí mismo como para mencionar que Candy y yo heredamos una fortuna en joyas de nuestros abuelos.

—Pues mejor.

—Sí, pero es un triste consuelo. Habría preferido perder el dinero que a mi única hermana —dijo la mujer con tristeza.

—Si tiene suerte con el diario, por favor, llámeme. A la hora que sea.

—Se lo prometo.

—Y se me ha ocurrido que podría hablar con el director del banco para ver si alguien además de usted y su hermana han mirado en la caja de seguridad.

—Eso sí que sería lo que se llama una posibilidad muy remota —contestó ella con una ligera sonrisa en la voz—. Pero supongo que no hará ningún daño preguntar. De todos modos, conozco a todos los cajeros del banco y cualquiera que entra allí tiene que firmar para que se le permita el acceso. Y también se comprueban las firmas.

—Eso no lo sabía —dijo Cody, y se quedó sorprendido. Él no tenía una caja de seguridad. No tenía nada lo bastante valioso como para pagar por una.

—Se aprende algo nuevo cada día —respondió ella—. Si mete a ese hombre entre rejas, por favor, dígamelo. Celebraré una gran fiesta. Puede venir y traer a todos sus amigos.

Él se rio. Era la primera vez que había tenido ganas de reír de verdad en las últimas veinticuatro horas.

—Lo tendré en cuenta —prometió él.

Telefoneó a la Agencia de Detectives Lassiter en Houston, Texas, y habló con Dane Lassiter, el fundador.

El otro hombre reconoció el apellido.

—Usted estuvo investigando un caso concerniente a

los hermanos Kirk —dijo de inmediato—. Un asesinato. Uno de nuestros empleados, Ty Harding, estuvo allí.

—Lo recuerdo. No tenemos muchos asesinatos en mi parte del mundo.

—Me imagino que no. Es una comunidad pequeña.

—Muy pequeña. En este caso está implicado un *gigolo* que creo que está intentando inculpar del atraco a un banco a un miembro de nuestra comunidad. Puede que también tenga planes de eliminarlo. Hay una fortuna en juego y tiene a la heredera en cuestión lo bastante cautivada como para que le dé todo lo que tienen su hermano y ella.

—Vaya coincidencia —contestó Lassiter con tono pensativo—, ¡porque mi hijo está investigando un asesinato en Denver que podría estar vinculado con su caso!

Capítulo 9

—Por norma, no comparto información sobre una investigación en curso —le dijo Lassiter a Cody—, pero este caso es uno de los más perturbadores en los que me he visto metido. Creo que el hombre en cuestión mató a la hermana de su víctima en un intento de controlar su fortuna. La hermana era la única otra heredera y sospechaba de él. Es una tragedia. Se libró del cargo de asesinato, pero mi hijo no ha podido encontrar pruebas suficientes para llevarlo a las autoridades locales.

Suspiró.

—Además, el criminal se ha marchado de la ciudad y se ha esfumado.

—No —intervino Cody—. Está vivito y coleando en un pequeño pueblo de Florida e intentando convencer a su última víctima de que prive a su hermano de su fortuna familiar. Como no lo ha logrado, estoy seguro de que tiene un plan B que consiste en eliminar a nuestro vecino.

—Hay un diario desaparecido.

—Lo sé. Acabo de hablar con Violet Henry. Me ha informado de la relación de su agencia con mi caso.

—Qué pequeño es el mundo, ¿verdad? —dijo Lassiter pensativo.

—Muy pequeño. ¿Su hijo tendría tiempo de venir a

Wyoming y hablar del caso conmigo? Seguro que podemos permitirnos pagarle. —«O eso espero», pensó Cody.

—Como es un caso en activo, no tendremos que solicitarle a su departamento un pago adicional —le informó Dane. Se rio—. Empecé de poli en Houston, Texas. Sé de presupuestos incluso en los pueblos pequeños. Tuve cierto contacto con oficinas de *sheriff* en zonas rurales. De hecho, aún tengo contacto con ellos.

—Somos pobres pero honrados —le aseguró Cody.

—Le diré a mi hijo que vaya a verle el viernes, ¿le parece? Vive en Wapiti Ridge, a solo una hora en coche de Catelow. Por eso está trabajando en el caso de la señorita Henry. Está más cerca de ella que yo, aquí en Houston, donde tenemos las oficinas centrales.

—La señorita Henry es una persona interesante. Me cae bien.

—A mi hijo también. Qué pena tan grande lo que le pasó a su hermana. Hay que detener a ese criminal antes de que cause más muertes.

—Colaboraré encantado con ustedes del modo que pueda.

—Lo sé. Gracias. Estaremos en contacto —se despidió Lassiter antes de colgar.

Cody se sentía mucho mejor respecto al caso en general, pero estaba preocupado por Horace Whatley. El hombrecillo tenía algunos problemas mentales y necesitaba protección. Cody se ponía rabioso al imaginarse a ese charlatán oportunista buscando formas de inculpar al hermano de su víctima, o de matarlo directamente, para echarle mano a la fortuna de los Whatley. Y, como había visto frustrados sus planes en Denver, seguro que ahora estaría mucho más decidido a atacar aprovechando el momento. Debía de saber que Violet Henry no dejaría de intentar demostrar que él había matado a su hermana. Y estaría buscando pasta. Mucha.

Gracias a Dios que Cody tenía ese caso para entretener la mente mientras lidiaba con la nueva información que había descubierto sobre su difunta esposa y su amante. Se había negado a pensar en ello lo más mínimo mientras investigaba el caso. También había mandado la muerte de Anyu a un recoveco de su mente porque no tenía tiempo para permitirse sentir la pena que lo invadía. El trabajo era una panacea estupenda, pensó; un modo de superar su angustia. Si se mantenía ocupado, tenía menos tiempo para darle vueltas a la cabeza.

Pero quería, necesitaba, hablarlo con alguien. No le quedaba familia más allá de su primo, Bart Riddle. Eran buenos amigos, pero dudaba si compartir o no una información tan personal con nadie. Entonces pensó en Abby, que lo había abrazado mientras se enfrentaba a la pérdida de Anyu y lo había acogido en su casa y había cuidado de él. Una calidez le recorrió todo el cuerpo al recordarlo. No se parecía a ninguna mujer que hubiera conocido, excepto a su difunta madre, que había sido prácticamente una santa. Abby era así. Se preocupaba mucho por la gente que la rodeaba. Escuchaba sin ser crítica. Sonrió para sí. Bueno, después de todo, sí que tenía a alguien con quien hablar. Alguien que lo escucharía y además se preocuparía por él.

Hizo el equipaje y se marchó de Denver sin mirar atrás. Tardaría tiempo en procesar lo que había descubierto sobre Debby y el doctor Stern. Lo sentía por el hombre, pero detestaba lo que Debby y él habían hecho. Cody jamás se habría planteado tener una relación clandestina, ni siquiera con Debby, a quién tanto había amado.

Pensó que él era una de esas personas que amaba profunda y eternamente, y solo una vez en la vida. No podía imaginarse amando a otra mujer. Le gustaba Abby, claro. Era una buena persona y se había convertido en una buena amiga. Pero no iba a permitir que la atracción que sentía por ella monopolizara su vida. No tenían futuro. Él no quería volver a casarse, arriesgarse a que volvieran a destrozarlo. Durante mucho tiempo había vivido en un paraíso que su propia mente habría creado: estaba felizmente casado con una doctora brillante que lo amaba igual que él a ella y que quería pasarse la vida siendo su esposa.

Pero era mentira. Todo. Ni siquiera el último pensamiento de Debby, el regalo de una cachorrita al hombre al que amaba, había tenido que ver con Cody. La perrita era para el doctor Stern. Soltó una fría carcajada. Normal que la enfermera, la amiga de Debby, se hubiera puesto tan nerviosa cuando él fue a recoger a la perrita. Tal vez ni siquiera sabía que era el marido de Debby. O tal vez sí lo había sabido todo, y por eso Debby le había confiado a la cachorra con órdenes de que se la diera al hombre que más quería en el mundo. Y ese hombre no era Cody Banks.

Tantos años de mentiras. Gruñó por dentro mientras conducía de vuelta a Catelow. Debía de ser el pringado más grande del mundo. Si tan mal ojo tenía para juzgar a la gente, no podía estar cualificado para el importante trabajo que desempeñaba. Por otro lado, cualquiera podía cometer un error. Y él había cometido el más grande de su vida. Debería haberse dado cuenta de que Debby tenía otra relación cuando dejó de ir a casa los fines de semana. O, al menos, debería habérselo cuestionado. No lo había hecho porque tenerla en casa de vez en cuando era mucho mejor que no volver a verla nunca. Le había dado miedo presionarla demasiado y perderla del todo. Aunque sí que había tenido alguna sospecha: cuando la había visitado en su piso y ella, preocupada, no había dejado de mirar a su alrededor todo el tiempo. O cuando la había visitado en el trabajo, donde ella se había mostrado tensa y lo había recibido con prisas.

Había estado enamoradísimo. En el instituto le habían gustado algunas chicas y en una ocasión había estado embelesado con una recepcionista de una de las comisarías hasta que ella había confesado que se había enamorado de otro, uno de los oficiales de él, y había estado saliendo con Cody para poder ver al otro hombre. Se habían casado. Cody, sin ningún rencor, incluso había ido a la boda. En su vida amorosa no había habido muchos éxitos. Y ahora ahí estaba, con Debby muerta y él enfrentándose a la realidad de que su esposa no lo había querido ni deseado nunca y que había estado viviendo con otro hombre, un hombre casado.

Era tarde cuando llegó a casa. Llamó a la comisaría y le dijeron que no le habían dejado ningún mensaje ni recado importante. Sus hombres estaban ocupándose de los altercados leves del día.

Sonrió mientras iba a prepararse café. Así eran las fuerzas del orden. Tenías días con cosas rutinarias como infracciones de tráfico, disputas domésticas, llamadas molestas, amenazas. Y luego tenías días en los que parecía que se estaban cometiendo todos los actos criminales posibles y no había suficientes agentes para ocuparse de semejante exceso. En alguna ocasión había tenido que solicitar ayuda, sobre todo durante una memorable persecución en coche que había llegado a salir en las noticias de Billings, Montana. Sacudió la cabeza. Era la variedad en el trabajo lo que hacía que no perdiera el interés. No se imaginaba sentado a una mesa semana tras semana enfrentándose a la misma rutina aburrida. Era muy satisfactorio no saber nunca qué te depararía el día.

Sin embargo, fue todo un impacto entrar en la comisaría a la mañana siguiente y enterarse de que habían arrestado y encarcelado a Horace Whatley.

Cody, boquiabierto, se dirigió a su oficial adjunto:

—¿Qué puñetas...?

—Tranquilo, tranquilo —dijo Jeb Chandler intentando calmarlo—, no es tan malo como parece.

—¿Por qué lo han arrestado? —preguntó Cody furioso.

—Atraco a un banco.

—¡Anda ya...! —estalló Cody.

—Hay un testigo que lo vio ponerse una máscara y sacar una pistola antes de entrar al banco —continuó Jeb.

Cody se quedó sin palabras. Se le ocurrieron algunas, pero no logró pronunciarlas antes de que Jeb retomara la conversación.

—Ha sido idea del detective privado tenerlo recluido como posible sospechoso. Estará más seguro encerrado que en su casa, habrá menos probabilidades de que se tope con algún accidente fatal.

Cody no tenía claro que le gustara la idea de que un detective que estaba allí de visita tomara decisiones en su departamento. Por otro lado, era buena idea. Desde luego, ni el criminal ni ninguno de sus amigos podría acceder con facilidad adonde estaba Whatley.

—¿Sabemos quién es el testigo?

—Oh, sí —dijo Jeb con un brillo en la mirada.

—¿Y? —preguntó Cody impaciente.

—El testigo es Cappy Blarden —informó con los labios apretados.

—Cappy. Cappy —repitió Cody pasmado.

—Cappy no sería capaz de dar una declaración veraz ni aunque le pagaran incluso más de lo que le hayan pagado por testificar para el atraco de nuestro banco. ¡Ese detective privado de Houston es muy listo! Ya ha comprobado la cuenta bancaria de Cappy —añadió sonriendo encantado.

Cody conocía esa sonrisa. Se relajó.

—Imagino que habría un ingreso reciente.

—Sí, desde una cuenta de Florida.

—¡Por fin, un documento!

—Era un cheque cobrado en caja, pero Lassiter le pidió a alguien del Condado de Dade que lo investigara y la cajera le describió al cliente. De hecho, lo conocía. Al parecer, suele retirar dinero de la cuenta de una tal señorita Nita Whatley en el mismo banco.

—¡Gracias, Dios! —estalló Cody riéndose.

—Así que la acusación de atraco al banco es una farsa.

—Claro. Nita Whatley se puso hecha una fiera cuando le dije que su hermano pequeño era sospechoso del atraco a un banco. Sabía que no era el culpable.

—Pero sabrás que aún no tenemos un culpable... ni sospechoso —lo corrigió Jeb sonriendo.

—Lo sé, pero lo tendremos. Roma no se construyó en un día.

Jeb se encogió de hombros.

—Ah, Lassiter ha dejado un número y ha pedido que lo llamaras al llegar. Ha dicho que anoche habló con su padre del caso.

—Yo también hablé con su padre. Un hombre brillante. Su agencia tiene una reputación fantástica.

—Lassiter ha entrado justo cuando dos de las chicas Corrie estaban aquí preguntando por el puesto de recepcionista a media jornada que tenemos vacante —dijo Jeb, y sacudió la cabeza—. Se han quedado con la boca abierta. Es un tío imponente, he de admitirlo. Si no estuviera coladito por Michelle, la chica Corrie mayor, a lo mejor hasta podría gustarme él.

Cody se rio para sí. A Jeb no le gustaban mucho las mujeres, pero era abiertamente encantador con Michelle Corrie cuando la veía, sobre todo en la cafetería donde ella trabajaba a tiempo parcial como camarera. La familia, antes rica, estaba atravesando tiempos difíciles. Eran tres hermanas. La pequeña aún estudiaba, pero las dos mayores trabajaban y cuidaban de ella. Su padre había muerto hacía unos años. Su madre estaba prácticamente impedida. Jeb las apreciaba a todas.

—Por desgracia, no tengo nada con ninguna chica Corrie, así que no puedo decir que eso me incumba —contestó Cody con una mirada algo petulante.

Jeb apretó los labios.

—Abby Brennan estaba aquí al mismo tiempo con una nota de su jefe, el señor Owens, para ti. Se la ha dejado a Missy.

Missy era la actual recepcionista y estaba trabajando en horario reducido porque estaba embarazadísima.

—Lassiter ha estado muy atento con Abby. De hecho —añadió Jeb lanzándole una pícara mirada a su jefe, que parecía estar bullendo—, la ha hecho sonrojarse.

Algo estalló por dentro de Cody. ¿Lassiter flirteando con su chica? Se quedó donde estaba, como una estatua, mientras los celos ardían a llamaradas en su vientre.

Jeb lo miraba con satisfacción.

—Así que supongo que nadie tiene a su chica a salvo mientras él esté en el pueblo. Ah, y tiene un título del MIT, por cierto —añadió antes de girarse para volver a su despacho.

Missy salió de su oficina con una taza vacía.

—¡Anda! ¡Bienvenido, *sheriff* Banks! —lo saludó entusiasmada—. ¿Ha tenido un buen viaje?

—No me he ido de vacaciones, Missy —murmuró él.

—Ya, ya lo sé, pero Denver es enorme e imagino que habrá mucho que hacer por allí.

—He ido a investigar un asesinato.

—Bueno, pero no habrá estado día y noche investigando una cosita de nada, ¿no? —insistió ella mirándolo distraídamente y sonrió.

Él suspiró y se metió en su despacho mientras sacudía la cabeza. Missy no tenía muy claro lo que el *sheriff* y sus adjuntos hacían durante una investigación. No tenía muy claro nada que no tuviera que ver con su marido, Mike, al que adoraba.

La envidiaba. Nunca estaba disgustada, nunca se alteraba por nada, siempre estaba sonriente y agradable. Con su actitud, hacía que los preocupados padres de los delincuentes se sintieran mejor cuando iban a preguntar por los cargos. Por eso era buena en su trabajo. Cody se imaginó a la chica Corrie mayor trabajando allí y supuso que Jeb no trabajaría nada. Se pasaría los días mirándola y suspirando.

Se sentó a la mesa con una taza de café caliente que se había servido en la pequeña cocina de la comisaría y miró el teléfono.

El mensaje de Abby seguía ahí. No la había llamado desde que había vuelto a casa. Tampoco le había escrito. Ahora estaba intranquilo por el efecto que Lassiter habría producido en ella. Abby era una persona discreta, chapada a la antigua y reservada. Había vivido y trabajado en Denver, pero él sabía que no había tenido mucha relación con hombres. Se estremeció al recordar el porqué. Un hombre como Lassiter, guapo, brillante y adulador, podría acercarse a ella. Luego él seguiría con su vida, pero Abby se quedaría con el corazón roto. Podía imaginarla en un mar de lágrimas mientras un despreocupado detective Lassiter se marchaba del pueblo en su coche.

Sus ojos oscuros se encendieron. Ni siquiera había conocido al hombre y ya tenía claro que no le caería bien.

Tras un largo día, se marchó a casa. Seguía sin haber llamado a Lassiter. Lo retrasaría hasta que pudiera calmarse y dejar de pensar cosas malas sobre él.

Mientras miraba las latas de chili y sopa que tenía en el armario y se planteaba qué cenar, sonó el teléfono.

Respondió con la mente aún puesta en la sopa o el chili.

—Banks —murmuró distraídamente.

—He venido para robarte a tu chica. Voy a romperle el corazón y a dejarla destrozada mentalmente. Mientras, le voy a quitar la novia a tu adjunto, que ya está pensando en vuelos a Tahití... ¿Me aproximo al objetivo? —dijo una voz profunda y seca por el teléfono.

Cody se quedó quieto.

—La CIA tenía un programa en el que los agentes

leían la mente —dijo con brusquedad—. Seguro que sabes más sobre eso de lo que me dirás nunca.

Hubo una risita.

—Yo no leo la mente. Escucho cuando la gente me cuenta algo. No le caigo bien a tu adjunto. Incluso me ha dicho por qué. Pero andáis los dos muy desencaminados. He dejado las mujeres. Se acabó.

—¿Te gustan los hombres? —preguntó Cody pensativo.

—Me gustan los catetos.

Cody parpadeó.

—¿Cómo dices?

—Me gustan los catetos. Y las hipotenusas, el número pi... Me encanta la Física. Odio a las mujeres.

—En ese caso, bienvenido a Catelow. Y si pudieras repetirles esa frase a la señorita Corrie, a la señorita Brennan y a cualquier otra conquista potencial, sé que mi adjunto y yo, con mucho gusto, te invitaríamos a una hamburguesa con patatas.

Se oyó una risa nada cohibida.

—Me gustaría ir a verte por la mañana. Podrías avisar a tus amigas para que eviten ir a la comisaría hasta que yo me marche. Que se me enganchen a los tobillos mientras voy cruzando puertas es muy embarazoso.

—Interesante que tu padre sea tan serio como un juez, según me han dicho.

—No nos parecemos mucho. Mi hermana sí que se parece a él, pero trabaja en una oficina de nueve a cinco. Yo me volvería loco.

Cody se rio.

—Y yo. Por eso me encanta este trabajo —dijo, y añadió más serio—: Por cierto, no es ninguna mala idea lo de encerrar a Whatley un tiempo.

—Es lo mejor que se me ocurrió después de que tu adjunto y yo nos pusiéramos a pensar juntos —contestó el otro hombre con voz suave—. Parece un hombre agradable. Un poco limitado, como con una mentalidad de estar viviendo en las nubes, pero sin ser peligroso para nadie. También me ha caído bien su hermana.

—¿Has estado en Florida?

—No, he hablado con ella por teléfono. Está furiosa por lo de su arresto y tengo que dejar que siga estándolo. No podemos permitir que le descubra el pastel a su amorcito hasta que podamos pillarlo por asesinato.

—Me gusta cómo piensas.

—Díselo a mi padre. Por favor. Cree que estoy descentradísimo.

Lassiter se detuvo y añadió:

—Y puede que tenga razón.

Cody pensó en ello.

—Me gustaría ir a visitarte por la mañana —continuó Lassiter—. ¿Podrías mandar uno de tus coches patrulla a recogerme?

—¿Dónde estás?

—En el Motel Three Rings.

—Está como a media manzana de aquí...

—Ya, ya lo sé. Y me gustaría que tu adjunto me esposara. Haré un numerito, ya sabes: «No soy culpable de nada, solo pasaba por aquí, ¿por qué me acosáis?». Esas cosas.

—¿Por qué iba a querer esposarte? —preguntó Cody confuso.

—Para tener motivos para llamar a Nita Whatley y decirle que su pobre hermano sigue encerrado y que ahora yo también cuando solo intentaba ayudarlo.

—Vale, a ver, me está entrando una jaqueca enorme —empezó a decir Cody.

—Voy a hacer que me hable de su novio y luego voy a dejar caer que puede que haya un modo de que su hermano renuncie a la fortuna familiar..., bueno, a cambio de una tajada, ya me entiendes. Puedo decir que Whatley me ha contado todo lo de sus problemas mentales y lo de su hermana y que el novio de ella va a cuidarla para que él, su hermano, no tenga que preocuparse.

—Tío, deberías escribir novelas —dijo Cody cuando Lassiter terminó.

—Qué va, soy más de números. Hacen falta mucha teoría y explicaciones para ser un buen escritor. Conozco a una. La madre de mi mejor amigo. Es superexcéntrica, pero tiene una mente muy afilada. Juega a videojuegos, se sube a montañas rusas brutales y conduce un Jaguar sedán tan rápido que ha establecido un nuevo récord de multas por exceso de velocidad en su condado.

Cody soltó una carcajada.

—¿Por qué no he podido conocer a una mujer así?

—Bueno, tiene setenta y cuatro años... —dijo Lassiter despacio.

Cody se rio aún más.

—He oído algunos chismorreos sobre ti y una asistente legal del bufete —soltó Lassiter.

Cody estaba luchando contra unas emociones nuevas y extrañas. No sabía qué decir. Como si hubiera pedido intervención divina, el teléfono sonó y su recepcionista dijo:

—Ha habido un accidente en la autopista. Dicen que hay heridos. Graves.

—Vale, gracias. Tengo que colgar —le comunicó a Lassiter.

—Claro, tranquilo. Hablamos por la mañana. No lo olvides. Resistencia a la autoridad. Mala actitud. Traed esposas. ¿Vale?

—Vale —convino Cody. Sacudió la cabeza. Nunca había conocido a nadie como Lassiter.

Abby Brennan estaba pensando algo parecido. Había echado de menos a Cody. Sabía que había vuelto al pueblo, pero ni la había llamado, ni le había escrito, ni nada. Se sentía vacía por dentro. ¿Estaría Cody replanteándose la atracción que sentía por ella? No sería de extrañar. Ella sabía cuánto había querido a Debby, y tal vez se sintiera culpable. Había leído que a algunos hombres que perdían a sus esposas les costaba mucho tener una relación con otra mujer porque sentían que seguían casados.

Suspiró. Sería como vivir con un fantasma, pensó con tristeza. Ninguna mujer podría nunca estar a la altura de la Debby de los sueños de Cody. Vivía dentro de él, vivía con él, y se interponía entre él y cualquier nueva relación.

Y no es que Abby quisiera tener una relación con él. Sí que besaba muy bien, cierto, pero para un matrimonio hacía falta algo más que besos.

Casi gritó, sorprendida por el derrotero de sus pensamientos. Seguro que Cody no estaría pensando en matrimonio. Todo el mundo sabía lo que sentía por Debby. La veneraba del todo. Se había vuelto loco cuando había muerto. ¿Cómo podía una mujer corriente competir con un fantasma?

Abby había creído que estaban muy unidos antes de que él se marchara a Denver, como si fueran a empezar algo juntos. Ahora parecía como si él quisiera poner distancia entre los dos. Ni siquiera la había llamado para decirle que estaba en casa.

Bueno, pues que la ignorara, pensó irritada. Ese detective, Lassiter, parecía muy agradable y le había gustado físicamente. Habían congeniado al instante. Parecía muy interesado en ella.

Sonrió para sí. Hacía mucho tiempo que no recibía esa clase de cumplidos. Cody había sido afectuoso y sensible, pero era un afecto ausente, como si estuviera muy alejado de ella y le gustara estarlo. Lassiter era distinto. Se había mostrado encantador de inmediato y abiertamente interesado en ella.

Lassiter era un desconocido, pero estaba claro que quería conocerla. A ella le gustaba lo que había visto de él. Quería ver más. Y si el *sheriff* Banks quería vivir en el pasado con su precioso fantasma, ¿por qué iba a preocuparse ella? Había muchos peces en el mar, y el mar le había lanzado a Lassiter, listo para la acción.

Oyó una tos fuerte. Levantó la mirada y vio al señor Owens de pie junto a su mesa.

—Ay, Dios, lo siento mucho —se disculpó, porque estaba claro que el hombre llevaría ahí un buen rato.

—No te preocupes —respondió Owens con tono suave. Estaba demacrado. Aparentaba la edad que tenía—. Abby, necesito que me busques un precedente en la biblioteca del juzgado.

Le dijo el nombre del caso y esperó a que ella lo anotara. Añadió también los detalles que necesitaba.

—Y si pudieras dármelo hoy, te lo agradecería mucho. Sé que te aviso con poco tiempo...

—Me paga para hacer cosas de improviso, señor Owens —dijo ella sonriendo—. No me importa en absoluto. Me pondré con ello ahora mismo.

Él, con rostro cansado, sonrió.

—Gracias, Abby. Avísame cuando termines, ¿de acuerdo? O, mejor aún, escríbeme. Nuestro sobrino lleva un tiempo viviendo con nosotros y tiene unos hábitos de sueño extraños.

—Encantada —respondió ella.

—Y se trata de un caso delicado, así que no lo comentes con nadie. En especial con el *sheriff*.

Qué petición tan extraña, pensó, pero sonrió.

—Lo mantendré oculto.

Él suspiró.

—Qué complicada es la vida a veces —empezó a decir mientras se pasaba una mano por el pelo. Se detuvo y la miró—. ¿Qué es eso que he oído de que el *sheriff* ha dormido en tu casa? —añadió con un brillo en la mirada.

Ella se sonrojó.

—A ver, es que acababa de perder a su perra y estaba hundido. Así que me lo llevé a casa y entre Lucy, Hannah y yo lo animamos. Es duro perder a una mascota.

—Lo sé. El mes pasado perdí a mi perra, una *golden retriever* de catorce años —dijo Owens sacudiendo la cabeza—. Pensé que no superaría los primeros días.

—Lo siento mucho. ¿Estaba enferma?

—La atropelló mi sobrino —respondió él con la voz crispada. Respiró hondo—. Le prometí a mi hermano en su lecho de muerte que cuidaría de él. Todo esto es más duro de lo que parece. Por supuesto, mi sobrino no pretendía atropellarla. Adoraba a Goldie, igual que todos. Lloró mucho. Iba con prisas por llegar a una reunión y no miró al dar marcha atrás. Podría haber sido uno de mis nietos. Me temo que fui bastante brusco con él.

—A mí me habría pasado lo mismo. Duele decir adiós a un bebé peludo. Yo tuve un perro de pequeña. Me pasé días llorando cuando lo perdí...

Abby no dijo más, y su expresión no invitaba a preguntas.

Owens estaba al tanto de la difícil infancia que había tenido y de su violento padre. Al igual que muchos otros antiguos residentes de Catelow, sabía que el padre de Abby había matado a su perro tras una discusión. Fue espantoso. De hecho, el que era el *sheriff* en aquel momento lo arrestó por crueldad animal y presentó cargos contra él. Fue el comienzo de una tragedia tras otra para Abby.

Abby se levantó y agarró su bolso, su abrigo, un bloc y un boli.

—Iré a buscar la información y luego buscaré opiniones legales en Internet.

—Eres una maravilla, Abby. No deja de asombrarme la cantidad de información que puedes conseguir sobre el tema más impreciso.

Ella se rio.

—A mí también me asombra —confesó—. Me pondré en contacto con usted en cuanto lo tenga.

—Gracias otra vez.

—No hay de qué. Me gustan los retos.

—Deberías haber estudiado Derecho.

—Sí que lo pensé, pero, cuando me imaginaba de pie delante de tanta gente en un juzgado, me asfixiaba de puro terror. Trabajo mejor en situaciones en las que no tengo que dar discursos —confesó, y añadió más seria—: Es algo tremendo tener que defender a alguien por un delito grave. Tienes que tener valor para argumentar tu caso, presentar los hechos de forma que el jurado lo entienda, tienes que poder hablar con los testigos y sacarles la verdad.

Sacudió la cabeza.

—Sería una inútil.

—En absoluto —dijo él—. Lo harías genial. Tienes que creer en ti misma, Abby.

—Ese es otro problema más —respondió ella sonriendo. Él se rio.

—Le escribiré en cuanto tenga algo de información. Puede que sea tarde —le advirtió Abby.

—No me molestarás —le aseguró él sonriendo.

Sentía curiosidad por el ámbito del Derecho relacionado con los casos en los que estaba trabajando el señor Owens. Era abogado fiscalista y también estaba especializado en Derecho Patrimonial. Pero lo que quería era un precedente en un caso criminal en el que se eximiera de las sanciones legales a ciertas personas en el caso de ser condenadas.

Pero eso era asunto del señor Owens, se dijo con firmeza. Sabía que él tenía muchos amigos en círculos legales, así que tal vez un amigo le había pedido que le tramitara esa consulta y no compartiera la información con nadie.

Lo apreciaba mucho. Era un buen jefe. Y ella se sentía parte de la familia en el bufete. Era una buena sensación.

Esa noche Cody llegó a casa tarde y a rastras. No podía dejar de darle vueltas a lo que había descubierto sobre la vida secreta de Debby. Había querido llamar a Abby para hablar un rato, pero después de oír lo de Lassiter y ella, no se sentía seguro de hacerlo. Podría sentirse avergonzada si él sacaba el tema, sobre todo si de verdad se sentía atraída por ese hombre.

Así que se sentó en el sofá mientras distraídamente buscaba a Anyu y al instante fue consciente de que la perrita jamás volvería a estar ahí, mirándolo y riéndose mientras le clavaba en la cara sus ojos azules. Apretó los dientes. Tenía que dejar de pensar en eso o se volvería loco, estaba claro.

Se había tomado un plato de huevos revueltos y salchichas y estaba deseando meterse pronto en la cama cuando lo llamaron para que se ocupara de una toma de rehenes en la que había implicados un joven y una preadolescente a la que había secuestrado. El padre de la niña había salido con una pistola y había amenazado al joven, y ella estaba gritando desesperada mientras intentaba escapar de él. Un cuchillo en la garganta detuvo tanto los gritos como al padre, que justo en ese momento estaba levantando el arma.

Cody encontró la dirección en el ordenador y avisó de que estaba en camino. Jeb estaba allí, junto con otro oficial adjunto y tres agentes de policía de Catelow que se habían enterado por el chat y habían corrido a ayudar. Cody dio gracias por los refuerzos, pero temía que tanta presencia policial pudiera provocar que el criminal hiciera algo desesperado.

Les indicó a todos que se acercaran.

—¿Tenemos a alguien aquí que haya trabajado en negociaciones?

Uno de los agentes levantó la mano.

—Yo trabajé en Denver un tiempo y, como creía que me gustaría ser negociador, me formé. Aunque lo dejé porque era demasiado trabajo.

—¿Puedes negociar con el criminal? —preguntó Cody.

El hombre suspiró.

—Bueno, me formé hace unos veinte años.

Un coche aparcó cerca y un hombre alto, moreno e increíblemente guapo bajó de él. Llevaba una camiseta que decía: *El gato de Schrödinger está vivo/muerto.* Una camiseta de friki, seguro. Se unió al grupo.

—Soy J. R. Lassiter —se presentó ante todos—. ¿Una toma de rehenes? Me he formado como negociador. Dejad que me ocupe.

Cody bullía por dentro. Qué guapo era. Ya lo odiaba.

—Vale —aceptó aun así, porque sabía que estaba más cualificado.

—¿Sabéis cómo se llama? —preguntó Lassiter.

—Ni idea —respondió Cody. Luego se dirigió al chico que tenía prisionera a la chica—: Oye, ¿cómo te llamas?

—Tony. ¿Por qué? —fue la beligerante respuesta.

—Se llama Tony —informó Cody a Lassiter—. A por él.

—Un placer —respondió Lassiter, que fue caminando hacia el chico tan despacio como si tuviera todo el día.

—¡Eh! Deja de acercarte. ¿Quién eres?

—Soy tu nuevo mejor amigo —contestó Lassiter—. Si quieres impresionar a todos estos agentes de la ley, que sepas que estás sujetando mal ese cuchillo.

El joven lo miró atónito, tanto que no se percató de lo mucho que se había acercado Lassiter.

—¿Qué? —murmuró—. ¿Para qué iba a querer impresionarlos?

—Ellos están intentando impresionarte a ti. ¡Mira!

Se giró y señaló a lo lejos.

El joven, como era de esperar, volvió la cabeza. Lassiter se giró rápidamente, le agarró el brazo formando un elegante arco, le retorció la mano haciéndole soltar el cuchillo, lo tiró al suelo y se sentó encima.

—Vale, chicos, ¡todo vuestro! —les gritó a Cody y a los otros agentes. Y hasta estaba sonriendo.

Capítulo 10

—Interesante camiseta —comentó Cody cuando el prisionero ya estaba detenido y ellos esperaban a que llegara el FBI para ponerlo en custodia federal.

Lassiter sonrió.

—Se hace notar.

—En la universidad hice una asignatura de Física —dijo Cody—. Pero tuve que dejarla. No aprobaba los exámenes.

—Es una asignatura complicada. Me encanta. Era o cara o cruz: o seguir a mi padre y meterme a detective o enseñar. Pero decidí que intentar poner orden en un aula sin acabar esposado no era para mí. No soy políticamente correcto.

—Yo tampoco —tuvo que convenir Cody—. No estás esposado.

—Claro que no. Tu oficial ya me ha encerrado y he salido bajo fianza.

—Eres muy amable al ayudarnos. Lo siento por la señorita Whatley. Y lo siento más aún por su hermano. Todo el pueblo lo ha adoptado, por así decirlo. Encaja muy bien.

—Pero, claro, tendréis que arrestarme otra vez —le dijo Lassiter—. He oído a uno de tus agentes hablar de lo de la toma de una rehén y he llamado a mi padre para que me pagara la fianza. Llevo años trabajando en negociaciones.

—Pareces muy bueno —dijo Cody con decidido interés.

—Estuve en la CIA —contestó Lassiter sorprendiéndolo—. Mi padre se puso hecho una fiera cuando me marché para perseguir una nueva carrera. Viajé al extranjero y trabajé para uno de los locos más letales del mundo mientras reunía pruebas en su contra. También estuve un tiempo haciendo de esbirro del suegro de un *sheriff* en Texas —le contó con una risita—. Es un capo de la droga. Un tipo majo. En este lado de la frontera no ha hecho nada malo. Tiene una nieta recién nacida y no quiere arriesgarse a perder sus privilegios de visitas.

—Te mueves mucho —respondió Cody pensativo.

Lassiter se rio.

—Sí. Al final acabé volviendo a la agencia para que a mi padre dejaran de salirle canas. Mi madre y él se preocupan.

—Debe de ser agradable tener padres. Los míos han muerto.

—Lo siento mucho. Yo no sé qué haría sin los míos.

—Bueno, será mejor que volvamos a encerrarte con Whatley —sugirió Cody al momento—. Si alguien pregunta, me has dado un puñetazo.

Lassiter se rio.

—Es bastante creíble. Gracias. Estaba buscando un modo de volver a entrar.

A Cody le brillaron los ojos.

—Me gusta mucho tu forma de negociar.

—Funciona mejor con una pistola oculta —dijo él sonriendo—. Pero en una situación desesperada, el taekwondo y el judo son muy útiles. Fui instructor en el Ejército.

—¿Qué rama?

—Marines. Me planteé quedarme, pero estuve en la campaña de Oriente Medio y vi suficientes cadáveres para toda una vida.

—Bienvenido al club. Ejército de Tierra. Estuve destinado allí solo una breve temporada, pero fue más que suficiente.

Whatley estaba sentado en la litera de debajo de su celda y parecía perdido. Miró a Cody esperanzado, pero, al ver a Lassiter, suspiró y apoyó la cabeza en las manos, con los codos en las rodillas.

—Otra vez aquí —anunció Lassiter alegremente mientras Cody cerraba la celda—. ¿Qué tal, Horace?

—¡Creía que había salido bajo fianza!

—Sí, hasta que me dio un puñetazo —dijo Cody con brusquedad.

Whatley suspiró otra vez.

—¿Mi hermana me va a pagar la fianza? —preguntó esperanzado.

—Aún no —le informó el *sheriff*—. Mire, aquí está a salvo. Nadie va a hacerle daño.

—Puedes estar seguro —intervino Lassiter con solemnidad.

Whatley pareció sorprendido, pero los miró a los dos y entonces se relajó un poco. No dijo en voz alta lo que pensaba. Parecía como si estuviera en detención preventiva y el hombre que tenía enfrente no se parecía a ningún criminal que él hubiera visto nunca. Parecía demasiado pulcro y formal. Miró a los dos hombres y sonrió.

Cody le devolvió la sonrisa.

—Estaré por aquí —prometió antes de dejarlos hablando.

Abby tenía la cabeza envuelta en una toalla cuando fue a abrir la puerta.

—¡Cody! —exclamó, y la cara se le iluminó como un árbol de Navidad.

El oscuro mundo de pronto se iluminó también para él, que sonrió.

—¿Te alegras de verme? —bromeó.

—¡Mucho! Pasa. Hannah puede prepararte un café mientras yo termino de secarme el pelo...

—Dame esa toalla.

Él se la quitó de la cabeza y la llevó a una butaca del salón. Empezó a secarle el pelo con ella. Tenía una melena preciosa, larga y tupida, y muy suave. Cody sonreía mientras se la iba secando mechón a mechón.

Abby intentaba calmarse, pero era imposible teniendo su cuerpo y su cara tan cerca.

—Me encanta tu pelo —murmuró él mientras seguía.

Ella sonrió.

—Lavarlo es una pesadez. Había pensado cortármelo, pero estoy tan acostumbrada a llevarlo largo que lo echaría de menos.

—Yo también lo echaría de menos —confesó él con tono suave—. Me encanta el pelo largo.

—¿Qué tal te ha ido en Denver?

Él se quedó paralizado unos segundos.

—Ah, lo dices por lo de la investigación —entendió al final.

Ella se giró hacia él.

—Claro. ¿Es que ha pasado algo más?

Cody empezó a hablar justo cuando Hannah salía del cuarto de la colada.

—¡Anda, hola! ¡Te hemos echado de menos!

Él soltó una risita.

—Gracias. ¿Dónde está mi chica favorita? —preguntó de pronto mirando a su alrededor—. ¿Y la cachorrita?

—La cachorrita está en la habitación de invitados profundamente dormida y Lucy ha ido a una fiesta de cumpleaños.

—¿Te apetece un café y tarta? —preguntó Hannah—. Es de chocolate.

—Mi favorita —respondió Cody al terminar con el pelo de Abby.

—Y la mía —dijo Abby. Agarró la toalla—. Gracias. Ahora solo necesito un *scrunchie*.

Él frunció el ceño.

—¿Un qué?

—Un tipo de coletero —contestó ella sonriendo—. Vuelvo en un momentín.

Cuando volvió, él estaba tomando café y tarta. Hannah ya le había preparado a ella su café y su tarta.

—Estaré detrás si me necesitáis —gritó Hannah al marcharse.

—Qué buena está la tarta.

—Gracias —contestó Abby con una tímida sonrisa—. La he hecho yo.

Él enarcó las cejas.

—Sabes hacer muchas cosas.

—No me ha quedado otra. Bueno, dime, ¿qué tal por Denver?

Él se terminó la tarta y bebió un sorbo de café. La miró. Suspiró. Era preciosa, a ese modo suyo tan especial, y a él le encantaba cómo lo miraba.

—Debby tenía un amante —soltó.

Abby separó los labios y exclamó:

—¿Que... ella... qué?

—Tenía un amante. Fingían estar casados.

Cody se echó atrás en la silla y miró a lo lejos.

—Él también era médico y trabajaba en la misma especialidad. Estaba casado y, como no tenía esperanzas de divorciarse, compartían un apartamento.

—Lo siento muchísimo —dijo ella sufriendo por él. Cody había adorado a Debby. Lo que su mujer le había hecho era despiadado.

—Nunca quiso que me enterara. Y Anyu en realidad era para el médico.

Cerró los ojos y continuó:

—Fue un día terrible. Me enteré de cosas que desearía no haber sabido nunca.

Abby no sabía qué decir. Solo lo miró con una expresión de lo más sentida.

—¿Necesitas un abrazo? —preguntó con suavidad.

Él no le respondió. Solo abrió los brazos.

Abby se acercó y él la abrazó con fuerza y la meció.

—No sabía cuánto necesitaba un abrazo hasta ahora —murmuró Cody contra su suave y tupida melena de dulce aroma—. Viví una mentira y nunca lo supe. Debby venía aquí de vez en cuando, así que yo pensaba que seguía importándole. Pero nunca le importé. Me dejaba solo cuando me ponía malo y se quedaba tan tranquila. Se metió conmigo y me regañó cuando me sentía mal por haber tenido que disparar a un conocido.

—¿Por qué?

—Porque nunca me quiso —respondió él, y admitirlo le rompió el corazón—. Lo nuestro fue una bonita cortina de humo para su aventura ilícita. Como los dos estaban casados, hacían un teatro delante de todo el mundo. Pero todo era una farsa.

—Debería haberse divorciado de ti aunque no pudiera casarse con él —opinó Abby de forma airada.

—Fui un idiota.

—No —protestó ella con delicadeza mientras le pasaba una mano por la camisa—. Solo fuiste un hombre enamorado.

Él respiró hondo, la abrazó muy fuerte un momento y luego aflojó los brazos para que ella pudiera incorporarse, aunque siguió sentada en su regazo.

—Hablando de hombres, ¿qué pasa con Lassiter?

—Lassiter... —repitió ella extrañada—. ¡Ah! Ese hombre que estaba en la comisaría.

—Ahora está encerrado —murmuró él—. Me ha dado un puñetazo.

—Qué curioso, porque no tiene pinta de delincuente. De friki, sí —dijo Abby con una risita—. ¿Has visto su camiseta?

Él asintió.

—Es un tipo peculiar. Lo he metido en la celda con Whatley.

—Buena idea. Cuidará de él. ¿Has encontrado algo que pueda ayudar a su hermana?

—Bastante, aunque eso se quedó en segundo plano mientras me enteraba de cosas desagradables sobre mi difunta esposa.

—Lo siento muchísimo —dijo ella mirando sus ojos oscuros—. Sé que tiene que ser terriblemente doloroso.

—Sí. Pero ahora estoy un poco mejor. Gracias —añadió Cody con suavidad antes de agacharse y besarla en la boca con mucha delicadeza—. Haces que hasta los peores problemas parezcan pequeños.

Ella sonrió. El beso la había desconcertado, pero se controló y no dejó que se notara.

—Me alegro. Aquí me tienes cuando lo necesites —añadió sonriendo—. No me importa escuchar.

—Ya me he fijado —contestó Cody dándole un toquecito en la punta de la nariz.

Ella sonrió.

—¿Y qué pasa con la hermana del señor Whatley?

—Es una historia interesante y no puedo contártela aún. Estoy planeando algo para ayudar a salvarla.

Ella apretó los labios.

—No voy a preguntar cómo. Ni con quién —dijo con la mirada destelleante—. Tengo el presentimiento de que sé de qué se trata, pero no diré ni una palabra. Lo prometo.

Él se agachó y volvió a besarla.

—Esto se está volviendo adictivo —murmuró contra sus labios.

Ella lo rodeó con los brazos por el cuello.

—¿Sí?

Cody se rio mientras sus labios se abrían sobre los suyos.

—¡Mucho!

El beso se volvió ardiente. Se quedaron aferrados el

uno al otro en la tranquila habitación mientras el beso se intensificaba y se volvía más insistente a cada momento que pasaba.

Abby gimió. Cody se levantó con ella encima y la echó un poco hacia atrás. Carraspeó.

—Puede que tengamos que racionar estas cosas. Ya sabes, para que la cosa no se ponga demasiado intensa.

—Como quieras —contestó ella aún tambaleándose por dentro con su calor.

Él la miró y esbozó una lenta sonrisa. Le gustaba cómo miraba Abby, como un poco aturdida y con marcado interés por él.

—Pero podríamos practicar un poco de vez en cuando para no desentrenarnos.

Ella soltó una suave risa.

—Me gustaría.

—A mí también. Tengo que volver al trabajo.

—Lucy quiere que vengas a cenar el sábado —dijo Abby de pronto—. Te ha hecho una cosa en el cole.

—¿Ah, sí? —preguntó Cody, y se le iluminó la cara—. Entonces, me encantaría venir a cenar el sábado.

—Pues te estaremos esperando. ¿Sobre las seis?

Él se agachó y le rozó la nariz con la suya.

—Sobre las seis. Y no vayas por ahí besando a otros hombres.

Ella enarcó las cejas.

—¿Qué? ¡Yo nunca hago eso!

Cody sonrió.

—Y tú no vayas por ahí besando a otras mujeres —añadió Abby, airada.

—¿Qué otras mujeres? —preguntó él con mirada amable y penetrante.

Abby carraspeó.

—El sábado.

Él asintió y sonrió.

—El sábado.

Abby, con el corazón en la garganta, lo vio marcharse

en su coche. Era, con mucho, el mejor día de su vida reciente.

Horace Whatley quería que le pagaran la fianza para poder salir de la cárcel. Lassiter lo calmó.

—Escucha —pidió a su compañero de celda—, eres la única persona que se interpone entre el nuevo novio de tu hermana y vuestra herencia. Si puede meterte en la cárcel o, aún mejor, encontrar un modo de matarte, podrá casarse con tu hermana y luego ella tendrá un accidente.

Horace emitió un grito ahogado.

—¡No! ¡No puede hacerle daño! ¡Mi hermana es una buena persona! ¿No podemos hacer nada para salvarla? —preguntó desconsolado.

—Estamos en ello. Mientras tanto, tú estás aquí metido conmigo y, créeme, nadie va a tocarte.

Horace miraba al otro hombre con unos ojos inocentes y abiertos de par en par.

—Ni siquiera me conoce.

—Whatley, todo el mundo en Catelow te conoce. Le importas a la gente que vive aquí.

—¿Yo? —preguntó tartamudeando y colorado—. Pero si mentí diciendo que tenía experiencia en manejo de ganado y me inventé una historia sobre un cadáver...

El rubor fue en aumento.

—No siempre nos gustan las personas por sus perfecciones —dijo Lassiter—. Les has dado a algunas personas empleos que necesitaban desesperadamente, como a Julia, tu pobre ama de llaves, a la que maltrataba su difunto marido. Has contratado a gente a la que ni siquiera necesitabas solo porque ellos te necesitaban a ti.

Sonrió.

—Te sorprenderías con la cantidad de personas que han protestado por tu arresto. Una de ellas ha sido el mismo jefe de policía.

—¿El jefe de policía?

Lassiter asintió.

—Ha dicho que encantado testificaría a tu favor. Y su esposa ha dicho lo mismo.

—Pero si solo les dejé una máquina cuando se les estropeó la suya.

—Y con ella enviaste a un mecánico para que se ocupara —respondió Lassiter con gesto divertido—. Luego están los chicos huérfanos que no tenían adónde ir cuando murieron sus padres. Julia y tú los acogisteis hasta que unos parientes que tienen fuera del estado han venido a llevarlos con una tía que quiere tenerlos en su casa. Ya tienes una reputación por tus buenos actos. Así que, sí, tu arresto no ha caído muy bien entre los vecinos. Pero el motivo no puede saberse y tienes que seguir bajo custodia.

—¿Por qué? —preguntó Whatley.

—Porque el *gigolo* no ha conseguido que tu hermana te bloquee los cheques. Suponemos que su próximo movimiento será o intentar inculparte de algo mediante un testigo, que ya tenemos, o eliminarte de forma permanente.

—No me gusta ninguna de las opciones —confesó Whatley.

—Al *sheriff* y a mí tampoco. Así que vas a quedarte aquí mientras dure todo esto. Yo estaré o aquí dentro contigo o cerca, con dos de nuestros agentes locales. Nadie va a tocarte estando yo.

Horace soltó un suspiro y sonrió.

—Gracias.

No hay de qué. Nos estás ayudando con un caso relacionado.

—¿Alguien como yo?

—No mucho —dijo Lassiter acomodándose en su litera—. Una de sus víctimas tenía una hermana que sospechaba de él y que murió en circunstancias bastante extrañas. La víctima por poco no se volvió loca.

Él huyó porque temía que ella pudiera demostrar que era culpable del asesinato. Entonces se topó con tu hermana en Florida y ahora se cree que ya tiene la vida resuelta.

—No le hará daño a mi hermana, ¿verdad? —preguntó Whatley con tono lastimero.

—Lo dudo porque, si lo hiciera, tú seguirías heredando. Creemos que vendrá a por ti.

—Bueno, si me dan a elegir, mejor a mí que a mi hermana. No me importa quedarme aquí si crees que es lo adecuado. —Apretó los dientes—. Pero ¿y Julia? —añadió preocupado—. ¡Está sola en el rancho!

—No del todo. Tenemos a un tipo que acaba de empezar a trabajar como mozo. Duerme en la barraca. Tu capataz no sabe quién es en realidad, y mejor así. Se asegurará de que no les pase nada ni a Julia ni a tu rancho.

—¡Gracias!

—Para eso estoy —respondió Lassiter.

Sonrió al ver la expresión de alivio del otro hombre. Estaba empezando a entender por qué Horace Whatley se había convertido en una especie de emblema para Catelow.

Cody estaba preocupado por la hermana de Horace Whatley. Lassiter le había relatado la conversación que había tenido con él en la cárcel.

—Probablemente esté esperando a ver si a Whatley lo acusan y procesan por el atraco al banco. Seguro que la señorita Whatley le ha dicho que su hermano está bajo sospecha.

—Eso él ya lo sabe —dijo Cody—. Jeb me contó lo del cheque cobrado por el supuesto testigo que afirmó haber visto a Whatley atracar el banco.

—Entonces podrías sacar a Whatley de la cárcel cuando quisieras.

Cody asintió.

—Y volvería a quedar expuesto. El novio estará al tanto de lo que está pasando aquí. Seguro que Nita Whatley le cuenta todo lo que sabe.

—Tiene que ser un infierno amar de esa forma —dijo Lassiter sacudiendo la cabeza—. Me alegro de ser inmune.

Cody no respondió. Él sabía mucho sobre el amor obsesivo. Había sido víctima de él.

—Entonces, ¿de momento seguimos como estamos y no liberamos a Whatley?

Cody asintió.

—Así podemos mantenerlo con vida mientras intentamos relacionar al novio de Nita con la mujer asesinada en Denver.

—Tengo un amigo que es agente federal. Tiene vínculos con el jefe de policía que está colado por Nita.

—Si un extraño metiera las narices, ella sospecharía.

—Solo si es un extraño de verdad. Pero el jefe de policía y mi amigo son primos hermanos y él creció con Nita —dijo con un brillo en sus ojos negros—. Parece ser que el jefe de policía está bastante desesperado por salvar a Nita Whatley de las garras del *gigolo*.

—Espero que podamos hacerlo. Le he tomado aprecio a Whatley. No me gustaría nada verlo muerto.

—Ni a mí —respondió Lassiter—. Voy a hablar con mi padre para ver si ha tenido suerte con el diario de Violet Henry.

—Esa sí que sería una buena prueba, si es que cuenta algo de Bobby Grant y su obsesión por la fortuna de la señorita Henry.

—La hermana de esa mujer solo intentaba protegerla —dijo Lassiter—. Es un horror lo que le pasó. Me encantaría ver a ese tío pagar por lo que hizo.

—Y a mí. No es mi caso en realidad, yo solo estoy investigando los cargos de Whatley, pero si las autoridades de Denver pudieran encontrar un modo de meter a

Grant en la cárcel de por vida, encantado las ayudaría a hacerlo.

—¡Ya somos dos!

A Abby no le dijeron por qué Whatley seguía en prisión, pero era una mujer inteligente y podía hacerse una idea. Aun así, no lo comentaría en público.

A finales de semana, Lucy y ella fueron a patinar sobre hielo. Ese viernes los niños no tuvieron cole, así que Abby se tomó un par de horas libres y fue a patinar con su sobrina.

Quiso la suerte que en ese momento la señora Torrence estuviera en la pista haciendo bucles, giros y *laybacks* mientras su hijastra la miraba embelesada y fascinada.

—¡Algún día seré tan buena como tú! —prometió Janey Torrance mientras la abrazaba con cariño.

Karina Torrence se rio.

—Claro que sí, cariño. ¡Siempre que sigas practicando!

—¡Ah, mira, ahí está Lucy! —exclamó Janey—. Es nueva en el cole. ¡Tiene una cachorrita y gatitos!

Fueron patinando hacia ellas para presentarse.

—Nosotras, por supuesto, hemos oído hablar de ti —dijo Abby con una risita—. Nuestra propia leyenda de Wyoming. ¡Nunca había conocido a una medallista olímpica! ¡Estoy deslumbrada!

Karina se rio.

—Ahora soy solo una mujer corriente. Nuestro hijo tiene dos años. Janey y yo nos peleamos por ver quién le da de comer —bromeó atrayendo a su hijastra hacia ella.

—Pero casi siempre lo compartimos —dijo Janey, toda sonrisas.

—¿Qué tal? ¿Os gusta vivir en Catelow? —preguntó Karina.

—¿Después de haber vivido en Denver? ¡Es genial!

Allí teníamos un apartamento penoso y nada de vida social —contestó sacudiendo la cabeza—. Y aquí los colegios son estupendos. Lucy adora a su profesora.

—Todos los profes son muy majos —afirmó Janey con una gran sonrisa.

—Sí, ¡y aquí podemos vivir en un rancho! —exclamó Lucy—. Tengo un gatito, una cachorrita... ¡y la tía Abby va a enseñarme a montar a caballo!

Todas sonrieron ante el entusiasmo de la niña.

—Es como estar en casa —dijo Abby, sin entrar en detalle sobre su pasado y el hecho de que hubiera crecido en Catelow bajo trágicas circunstancias. Era cosa del pasado.

—Me encanta veros patinar a las dos —les dijo Lucy. Sacudió la cabeza—. Yo nunca me atrevería a hacer saltos. Solo me deslizo —añadió con la mirada brillante.

—Cada cual tiene sus gustos —bromeó Abby, y la abrazó.

—Ha sido genial conoceros —confesó Lucy con algo de timidez.

—Genial de verdad —secundó Abby.

—Igualmente. Ups, parece que alguien quiere que nos vayamos a casa —dijo Karina señalando a un hombre grande y fornido, con cazadora de borrego, vaqueros y botas. Estaba junto a la puerta con las manos en las caderas y mirándolas—. Se siente solo, no es nada. Pero será mejor que nos vayamos. Si está aquí, entonces es que Burt está cuidando a nuestro hijo ¡y lo habrá malcriado antes de que lleguemos a casa!

Burt, que se ocupaba de la casa, era una especie de leyenda local. Karina y Micah presumían de él constantemente. No solo era un buen canguro, decían, sino un cocinero fantástico.

El hombre de la puerta esbozó una enorme sonrisa mientras Karina se ponía los protectores en los patines y corría hacia él. La levantó en brazos y la besó con entusiasmo sin importarle tener público. Los tres se marcharon enseguida después de que Karina y Janey se giraran para despedirse.

—Son majísimas —dijo Lucy.

—Sí que lo son —convino Abby y luego suspiró—. Yo nunca podré patinar así. Pero me gusta ir por ahí deslizándome sin más, ¡como a ti!

Lucy le sonrió.

Abby patinaba despacio por la pista mientras pensaba en el trabajo. El señor Owens había estado nervioso todo el día. Ella, preocupada, le había preguntado si podía ayudarlo.

El hombre se había sonrojado y había dicho que no, que estaba bien. Le había agradecido su preocupación. Pero no dijo qué lo inquietaba. Abby se preguntó si tendría algo que ver con su sobrino. Unos días antes, al chico lo habían detenido como sospechoso de robo. El señor Owens había pagado la fianza defendiendo su inocencia en todo momento. Abby no tenía tan claro que el chico fuera inocente. No parecía de fiar y tampoco parecía estar sobrio, aunque a ella nunca le había olido a alcohol. Pobre señor Owens. Quitando a ese sobrino grosero y beligerante, tenía una bonita familia. Pero eso no era asunto suyo. El señor Owens lo solucionaría de algún modo. Ella le había dado la información que quería y le había encontrado un precedente. Sin embargo, eso no parecía haber aliviado su nerviosismo. Es más, lo había aumentado. ¿Cómo podía un hombre tan respetuoso con la ley, tan honrado, tener por sobrino a alguien tan descuidado y hosco? Al parecer, el chico no trabajaba, y siempre estaba en el bufete pidiendo dinero, que el señor Owens siempre le daba. Pero, de nuevo, no era asunto suyo.

Qué divertida era Nieve. Lucy adoraba a su perrita y pasaba con ella cada minuto libre que tenía. Nieve respondía a tanto amor y tantas caricias siendo un animalito bien educado y cariñoso.

El sábado por la noche, justo antes de que Cody Banks llegara para cenar con ellas, Abby se puso unos vaqueros azules limpios y una camiseta suelta de algodón azul y se peinó dejándose suelta su larga y suave melena. Se aplicó un poquito de pintalabios y no mucho más.

—Qué guapa —dijo Lucy con un suspiro.

—Gracias, cielo.

—Creo que al *sheriff* le gustas —añadió la niña con solemnidad.

Abby le sonrió.

—A mí también me gusta él.

—Y a mí. Es un hombre majo. Seguro que sigue echando de menos a su perra —añadió de pronto la niña.

Abby asintió.

—Es duro perder a una mascota que has tenido durante mucho tiempo —dijo con ojos tristes.

—Nosotras no vamos a perder a Nieve, ¿verdad? —preguntó la niña, preocupada.

Abby la acercó y la abrazó.

—Ni pensarlo. Vivirá dentro de casa con nosotras y, cuando tenga que salir, o una de nosotras o uno de los vaqueros la acompañará. No tendrá oportunidad de escaparse. Te lo prometo.

Lucy se relajó.

—Vale, gracias.

Cody estaba deseando cenar con las chicas. No se arregló mucho, aunque sí que se aseguró de llevar unos pantalones bonitos y una camiseta moderna antes de ponerse la cazadora y el sombrero para salir por la puerta.

Desgraciadamente, no llegó tan lejos. El teléfono sonó y respondió al instante.

—¿*Sheriff*?

Era Bill Harris, el subjefe de policía.

—Sí. ¿Qué pasa, Bill?

—Tenemos un accidente, uno tremendo —fue la rápida respuesta—. ¿Puedes venir a ayudar?

Pensó en las chicas y en la cena, pero seguro que no tardaría mucho tiempo. Además, era su trabajo.

—Claro. ¿Dónde es?

El hombre le dio la dirección y colgó.

Debería haber sido sencillo, pero no lo fue. Había varios heridos, dos de ellos graves, por lo que Cody tuvo que localizar a los familiares para explicarles lo sucedido. Había otras preguntas que también necesitaban respuesta, y tuvo que llamar a investigadores para hacer una recreación del accidente porque uno de los conductores era sin duda el causante y habría compañías de seguros y abogados de por medio.

Cuando terminó, ya había oscurecido. Y justo cuando se dirigía al rancho de Abby, hubo otra llamada con otro accidente. La vida se complicaba a cada minuto que pasaba, pensó Cody según conducía hasta la escena del segundo accidente.

Capítulo 11

Abby le pidió a Hannah que esperara a que Cody llegara para servir la cena. Pero pasó una hora, y luego otra, y él no aparecía.

—¿Seguro que le dijiste este sábado por la noche? —preguntó Hannah.

—Creo que sí, que le dije que esta noche —respondió Abby. Se mordió el labio inferior.

Se estaba sintiendo defraudada. Cody no tenía ninguna obligación con ellas, por supuesto, y podía hacer lo que quisiera, pero, normalmente, cuando daba su palabra, la cumplía.

—A lo mejor le ha surgido algo.

—¿No nos habría llamado? —preguntó Lucy con tristeza—. ¿Puedes llamarlo tú?

Abby se sonrojó un poco.

—Es que a lo mejor lo interrumpo si está trabajando. Seguramente está trabajando y se ha olvidado de todo lo demás. Debe de haber pasado algo malo —añadió, y ahora sí que estaba preocupada. ¿Habría tenido un accidente? ¿Estaría herido?

Se mordió el labio inferior mientras se preguntaba qué hacer.

Nada más salir del hospital, Cody recordó que había prometido cenar con las chicas. Miró el reloj y gruñó.

Eran las ocho en punto. Lo más probable era que ya hubieran cenado hacía un rato y estuvieran a punto de irse a dormir. No se sentía cómodo yendo a casa tan tarde.

Se lo pensó mejor y, justo cuando había decidido pasarse un momento para disculparse, vio unas luces intermitentes en la carretera. Paró detrás de un coche de la policía estatal y vio que se estaba produciendo un forcejeo.

Bajó de su todoterreno y corrió a prestar ayuda. El criminal tenía la mano en la pistola del agente e intentaba con todas sus fuerzas hacerse con ella. Cody lo agarró del brazo, se lo retorció, se coló por debajo y lo lanzó contra el coche patrulla antes de, corriendo, echar mano a sus esposas. La policía, una mujer rubia y muy menuda, se lo agradeció enormemente.

—Su primer esposado, ¿eh? —bromeó él con delicadeza y sonriendo. Era muy guapa.

Ella se rio.

—Me temo que sí. Era mucho más fácil cuando me guiaba el agente que me entrenó. Gracias por la ayuda.

—No hay de qué.

Cody metió al sospechoso en el asiento trasero con cuidado de no golpearle la cabeza. El hombre estaba claramente ebrio y no dejaba de moverse a pesar de las esposas.

—No las pierda —le dijo Cody a la mujer—. Es el primer par que tuve. Soy un sentimental.

—Haré algo mucho mejor que eso, *sheriff* —contestó ella flirteando con la mirada—. Se las dejaré en su comisaría dentro de unos minutos, en cuanto hayamos encerrado a este tipo.

—Gracias —dijo él sonriendo.

—No hay de qué. Gracias otra vez.

La policía se sentó detrás del volante ignorando el lenguaje obsceno y rabioso que provenía del asiento trasero. Se despidió con la mano y arrancó el coche.

* * *

Y sí que se las devolvió. Se las había devuelto y se había parado a hablar con él. La mujer tuvo que esperar unos minutos, pero no pareció pendiente del reloj ni preocupada por no volver al trabajo de inmediato. Había sido una visita interesante. Era guapísima. No es que Cody fuera fijándose en otras mujeres, pero resultaba agradable saber que una mujer así de guapa lo encontraba atractivo.

Miró el reloj. Sin duda, era demasiado tarde para cenar ya, pero tenía que explicar por qué se había retrasado tanto. Así que pasó por el rancho a pesar de las horas que eran.

Ahora la nieve caía en grandes y suaves copos. El camino del rancho se extendía como una cinta hacia la casa. A su alrededor todo eran pinos torcidos cubiertos de nieve. Era como un paraíso invernal; así lo veía Abby, que estaba sentada en el porche trasero mirando hacia el jardín y bien arropada con un plumífero de capucha. Suspiró. ¿Por qué no habría ido a cenar Cody? A lo mejor había perdido el interés por ella. O a lo mejor él pensaba que no debería acercarse demasiado a la familia. Estaba llena de preguntas que no tenían respuestas obvias.

—Te vas a congelar aquí fuera —dijo Cody con suavidad.

Ella se sobresaltó. No había oído el todoterreno acercarse. Se le iluminó la cara antes de intentar disimular lo ilusionada que estaba. Sonrió.

—Creíamos que no vendrías.

—Casi no vengo —contestó él sentándose a su lado en el escalón del porche—. He tenido que acudir a dos accidentes y luego me he parado a ayudar a una policía estatal a la que estaba reduciendo un detenido. Ha sido una noche larga —concluyó con un suspiro.

—¿Has comido algo?

—No ha habido tiempo...

Abby se levantó y agarró su grande y esbelta mano.

—Nos han quedado muchas sobras. Vamos a comer algo.

—Si no es molestia...

Ella sonrió. Lo llevó a la cocina y le indicó que se sentara a la pequeña mesa. Sacó unas cosas de la nevera, llenó un plato y lo metió en el microondas mientras sacaba el resto de la comida.

—Espero que te gusten el estofado de ternera y las galletas —murmuró distraídamente.

—Me encantan el estofado y las galletas —respondió él con un suspiro. Se quitó la cazadora de borrego y la colgó en el respaldo de la silla. Dejó el sombrero, con su funda de plástico, en una silla cercana—. Eres muy amable, sobre todo habiéndome presentado casi a la hora de dormir.

—Pareces cansadísimo —comentó ella mientras le dejaba unos cubiertos y un café solo caliente junto al brazo.

—Lo estoy —confesó él, y sonrió con timidez—. Supongo que, si me hubiera ido a casa directo, me habría metido en la cama hambriento. Estoy demasiado cansado para hacer nada.

—Conozco muy bien esa sensación —dijo ella con una sonrisa amable.

—Bueno, ¿qué tal el trabajo? ¿Te gusta? —preguntó Cody después de que ella le hubiera puesto delante el plato calentado y una servilleta de papel.

—Me encanta. Siento que estoy haciendo un trabajo útil aquí. En Denver era más o menos la chica de los recados. Básicamente entregaba documentación y buscaba precedentes para otros abogados —explicó, y se estremeció—. Era el bufete de mi hermano. Me dio la sensación de que, tras su muerte, me mantuvieron el puesto más por una cuestión sentimental que por necesidad. Me sentía muy incómoda allí. Y la pobre Lucy odiaba el colegio. Y entonces nos dejaron un rancho —añadió con una risita—. Nunca he sido más feliz. Y Lucy también está feliz.

—Me alegro —dijo Cody, que cerró los ojos mientras saboreaba el estofado—. Esto está tremendo —murmuró—. Por Dios, ¿qué le habéis puesto?

Ella se rio.

—Es un guiso francés. Lo hago con vino de mora y especias como canela y nuez moscada.

Cody la miró asombrado.

Abby sonrió.

—Se hace así. La primera vez que leí los ingredientes me sonó fatal, pero es un plato delicioso. A Lucy y a mí nos encanta.

—A mí también. El mejor estofado que he comido en mi vida.

—Eso es solo porque estás hambriento —bromeó ella.

—Sigue siendo el mejor estofado que he comido en mi vida.

—¿Te queda hueco para el postre? He hecho tarta de manzana.

—Haré hueco. La tarta de manzana es mi favorita.

Abby sacó la tarta de la nevera, la desenvolvió y cortó una porción. Se la puso delante con un tenedor de postre.

—Qué buena pinta —murmuró Cody mientras la cortaba. Dio un mordisco y gimió—. ¡Esto sí que es tarta de manzana! —exclamó.

Ella se rio. La hacía sentirse bien que él disfrutara con su cocina.

—Siempre me ha encantado cocinar —confesó—. Y menos mal, porque cuando me quedé con Lucy tuve que prestar más atención a hacer platos saludables. Está creciendo.

—Estás haciendo un trabajo maravilloso ejerciendo de madre —contestó él buscándole la mirada.

Ella se sonrojó.

—Lo hago lo mejor que puedo. Sé que echa de menos a sus padres.

—Igual que tú echas de menos a tu hermano y tu cuñada.

—Sí.

Cody alargó una gran mano y apretó la suya sobre el
mantel.

—Gracias por mi cena. Y gracias todavía más por estar aquí y escucharme cuando siento que cargo con el
peso del mundo. No sé qué habría hecho cuando perdí
a Anyu si no hubieras ido a buscarme.

Ella entrelazó los dedos con los suyos sintiendo su
cálida fuerza.

—Los vecinos cuidamos los unos de los otros —dijo Abby con tono suave.

Él vaciló.

—Sí.

Se levantó de la silla.

—Mañana tengo que levantarme temprano. Por la
mañana empieza a trabajar un nuevo patrullero. Espero
que conduzca mejor que el anterior.

—¿Qué hizo el anterior? —preguntó ella fascinada.

—Volcó el coche patrulla el primer día —contestó él
sacudiendo la cabeza—. A lo mejor este sí sabe conducir.

Abby se rio.

—Cruzaré todos mis dedos por ti —le prometió. Miró
su rostro serio—. Ten cuidado ahí fuera —dijo finalmente.

—Y tú cierra todo bien aquí dentro —respondió él
con un brillo en la mirada.

Se oyó el repiqueteo de unas uñas seguido del chirri-
do de una puerta al abrirse y entonces la pequeña Nieve
entró atropelladamente. Ignoró a Abby, fue directa a
Cody y se alzó sobre las patas traseras para que la acari-
ciara.

—Muñequita —dijo Cody arrullándola. La levantó y
la achuchó. Se parecía mucho a Anyu—. Qué dulce eres.

—No hace falta preguntar quién es su humano favorito —bromeó Abby riéndose.

Él la miró por encima de la cabeza de la perrita. Le sonrió.

—Recuerda quién te da de comer, jovencita —le dijo Abby a la perra con un enfado fingido.

Nieve se retorció hasta que Cody la soltó y después fue tambaleándose hasta Abby y le lamió la mano.

—¡Tan diminuta pero tan diplomática! —exclamó Abby levantándola para achucharla. La olfateó y frunció el ceño—. ¿Desde cuándo te echas colonia de Nina Ricci? —añadió al momento.

—La policía estatal. La llevaba ella.

—¿Qué policía estatal? —preguntó Abby intentando no parecer celosa.

Cody se llenó de emoción. Supo qué estaría pensando Abby, y una calidez lo invadió.

—Te lo he contado. Casi la reduce el detenido al que intentaba meter en el asiento trasero de su coche patrulla. Me he parado y la he ayudado.

—Ya.

Él apretó los labios.

—La he ayudado con el arresto y le he dejado mis esposas —añadió observando a Abby atentamente—, y ha venido a la comisaría a devolverlas.

—Qué amable —respondió Abby. Se obligó a sonreír y mostrar indiferencia.

—Eso he pensado yo —dijo mirándola fijamente—. Son mis primeras esposas. Siguen siendo las mejores que tengo.

—Ya veo que te pones muy sentimental con tus herramientas de trabajo —contestó ella bullendo bajo su expresión calmada.

Él apretó los labios.

—Quieres saber cómo era la policía, ¿verdad? Muy menuda, pelo rubio, ojos azules y grandes, y una sonrisa simpática. Muy guapa.

Abby lo fulminó con la mirada. No se le ocurría nada que decir.

Él se acercó, paso a paso, la agarró de la cintura y, con delicadeza, la acercó a su cuerpo.

—Habría dado igual que hubiera sido una modelo de bañadores con un camisón transparente —le aseguró, y no sonreía—. No miro a otras mujeres, Abby. Solo a ti.

El corazón de Abby dio un gran salto y aterrizó dentro de uno de sus zapatos.

—¿En serio? —preguntó sin aliento.

—En serio.

Cody se agachó y la besó con mucha ternura. Le alzó los brazos para ponérselos alrededor del cuello antes de levantarla del suelo agarrándola por la cintura y besarla con un deseo lento y apenas contenido.

Se apartó casi al instante.

—Trabajo. Lo siento. Tengo que volver. Esta es una de esas noches en las que me gustaría tener diez hombres más solo para controlar el tráfico. Uno de mis adjuntos está de baja, así que yo estoy de guardia. Al menos puedo dormir un poco entre catástrofe y catástrofe —soltó con una risita.

Ella se inclinó hacia delante y lo besó, con timidez.

—Abrígate bien. Y ten los ojos bien abiertos —le pidió, preocupada—. Tienes que tener mucho cuidado.

Él esbozó una lenta sonrisa.

—Ahora tengo una buena razón para tener cuidado —susurró. Volvió a besarla, una última vez, y la bajó—. Y tú también.

Abby sonrió.

—Qué bien suena eso.

Cody se rio.

—¿Qué haces el domingo que viene?

—Cocinar, básicamente.

—¿Cocinar qué?

Abby suspiró.

—Lo que quieras —bromeó.

—Pollo con buñuelos.

Ella enarcó las cejas.

—Es el plato favorito de Lucy de los domingos —le aseguró.

—El mío también. Ojalá supiera cocinarlo —dijo Cody observándola.

—Yo sé. Tú puedes venir a ayudarnos a comerlo, si quieres.

Él sonrió.

—Vale. ¿A qué hora?

Abby le dijo la hora.

—Si tienes que atender algún accidente o algo, escríbeme y esperaremos a que estés libre para servirla.

Él se agachó y la besó con calidez.

—Eso haré. Gracias por la cena. Y por la compañía.

Se puso el sombrero.

—Y nada de guapas policías rubias —murmuró con voz suave.

Él enarcó las cejas. Sonrió. Se rio. La rodeó por la cintura, acercó su cuerpo al suyo y la besó con tanto deseo que ella gimió.

—Hasta el domingo —dijo al salir por la puerta. Se detuvo y la miró con un destello en los ojos—. Nada de policías. Lo prometo.

Abby lo vio marchar con el corazón reflejado en la mirada. Le dio igual que se le notara.

Cody fue a ver a Whatley y no lo encontró bien. Al instante lo hospitalizaron con convulsiones, lo cual era curioso porque nunca antes había tenido un ataque y desde luego no era epiléptico. Seguían haciéndole pruebas, pero el médico que lo estaba atendiendo estaba seguro de que no lo era.

—¿No crees que lo haya causado un problema de salud? —preguntó Cody.

—No. Le estamos haciendo analíticas, pero los primeros resultados indican que ha ingerido una sustancia venenosa.

Bobby Grant, pensó Cody de inmediato. Ese hombre había encontrado un modo de llegar a Whatley incluso en una celda fuertemente vigilada. Era inquietante.

—¿Sabes qué es?

—Aún no. Sí puedo decirte que no es algo que me resulte familiar. Vamos a enviar una muestra al laboratorio de criminalística estatal y solicitaremos que le den prioridad. Eso podría decirnos más de lo que sabemos ahora mismo.

Ladeó la cabeza.

—Un buen tipo. Nos ha pedido disculpas por todas las molestias.

Cody sonrió.

—Él es así. El pueblo entero lo ha adoptado, por así decirlo.

—¿Tiene enemigos? —preguntó el médico con curiosidad.

—A eso mismo le estoy dando vueltas. Y sí, tiene uno, el novio de su única hermana. Tienen millones.

El médico estuvo rápido.

—Y, si se casa con ella, sería mejor que solo hubiera un heredero y que fuera ella, ¿no?

—Bingo. Por eso necesito todas las pruebas que puedas darme que indiquen que ha sido un envenenamiento deliberado y no algo que haya comido de casualidad. Tenemos cuidado con lo que damos de comer a nuestros detenidos.

—No lo dudo —dijo el médico, y sonrió.

Cody le dio su número de móvil y le pidió que le enviara los resultados en cuanto los tuviera.

Cuando se marchó del hospital, había un alboroto en el supermercado del pueblo, donde el sobrino del jefe de Abby había perdido el control porque le faltaban dos dólares para poder pagar la comida que había comprado.

Se detuvo de inmediato al ver al *sheriff*, fulminó con la mirada a la cajera y fue hacia la puerta.

—¡Pues me moriré de hambre! —le gritó a la cajera, como si fuera culpa de ella—. Nunca tengo dinero. Pero eso va a cambiar ¡muy pronto!

Salió dando fuertes pisotones y dejando tras de sí varias caras de estupefacción.

—Solo le he dicho que le faltaban dos dólares —explicó la cajera defendiéndose antes de romper a llorar.

Otra de las cajeras se acercó para que tuviera un hombro sobre el que consolarse.

—Tranquila —dijo Cody—. Los pequeños problemas de la vida nos asaltan a menudo, pero luego suele haber compensaciones —añadió sonriendo—. Según te hagas mayor, te harás más fuerte y no te tomarás las cosas tan a pecho.

Ella sonrió.

—Gracias, *sheriff* Banks.

—Es mi trabajo.

Cody salió de la tienda y se subió al coche patrulla. Se estaba haciendo tarde y esperaba poder llegar a casa por fin. Justo mientras lo pensaba, la radio anunció a todo volumen un nuevo accidente, otro con heridos.

—Genial. —Suspiró y arrancó.

Dos mañanas después, Cody fue a ver a Whatley, que había salido del hospital pero seguía preso por tentativa de atraco a un banco. El médico le había pedido a un experto que revisara las pruebas toxicológicas a pesar de que él había encontrado una sustancia que podía provocar una crisis convulsiva. Estaba siendo cauto a la hora de ponerle nombre, pero había prometido volver a ponerse en contacto con Cody ese día para darle más información.

Whatley alzó la mirada cuando un guardia dejó a Cody entrar en la celda.

—Ha llamado mi hermana —le contó con desconsuelo—. El guardia ha anotado el mensaje, pero no me ha dejado hablar con ella.

Era irritante. Cuando se marchara, tendría que decirle algo al guardia.

—¿Qué mensaje era? —preguntó Cody con delicadeza.

Él suspiró. Fue un sonido quejumbroso y de derrota.

—Dice que va a casarse con Grant la semana que viene —contestó. Se miraba a los pies y tenía los hombros encorvados.

—Ni de broma —masculló Cody en voz baja.

Whatley levantó la cabeza y miró a Cody. Él enarcó las cejas.

—A menos que me equivoque, tendremos algo que decir al respecto. El detective que lleva tu caso ha estado muy ocupado y, no, no puedo contártelo ahora mismo —le dijo a Horace, a quien había empezado a tutear—. Tengo que hacer unas llamadas.

Sonrió.

—Luego hablamos.

—Vale. ¡Gracias, *sheriff*! —contestó Whatley más animado.

—Y lo que es más importante, ¿cómo estás? —añadió Cody con tono más suave—. Mucha gente ha oído lo que ha pasado. Están preocupados por ti.

Whatley se sonrojó.

—Vaya, qué... bonito —respondió tartamudeando.

—Eres parte de la familia Catelow. Aquí nos cuidamos unos a otros.

—Mi hermana y yo nunca tuvimos una familia. Nuestros padres eran fríos como témpanos con nosotros cuando los veíamos, y es que no los veíamos mucho. Pertenecían al *jet set*. Iban allá donde la diversión fuera mejor que los pañales y los biberones. Nos crio el ama de llaves. —Suspiró—. Si algún día tuviera hijos, jamás los dejaría solos.

—Yo tampoco —murmuró Cody con voz suave—. ¿Te encuentras bien ahora?

—Bastante bien. Lo que no entiendo es por qué he

tenido un ataque. Nunca había tenido uno... —Se detuvo en seco y miró a Cody—. Me ha encontrado, ¿verdad?

—Eso me temo. No sé cómo. Vigilamos lo que te sirven de comida y todo lo que entra de fuera. No hemos visto nada sospechoso.

—Comí mi comida habitual. Sí que tomé una Coca-Cola Light hace un par de días —añadió—. El guardia fue tan amable de traerme una.

—¿Sin abrir?

—Bueno, le pedí que me la abriera —confesó Whatley—. No tengo las manos fuertes ni para eso, tengo artritis.

A Cody se le estaban ocurriendo varias cosas, pero lo único que hizo fue asentir y desearle a Whatley una buena mañana.

Cody habló con el guardia, aunque la charla no fue lo que había pretendido.

—Si su hermana lo llama para darle algún mensaje, llámame a mí. No le digas nada a él, ni siquiera que su hermana ha llamado, ¿entendido?

El guardia era todo ojos.

—¿Va a pasar algo gordo?

—Algo así —contestó Cody y añadió ladeando la cabeza—: Me ha dicho que le llevaste un refresco la otra noche.

—Sí, y hasta tuve que abrírselo al pobre —añadió con un suspiro—. Es un enclenque.

—Eso ya lo hemos visto todos. Lo del refresco fue muy amable por tu parte —dijo Cody con tono sosegado.

—Ya me conoce, *sheriff*, siempre intentando ayudar. Sonrió.

Cody le devolvió la sonrisa. No conocía al guardia, pero estaba seguro de que Lassiter podría conseguirle un informe sobre él en unos cinco minutos.

Cuando llegó a su despacho, Lassiter estaba sentado delante de su escritorio con una taza de café.

—Buenas noticias, espero —señaló Cody cuando se detuvo a servirse una taza de la intensa y rica mezcla de granos.

—Muy buenas —respondió Lassiter con una risita—. Hemos encontrado el diario perdido. Lo que contiene prácticamente es suficiente para colgar a Grant. Tenemos nombres, fechas, acusaciones... Todo se puede verificar y servirá para relacionarlo con unas amenazas muy feas que acabaron con la muerte de la víctima. —Sacudió la cabeza—. Pobre hermana. Aunque Violet se ha quedado sonriendo cuando me he marchado.

Se metió la mano en el bolsillo de la cazadora y sacó un librito metido en una bolsa de congelación. Se la pasó a Cody.

—Echa un vistazo.

Bebió un sorbo de café mientras Cody hojeaba el cuaderno de principio a fin. Sacudió la cabeza.

—Habría sigo una investigadora estupenda. Qué pena que no hubiera nadie para vengarla.

—Hasta ahora —contestó Lassiter con una fría sonrisa—. Solo necesito unos días para cerrar todo esto y hacer que lo arresten.

—La semana que viene se casa con la hermana de Whatley —dijo Cody entre dientes.

Lassiter se terminó el café y se puso de pie.

—Vale. Puedo hacerlo en dos días si llamo a mi padre y le pido ayuda.

—Tu padre es un ser humano increíble —mencionó Cody.

Lassiter sonrió.

—Sí, lo es, y mi madre también. Y mi hermana pequeña —añadió con un suspiro—. Es rastreadora de personas desaparecidas.

—Yo jamás podría hacer ese trabajo —confesó Cody.

Lassiter se rio.

—Yo tampoco. Prefiero algo un poco más cercano y personal.

—A mí me gustaría algo un poco más cercano y personal con Grant —murmuró Cody.

—Igual que a las autoridades de Denver. No sufras. Podemos incriminarlo, y lo haremos. La bomba está a punto de caer. Asegúrate de no comentar nada todavía. No queremos estropearlo.

Cody recordó lo del guardia y qué le había dicho.

—Me aseguraré de que todas las bases estén cubiertas, lo que me recuerda a mi guardia.

Pasó a pedirle información sobre el hombre al que había contratado hacía poco tiempo, pero sobre el que no sabía nada. Y añadió algo sobre la inesperada crisis de Whatley y las pruebas de toxicología, sobre las que recibiría más datos durante el día.

—Me ocuparé de eso —le aseguró Lassiter.

Y Cody supo que lo haría. Ahora que Abby le había dejado claros sus sentimientos, ya no le preocupaba que Lassiter le robara a su chica. Jeb, en cambio, tal vez no tendría tanta suerte, pensó Cody con cierta diversión.

En cuanto Lassiter se marchó, Cody volvió a la zona de detenciones. Encontró al guardia y lo llevó a un lado.

—No olvides lo que te he dicho. Si la señorita Whatley llama a su hermano, dile que no puede ponerse, anota el mensaje y llámame. Y no se lo cuentes a nadie. No hasta que yo te diga en persona que puedes hacerlo.

El guardia asintió.

—¿Y luego? —preguntó esperanzado.

—Y luego tendrás un cotilleo de lo más jugoso para contar por ahí —prometió con una sonrisa—. Y tal vez también un puesto como patrullero.

—Ni siquiera es Navidad —dijo el guardia con un largo suspiro. Sonrió de oreja a oreja—. No he oído ni una palabra de lo que ha dicho, *sheriff*, y nunca le he visto en mi vida —añadió con solemnidad y la mano en el corazón.

Cody soltó una carcajada mientras salía por la puerta, pero se puso serio al subirse al coche patrulla. Era importante actuar con naturalidad, tratar al guardia como si no pasara nada. Lassiter estaba indagando. Muy pronto podrían saber más de lo que esperaban sobre el simpático guardia. Mucho más.

Llegó el domingo y Hannah y Abby estaban haciendo pollo y buñuelos. Cody se tomó la tarde libre y se tendió en la alfombra del salón con Lucy y Nieve mientras veía las gracias de la cachorrita con gesto de pura felicidad.

—¿No es la perrita más bonita de la tierra? —dijo Lucy suspirando—. Donde vivíamos no podríamos haber tenido perro nunca —añadió con tristeza—. Mamá quería un gato, pero iba contra las normas tener uno en el piso. *Sheriff* Banks, ¿tú crees que mi mamá y mi papá han ido al cielo? —preguntó preocupada.

—Claro que sí —respondió él con delicadeza, y sonrió—. Tu tía dice que eran unas personas maravillosas.

Ella sonrió.

—Me acuerdo de ellos, pero fue hace mucho tiempo.

—Seguro que tu tía tiene fotos suyas.

—La ponen triste, así que no le he preguntado si puedo verlas.

—Veremos qué podemos hacer con eso. No te preocupes, ¿vale?

—Vale.

Lucy se acercó y lo abrazó.

—Me alegro de que hayas venido a vernos.

Él la abrazó también.

—Yo también me alegro. No me queda más familia que unos primos.

—Nosotras no tenemos a nadie. Solo la una a la otra. Y a ti —añadió con timidez y una sonrisa.

Oírla decir eso hizo que a Cody le diera un vuelco el corazón y le subiera el ánimo. Se rio.

—Gracias.

Los ojos de la niña escondían una pregunta.

—Es agradable tener una familia —dijo Cody.

La niña sonrió.

—¿Qué decís de la familia? —comentó Abby al entrar secándose las manos con un paño.

—He dicho que el *sheriff* Banks es de la familia —explicó Lucy—. Lo es, ¿verdad, tía Abby?

Abby lo miró y se sonrojó, pero también sonrió.

—Sí que lo es —convino con una voz muy suave.

Cody sintió que le iba a explotar el pecho de emoción. Y fue una sensación maravillosa.

—Todo esto y encima pollo y buñuelos. ¿Cuánta alegría puede soportar un hombre antes de estallar?

—Vamos a averiguarlo —bromeó Abby antes de acercarse y abrazarlo también.

Él le devolvió el abrazo con un suspiro.

—Ten cuidado. Voy a explotar y te voy a dejar la pintura de las paredes hecha un desastre.

Ella se rio.

La cena fue divertidísima. Abby les habló de un caso en el que había participado en Denver hacía unos años cuando estaba haciendo prácticas de asistente legal. Un hombre había engañado a su mujer y ella lo había atropellado con el coche, accidentalmente dijo, tres veces.

Cody abrió los ojos como platos.

—¿Accidentalmente? ¿Tres veces?

—Eso juró —dijo Abby con un brillo de diversión en la mirada—. Estábamos representando a su pobre marido.

—¿Quién ganó? —preguntó él mientras Hannah y Lucy miraban asombradas.

—Pues él, claro. Pero ahí no acabó la cosa —añadió riéndose—. Su amante se pensó que él había estado acostándose con su mujer, así que lo atropelló con el coche, pero solo una vez, y nadie pudo demostrar que no fue un accidente. En aquel momento había niebla densa y hubo muchos accidentes. La mujer berreó en su funeral, pero siempre pensamos que fue porque a su esposa le había tocado todo en el testamento. Millones de dólares, varias casas, un Rolls-Royce, dos Jaguars y un perro San Bernardo enorme.

—Paradojas de la vida —comentó Cody riéndose.

—¿Y qué pasó con la amante? —preguntó Hannah.

—Otra paradoja —respondió Abby entre bocado y bocado de pollo y buñuelos—. Empezó una relación con otro hombre casado, pero esa vez la esposa no fue a por el marido, sino a por ella. Hizo que la arrestaran por robo de coche.

Todos dejaron de comer y la miraron.

—Resulta que el marido le regaló un Mercedes, pero, cuando su mujer lo acusó de haberlo hecho, él negó habérselo dado a la amante. Y, como el coche seguía a nombre de él, la esposa llamó a la policía. La amante tenía un buen abogado, pagado por el marido, así que se libró. Pero luego la esposa pidió el divorcio. Tenía un abogado buenísimo, mi hermano, y se quedó con todo en el divorcio. Y cuando digo todo, quiero decir todo. La amante lo abandonó de inmediato porque el dinero de la familia era en realidad de la mujer, que tenía una herencia enorme que incluía tierras, acciones y bonos del Estado; de todo. Así que el marido infiel se quedó sin nada, que es lo que se merecía.

Cody sonrió al verla tan indignada, aunque su expresión no reflejaba con claridad lo que sentía. Estaba pensando en Debby y en su aventura con un hombre casado. El amante de su mujer también lo había perdido todo.

Hannah recogió los platos y Lucy sacó a la perrita

a dar un paseo dejando a Cody y a Abby solos en la mesa.

—Lo siento —dijo Abby con suavidad y poniéndole una mano en la suya—. ¿Malos recuerdos?

Él asintió y giró la mano para agarrarle los dedos.

—Estaba pensando en el amante de Debby —confesó. Respiró hondo y la miró directamente a los ojos—. Me dio pena por él. ¿Te lo imaginas? Ayudó a mi mujer a engañarme y mantuvo una mentira durante años, y me da pena. La quería de verdad. Creo que ella también lo quería, todo lo que fuera capaz de amar, al menos. No era como tú. Ella solo le daba importancia al trabajo. Lo único que le importaba eran el prestigio y el dinero. Le daba igual lo que tuviera que sacrificar para conseguirlos. Una vez me dijo que, si no la hubiera pillado desprevenida, jamás se habría casado conmigo. Que lo hizo por un impulso. Y ahora sé por qué, aunque sea demasiados años tarde. Se estaba asegurando de que el médico y ella no despertaran sospechas de una infidelidad continuada.

Deslizó los dedos entre los de Abby y bajó la mirada a su mano. Era pequeña y tenía las uñas pintadas con un esmalte transparente. Una bonita mano.

—Yo nunca le fui infiel —añadió con amargura—, y mira que tuve tentaciones.

—¿Nunca? —preguntó ella con delicadeza.

Él ladeó la cabeza y sus ojos destellearon.

—Nunca, lo que significa que me pasé dos años sin sexo. —Apretó los labios al ver su rubor escarlata—. Y, de hecho, Abby, sigo sin él seis años después.

Ella se quedó sin aliento.

—¿Todavía?

Cody asintió. Movió los dedos contra los de ella, con mucha sensualidad.

—Y no tengo planes de que eso cambie.

—Ah.

De pronto Abby pareció desanimada.

Él bajó la mirada a su mano.

—Aunque, claro, se me podría convencer —mencionó sin levantar los ojos—. Los hombres somos muy fáciles cuando una mujer decidida enciende el fuego. Como esas dos mujeres preciosas que vinieron a la comisaría hace poco —añadió lanzándole a Abby una pícara mirada—. Y esa policía rubia...

—¡Eres...!

Abby le dio un golpecito con la mano que tenía libre.

—Agresión a las fuerzas del orden —bromeó él.

—Me encantaría agredirte —empezó a decir ella, furiosa de celos ante la mención de esas mujeres.

—¿Sí? ¿En serio?

Cody se levantó y la acercó. Luego abrió los brazos y cerró los ojos.

—Vamos. ¡Me encantaría que me agredieras!

Ella se quedó con la boca abierta mientras Hannah y Lucy se detuvieron en la puerta, embelesadas.

De pronto, la sintonía de una película de acción rompió el silencio. Cody abrió los ojos, bajó los brazos y, con sus altos pómulos ligeramente sonrojados, miró a su público y sacó el teléfono de la funda que llevaba en el cinturón.

—Banks.

—Lassiter. ¡Y tengo noticias para ti!

—¿Dónde estás?

—¡Sentado en tu despacho y tomando el peor café que he probado en mi puñetera vida!

—El oficial Jones —dijo Cody suspirando—. Me ocuparé de eso cuando llegue. Diez minutos.

Colgó.

—Tengo que ir a reunirme con una persona —explicó a las mujeres y a la niña.

Abby alzó los brazos.

—¡Y yo que creía que estabas encariñándote conmigo!

—¡Me estoy encariñando contigo! —exclamó antes

de besarla delante de Hannah y Lucy. Después agarró la cazadora y el sombrero—. Nada de conducir hasta que pare de nevar. Y que Lucy no pase del jardín. Y no aceptes caramelos de extraños ni vayas por ahí besando a hombres desconocidos —añadió con alegría.

Abby le hizo una mueca, pero luego se rio con auténtico regocijo.

—Vale. ¡Y lo mismo digo! ¡Sobre todo lo de los hombres desconocidos! ¡Nada de besos!

Él le sonrió.

—Es Lassiter.

—¡Ay, Dios! —exclamó ella con un fuerte suspiro—. Es guapísimo, ¿eh?

Cody la miró con intensidad.

—Está prohibido.

—No para ti, al parecer —replicó Abby con tono acusatorio.

Él le hizo una mueca, sonrió y salió por la puerta.

Hannah y Lucy la miraban atónitas. Se sonrojó.

—A ver, es que Lassiter es muy atractivo.

—Igual que cierto *sheriff* que parece muy encariñado contigo —contestó Hannah con sonrisa irónica.

—Me gusta el *sheriff* Banks —intervino Lucy acercándose a abrazar a su tía—. Ojalá fuera mi tío.

Miró a Abby y añadió:

—No sé si lo pillas....

—Podrías pedirle matrimonio cuando vuelva por casa —interpuso Hannah—. Puedes usar la anilla de un bote de Coca-Cola como alianza de compromiso. Y tu tío Butler fumaba puros, seguro que por alguna parte habrá una vitola de alguno.

—No voy a prometerme —protestó Abby con firmeza.

—No si no se lo pides, eso desde luego —dijo Hannah. Sonrió—. Seguro que diría que sí.

—Seguro que sí —añadió Lucy—. ¡Podrías cocinarle pollo con buñuelos y la tarta de manzana que le gusta tanto y pedirle matrimonio mientras se la come!

Abby alzó las manos y fue a la cocina para ayudar a fregar los platos.

Cuando Cody entró en el despacho, Lassiter estaba sentado en la silla de las visitas con sus pies embotados sobre el borde de la mesa.

—He hecho café —mencionó señalando la cafetera—. Y le he dicho a tu adjunto lo que le haré si vuelve a tocarla.

Cody soltó una carcajada.

—Espero que hagas un buen café.

—Lo hago, sí —aseguró sonriendo—. Tengo unas noticias fantásticas.

—Pues venga, ¡cuenta! —le pidió Cody al ir a servirse una taza. Se quitó el sombrero y la cazadora y se sentó.

—El jefe de policía del pueblo de Nita Whatley va de camino a ver a Grant con una orden de arresto.

—Si Grant ve a alguien venir... —lo interrumpió Cody preocupado.

—La señorita Whatley ha recibido una llamada del jefe de policía esta mañana temprano mientras Grant dormía plácidamente. Le ha contado todo lo que ha hecho ese hombre, la ha calmado y le ha dicho qué tenía que hacer. Así que Grant sigue dormido gracias a un par de pastillas que la señorita Whatley ha molido y le ha metido en el café. Y el jefe de policía se ha llevado a dos periodistas con él.

—¡Qué maravilla de día! —dijo Cody, y suspiró—. Si estuviéramos en una comedia musical, me levantaría y me pondría a cantar.

Lassiter lo fulminó con la mirada.

—Te he oído tararear, así que, por favor, no cantes.

—Sé que la gente dice que no tengo oído musical. Todo mentira. Tengo un tono perfecto.

—Y yo un tiro perfecto, así que, si te pones a cantar, te lo demostraré.

—Ni te atrevas o llamaré a Abby para que venga a protegerme —contestó Cody con una sonrisa petulante.

—Conque sí, ¿eh? —dijo Lassiter con una risita—. Bueno, es la historia de mi vida. Llego demasiado tarde. Pero, bueno, me encanta mi trabajo. Supongo que cualquier mujer que quisiera casarse conmigo no toleraría el trabajo al que me suelo dedicar.

—¿Y cuál es? —preguntó Cody porque tenía curiosidad.

—Ayudo a mi padre a perseguir fugitivos. Fugitivos de los que suelen tener armas y disparar —añadió con un brillo en sus ojos negros—. Mi padre fue un *Ranger* de Texas antes de que un criminal lo acribillara a balazos y casi lo dejara sin poder trabajar. Mi madre estuvo a punto de ser su hermanastra, pero los padres de los dos murieron antes de llegar a casarse. Mi padre cuidó de ella mucho tiempo hasta que al final se rindió a lo que sentía. —Sacudió la cabeza y continuó—: Parecen unos recién casados. Salen con el coche y, cuando vuelven, las ventanillas están empañadas.

—Hoy en día no se oye hablar mucho de buenos matrimonios —comentó Cody en voz baja—. Yo crecí en un hogar muy roto. Y Abby también.

—Yo no —dijo Lassiter sonriendo—. Mi hermana y yo tuvimos las mejores infancias imaginables. Unos padres estupendos. Mi padre y yo discutimos de vez en cuando, pero solo porque él se preocupa por mí.

—Tiene que ser bonito tener un hijo —comentó Cody, y el pensamiento se prendió fuego en su cabeza. Abby y él podrían tener un hijo...

El teléfono sonó justo cuando estaba pensando nombres.

Capítulo 12

Cody levantó el teléfono.

—Banks.

Hubo un largo suspiro.

—*Sheriff*, soy Nita Whatley. He pensado que le gustaría saber que nuestro jefe de policía de Lake Luna, Dan Brady, acaba de arrestar a Bobby Grant en persona y se lo ha llevado a la cárcel —informó la mujer con su suave voz cargada de ira—. Tengo el número de Violet Henry y voy a llamarla. Siento mucho lo de su hermana. Esa mujer, igual que yo, se dejó engañar por un asesino codicioso. Supongo que las dos tenemos suerte de estar vivas.

Hizo una pausa y luego continuó:

—*Sheriff*, ¿qué pasa con Horace? Bobby me ha dicho algo que no tiene mucho sentido. Que Horace dejaría de interferir en mi vida, que él se ocuparía de todo. Espero que solo fuera una amenaza velada.

—No podemos correr ese riesgo, señorita Whatley —contestó Cody—. No se preocupe. Su hermano está en buenas manos. Lo mantendremos a salvo.

—Pero lo siguen teniendo en la cárcel —protestó con gran pesar—. Lo sé porque he intentado llamarlo y su ayudante me ha dicho que no puedo hablar con él.

—Por orden mía. Teníamos planes para el señor Grant y no queríamos arriesgarnos a que el guardia le dijera a usted nada que no debiera.

—Ah, para que Bobby no lo oyera. Entiendo.

Él vaciló, pero en realidad no tenía ningún buen motivo para ocultarle la información. Al fin y al cabo, era la hermana.

—Hay una cosa más, señorita Whatley. Hace unas noches, su hermano ingresó en el hospital con una crisis convulsiva —informó con delicadeza.

—¡Una crisis convulsiva! Pero si no es epiléptico. ¡En nuestra familia no hay ningún epiléptico!

—Lo sabemos. Le hicieron pruebas de toxicología y encontraron una sustancia exótica que le metieron en un refresco que se tomó por la noche.

—¿Pero está bien? ¿Se recuperará?

—Sí, a las dos preguntas. Actuamos con bastante tiempo. Tenemos un investigador trabajando en el caso.

—¿Por qué no me llamaron de inmediato?

—Principalmente porque estuve hasta arriba de accidentes de tráfico, pero también porque quería estar seguro de la causa. No le veía sentido a preocuparla en aquel momento. Él estaba perfectamente, no corría peligro. Pero lo siento de igual modo —añadió estremeciéndose—. Fue un gran descuido por mi parte.

—No pasa nada. Supongo que ya me estoy acostumbrando a los sustos y no me afectan tanto. Pero ¿está seguro de que está bien?

—Totalmente seguro —aseguró Cody, y suspiró—. Creía que mi comisaría era el lugar más seguro para él. No se imagina lo angustiado que estoy y cuánto siento que algo así haya podido pasar bajo mi responsabilidad.

—¿Quién lo encontró?

—Yo, y justo a tiempo, según dijo el médico.

Cody vaciló y añadió:

—Señorita Whatley, ¿sabe si su novio conocía a alguien con acceso a venenos o sustancias exóticas?

Ella vaciló.

—Pues en una ocasión o dos ha venido a casa una mujer rubia que decía que vivía en Sudamérica con su tío. Tampoco la vi mucho. Él la recibía en la puerta y hablaba con ella fuera.

—¿Sabe si la ha visto recientemente?

—Justo hace unos días. Estaban hablando de un viaje que iba a hacer ella. No me paré a escucharlos —dijo, y vaciló—. Es mentira. Sí que los escuché. Era muy guapa. Pero Bobby decía que solo era una prima o algo así y que no la veía como mujer.

—¿Es todo lo que sabe de ella?

—Sí. Siento no haber prestado más atención... a muchas cosas —añadió con un suspiro—. Sinceramente, me siento como si hubiera estado en una cámara de aislamiento o algo así. El enamoramiento es malísimo.

—Malísimo, sí. Pero su hermano está bien y he duplicado la vigilancia. Créame, ¡nadie va a volver a acercarse a él!

Ella se rio con suavidad.

—Le creo. Por favor, dígale que lo quiero y que siento haber sido tan horrible con él.

—Se lo diré, pero no es necesario. Él no es rencoroso.

—No. Es el hombre más bueno y encantador que conozco. Bobby me hizo hacer algunas cosas terribles, como bloquearle los cheques a Horace. Pero ya están reactivados, así que no volverá a tener problemas de liquidez.

—Se alegrará de saberlo.

—Me encantaría ver a Bobby en la cárcel por lo que le hizo a la hermana de esa mujer en Colorado. Y me encantaría hablar con ella. Las dos hemos vivido algo horroroso.

—Lo entiendo, pero sería mejor que esperara a hablar con Violet hasta que tengamos al señor Grant fichado y encerrado.

—No saldrá bajo fianza, ¿verdad? —preguntó horrorizada.

—Su jefe de policía se asegurará de fijar una fianza tan elevada que al señor Grant le lleve muchísimo tiempo intentar sacar el dinero.

Ella gruñó.

—Le regalé un anillo de diamantes —murmuró— antes de enterarme de todo. Puede empeñarlo por miles de dólares.

—No bastará —le aseguró Cody—. Estamos hablado de al menos un millón por sospecha de asesinato, que es de lo que se lo acusa.

—¡Dios mío! Tendrán que llevarlo a Colorado para someterlo a juicio, ¿no? ¿Y si se escapa?

—Yo mismo lo llevaré hasta allí —le aseguró Cody. Miró a Lassiter, que sacudía la cabeza—. Bueno, mejor aún, lo llevarán agentes federales —añadió después de que Lassiter se lo susurrara.

—Entonces no debería poder escaparse —respondió ella claramente aliviada—. No se imagina lo estúpida que me siento. Debo de haberme vuelto loca.

—Esto es solo una opinión mía, pero creo que la mayoría de la gente que se enamora está loca.

Nita se rio con suavidad.

—Puede ser.

—No sé si lo sabe, pero su jefe de policía está prendado de usted —soltó Cody con voz profunda y suave a la vez.

—¿Dan? —preguntó ella sin aliento—. ¿En serio? ¡Pero si no puede ni verme! ¡Ni siquiera viene cuando lo invito a alguna fiesta que hago en casa!

—¿Lo ha invitado en algún momento en que no estuviera ahí el señor Grant? —preguntó él con diversión.

Hubo una larga pausa.

—Pues la verdad es que no.

—Podría invitarlo a tomar un café. Solo para hablar del caso, ya sabe.

—Sí, claro. Podría. Solo para hablar del caso.

La mujer tosió y continuó:

—¿Y usted cree que vendría?

—Claro que sí. Llámelo. Ya lo verá.

Ella soltó una risita.

—Justo me estaba acordando de una canción que cantaba mi madre sobre buscar el amor en los lugares equivocados...

—Su único lugar equivocado está camino de Denver para ser procesado. Es muy probable que la llamen para testificar.

—Sin problema. Lo disfrutaré. ¡No me puedo creer que haya sido tan tonta!

—La gente se queda y se siente sola, y a veces otros se aprovechan de eso. Siento que las cosas hayan sido así. La señorita Henry se parece mucho a usted. Es una mujer encantadora.

—Vaya, gracias —dijo ella tartamudeando.

—No hay de qué. Puedo asegurarle que su hermano se encuentra en un estado de salud excelente y que, en cuanto nos hayamos asegurado de que está fuera de peligro, le dejaré irse a casa. Por cierto, debería ver su rancho. Tiene unas ideas revolucionarias sobre la cría de ganado y están funcionando mejor de lo que ninguno nos esperábamos. Debería venir a verlo.

Ella se rio.

—Eso haré. Estoy deseando conocerlos a usted y a ese superdetective que estaba trabajando en el caso. El señor Lassiter, ¿verdad? Su foto sale en la web de su padre. Ese hombre está como un tren. Qué pena que no sea más mayor —suspiró.

Cody se rio.

—Así es la vida. Estamos en contacto. Seguro que Dan Brady también lo estará. No se olvide de lo del café.

—No lo haré. Gracias, *sheriff* Banks.

—Es mi trabajo. Cuídese. Y siento muchísimo no haberla llamado para contarle lo de su hermano.

—Él está bien, así que no se preocupe. Cuídese usted también. Adiós.

Cody colgó y miró a Lassiter con una gran sonrisa.

—La señorita Whatley cree que estás como un tren.

—Ups —dijo Lassiter con una mueca.

—No te preocupes. Ha dicho que es una pena que no seas mayor.

Lassiter soltó una risita.

—Soy bastante mayor. Y ella es una mujer encantadora, pero en el futuro inmediato renuncio a las mujeres.

Cody no preguntó. Cambió de tema y hablaron del arresto de Bobby Grant y de lo que esperaban que pasara a continuación.

La policía rubia pasó por allí justo cuando él salía por la puerta.

—Hola. ¿Tiene tiempo para un café?

Él se estremeció mientras miraba el reloj.

—Lo siento, pero esta noche tengo un compromiso.

—No hay problema. Ahora paso mucho por aquí —añadió ella sonriendo—, así que volveré a probar en otro momento.

Cody le devolvió la sonrisa. Qué mujer tan risueña y alegre para ser agente de la ley, pensó. Se despidió de ella y fue a su camioneta.

Condujo hasta el rancho de Abby mientras cavilaba sobre el percance con Whatley. Apretó los dientes al pensar que Bobby Grant no podía haber intentado matar a Horace, porque había estado en Florida con la hermana de Whatley todo el tiempo, lo que significaba que tenía a alguien en Catelow dispuesto a cometer un asesinato por él. ¿Quién sería y cómo iba Grant a pagar a esa persona si ahora estaba en la cárcel y acusado de intento de asesinato? Además, si se sumaban los cargos de Colorado y las pruebas podían demostrarlo, lo acusarían también de homicidio en primer grado.

Recordó el amable ofrecimiento del guardia de llevarle un refresco a Whatley la noche que tuvieron que llevarlo al hospital de urgencia. Seguía siendo su primer sospechoso. No sabía nada de ese hombre más que lo que una pequeña comprobación de antecedentes les había dicho al contratarlo. Según ese informe, nunca había tenido problemas con la ley y su anterior jefe, un jefe de policía de un estado vecino, lo consideraba de fiar.

La información no ayudaba mucho.

Cuando el médico por fin lo había llamado la noche anterior a última hora, solo había podido decirle que la sustancia empleada era un extraño polvo exótico que contenía una neurotoxina. Y, sí, podía causar convulsiones. A veces letales, dependiendo de qué cantidad se le administrara a la víctima.

Cody se sintió algo culpable porque, cuando la guapa policía rubia había ido a devolverle las esposas, él había estado charlando con ella mientras el guardia, presuntamente, envenenaba a Whatley. A ver, sinceramente, no había estado hablando con ella todo el tiempo. Ella había esperado en la comisaría mientras él salía un momento a detener una pelea en un restaurante cercano.

Cuando volvió, estaba un poco colorada y él se preguntó si Lassiter habría pasado por allí, porque así solían quedarse las mujeres al verlo. Pero, al preguntarle, ella había dicho que no, que no había ido nadie y que ninguno de los detenidos había dado guerra. Que ella había estado hojeando un panfleto sobre drogas que había encontrado en la mesa del *sheriff*. No había entrado nadie más, aunque sí que había oído al guardia moverse por allí, lejos del despacho.

A Cody le había gustado hablar con la policía. La encontró muy atractiva, y algo nerviosa. Se sentía culpable porque cada día estaba más unido a Abby y no debería prestar atención a otras mujeres.

Y tampoco es que la policía hubiera flirteado nunca con él. Parecía muy pragmática con su trabajo, aunque, por otro lado, no parecía conocer el nombre del agente de policía asignado a esa zona. Pero era nueva, así que tampoco era de extrañar.

Solo se había quedado allí unos minutos y luego se había marchado sonriendo y estrechando manos antes de ir a su coche. No era un coche patrulla, pero era normal porque no estaba de servicio, y en el asiento del copiloto se distinguía una figura.

Esta noche estaba sola y llevaba un deportivo. Él deseó haber tenido tiempo de preguntarle por aquel refresco que el guardia le había dado a Whatley. Por otro lado, tal vez sería mejor no facilitarle esa información ni siquiera a un agente de la ley.

Volvió a pensar en el deportivo que conducía, pero eso tampoco significaba mucho. Sabía que algunos departamentos de policía no aprobaban que los agentes se llevaran a casa los coches patrulla. A Cody, en cambio, le parecía una buena idea, sobre todo cuando hacía mal tiempo y podía requerir a sus oficiales en cualquier momento. Los coches de policía y de *sheriff* se fabricaban siguiendo especificaciones distintas a las de los coches normales. Tenían bases de ruedas más anchas y algunos otros ajustes que les permitían dejar atrás a cualquier coche inferior a un Jaguar o un Lamborghini.

Había terminado sus informes después de que la guapa policía rubia se hubiera marchado, justo después de que el guardia le hubiera dado el refresco a Whatley. Luego había ido a casa de Abby para explicarle por qué se había perdido la cena y entonces había decidido pasar a ver a Whatley una última vez. Y menos mal. Al hombrecillo le había dado un ataque a mitad de una frase. Lassiter había estado al teléfono ocupándose de unos asuntos hasta que Cody pidió una ambulancia y llevaron a Whatley al hospital. Le habían salvado la vida, pero el médico recalcaba que había sido gracias a la rápida respuesta de Cody. Si el veneno hubiera hecho efecto unos minutos más, nada habría podido salvarlo.

Cody paró en casa de Abby para ver cómo estaban.

Abby sabía que Cody le estaba dando vueltas a algo. Estaba preocupada, y se notaba.

—¿Puedo ayudarte en algo? —le preguntó con delicadeza.

Él sonrió.

—Me temo que no —respondió, y con una mueca bebió un trago del café con leche y azúcar que ella le había servido—. Se trata de Whatley. Hace unas noches lo ingresaron con una especie de ataque.

—¿Es epiléptico? —preguntó Abby sorprendida.

—No. Y ahí está el problema.

Ella lo miraba fijamente. Apretó los labios.

—Ya. Algo malo y secreto de lo que no puedes hablar.

—Exacto —contestó él, y se agachó para besarle la punta de la nariz—. ¡Me alegro de que ya me conozcas tan bien!

Abby se rio suavemente.

—No tan bien.

—Mejor que la mayoría. No soy un hombre fácil de conocer. Soy un solitario. Me gusta estar solo. No estoy acostumbrado a tener a nadie cerca con quien hablar excepto...

Su perra. Ella le apartó un mechón que le había caído en la frente.

—Puedes hablar conmigo. Soy una tumba. En el trabajo no se me permite hablar de nada de lo que hago. Podría decirse que tengo formación superior en guardar secretos.

Él se rio.

—Eso casi te cualifica para ser policía —bromeó él.

Abby miró su cinturón.

—Esas son las esposas que te devolvió tu amiguita policía, ¿no?

Cody se rio y evitó decir que la rubia policía se había pasado a verlo hoy también. No tenía sentido remover las cosas más aún.

—¿Por qué te ríes?

—Estás celosa —dijo él viendo el rubor que le apareció en las mejillas.

—No estoy celosa —murmuró—. ¡Pero si soy tan preciosa que los hombres hacen cola para conseguir una cita conmigo!

Abby se detuvo cuando Cody la acercó y empezó a besarla con ansia.

—Jamás tendrás... —comenzó él antes de besarla otra vez— ni un solo motivo para estar celosa... —añadió, y siguió besándola— de ninguna otra mujer. Te lo juro.

Ella tardó un momento en recuperar el aliento. Estaba coloradísima.

—Pues...

—¡*Sheriff* Banks!

Lucy apareció corriendo y se lanzó a sus brazos. Él la giró en el aire, riéndose.

—¡Menuda bienvenida! Tu tía acaba de darme una muy buena también —añadió mirando con picardía a Abby, que se sonrojó de nuevo.

Nieve estaba dándole patraditas en las botas.

Él bajó a Lucy y levantó a la perrita. Se reía mientras ella le lamía la mejilla.

—Nieve te quiere —dijo Lucy.

—Ya me he fijado.

Cody acurrucó a la perrita un momento. Le trajo recuerdos de Anyu. El trabajo los había mantenido a raya, pero ahora habían vuelto. Igual que los recuerdos de Debby, que habían vuelto con más fuerza.

Estaba distraído. Abby se dio cuenta, pero supuso que sería por el trabajo. Aquella noche Cody se fue a casa antes que en visitas anteriores, pero prometió volver pronto. Estaba cansado, nada más, les dijo.

Y, bueno, en parte era verdad. Estaba cansado. Pero, sobre todo, estaba desolado. Llevaba demasiado tiempo ignorando la infidelidad de Debby y la pérdida de Anyu. Nunca se había parado a enfrentarse a esos dos problemas.

Cuando llegó a casa, todo le sobrevino de golpe. Se quedó mirando al sofá donde había pasado tantas noches con Anyu acurrucada a su lado, viendo películas o algún que otro programa de ciencias o del Canal Historia. Jamás podría olvidar esos preciosos ojos azules que le sonreían. Anyu fue su consuelo tras la muerte de Debby; la perrita que, según el mensaje, era para el hombre más importante de su vida. Pero Debby no debía de considerarlo tan importante a él. Apenas iba a casa por sus «obligaciones» en el hospital de Denver donde trabajaba, pero esas obligaciones eran su mentor, el médico que había estado a punto de suicidarse tras su muerte.

Ahora se preguntaba si esos sentimientos por su colega eran amor de verdad o solo una forma de asegurarse de seguir siendo su protegida para poder aprender todos los métodos revolucionarios que le estaba enseñando. Esa formación la habría catapultado a un puesto mucho más alto en la jerarquía médica.

Hasta que no había ido a Denver y había descubierto por accidente las actividades sociales de su difunta esposa, jamás se había parado a pensar en los avances que había hecho en su carrera. Pero Debby estaba centrada en ganar mucho dinero, y su forma de hacerlo era ir subiendo en la jerarquía de especialistas. Había compartido sus sueños con él, le había dicho una y otra vez lo importante que era ser la mejor y que para eso, añadía, tenían que formarte los mejores. Qué suerte, había dicho, tener un mentor tan bueno y que él se asegurara de que ella estaba al tanto de las técnicas más novedosas en Neurocirugía.

Ese pobre médico era como Cody, un trampolín para el éxito de Debby. Él había estado tan atontado y enamorado que no había sido consciente de lo ambiciosa que era. Al parecer, a su mentor le había pasado lo mismo. Los había usado a los dos por razones que nada tenían que ver con el amor eterno.

Cody podría haberse dado de tortazos por no haberse dado cuenta antes, por no haberse cuestionado por qué nunca iba a casa, por qué era tan insensible con él, por qué estaba tan obsesionada con llegar a lo más alto de su campo.

Cuando habían empezado a salir, él tenía un pequeño *beagle*, pero a Debby nunca le había gustado Barney. Ahora que echaba la vista atrás, vio que no le gustaban los animales lo más mínimo. Toleraba al perro, pero Barney se tenía que ir a la cocina o al porche trasero cuando Debby iba de visita, que no era muy frecuente. En una ocasión, ella le había preguntado por qué no lo daba en adopción. Él había ignorado la pregunta, y era algo que había aprendido a hacer mucho cuando Debby estaba como residente. Barney había muerto poco después de que se casaran.

En la cama era fría como un témpano una vez que se habían casado; no tenía nada que ver con la mujer apasionada que se había ido a casa con él la noche que se conocieron. Después de la boda, en las escasas ocasiones en las que iba a verlo, ella solo quería que acabaran pronto. En ese momento, él había pensado que se debería a algún trauma del pasado, pero, cuando se lo había preguntado de forma directa, ella había dicho que no podía implicarse en algo tan carnal. Le gustaba hablar con él de historia, que a Cody se le daba muy bien. Era un hombre inteligente, aunque Debby pensaba que no estaba a la altura de su gran potencial siendo agente de la ley. Nunca había entendido que se dedicara a eso. Él intentaba explicárselo hablándole de su infancia, por la que ella no tenía ni el más mínimo interés, y por qué eso lo había predispuesto a elegir un trabajo que implicara ayudar a otros a salir de situaciones que ponían en peligro su vida. Debby decía que la muerte era parte de la vida y que sucedía sin más. No tenía compasión por los demás, ni siquiera por Cody.

Él se permitió preguntarse cómo podía ser médica

una persona tan fría. La mayoría de los médicos eran supersensibles con la gente y se desvivían por ayudar a cualquiera que tuviera una dolencia. Pero Debby no. A ella solo le interesaba cuánto podría ganar cuando llegara a lo más alto.

Hablaba de ello, de las enormes tarifas que podría cobrar, de los sitios a los que quería ir, de las cosas que quería ver. En una ocasión, Cody le dijo que no podría tomarse unas vacaciones largas dadas las obligaciones de su trabajo y ella le lanzó una mirada vacía y le dijo que entonces mejor que no se tomara vacaciones directamente.

Había habido muchas señales y él nunca las había visto. Mejor dicho, nunca las había querido ver. Había estado enamoradísimo, viviendo en su vida de cuento de hadas, con su perfecta esposa, que iba a verlo de vez en cuando. Había cientos de preguntas que no había formulado nunca, y ahora ya era un poco tarde para hacerlo.

Recordó lo destrozado que se había quedado cuando Debby murió, cómo había arremetido contra Abby y Lucy en el aparcamiento, gritándoles que la habían matado. Se moría de vergüenza al recordarlo. Les había dejado secuelas emocionales a la mujer y a la niña, ¿y para qué? Sufrió por la pérdida de una mujer que ni siquiera existió. La auténtica Debby era fría y, en lugar de corazón, tenía una caja registradora. Si Cody hubiera muerto, ella habría querido saber cuánto de lo que le había dejado tenía valor y ni se habría inmutado por su fallecimiento.

Sacó una cerveza de la nevera y se dejó caer en el sofá. Esa noche no estaba de guardia, gracias a Dios; de lo contrario, no bebería. Puso el Canal de Historia e intentó ver con interés un programa sobre Alejandro Magno, pero estaba inquieto y no podía calmarse.

Volvió a mirar el sofá donde Anyu había pasado a su lado seis años. Él aún lloraba al viejo Barney cuando Anyu llegó, así que la perrita fue una sorpresa maravillosa.

Pero Anyu no era para él; Debby se la había dejado a su mentor y un malentendido había hecho que acabara a su lado.

Qué fabuloso accidente, se dijo con melancolía. Anyu había formado parte de él durante aquellos maravillosos años hasta su muerte. De niño nunca había tenido mascota. Su padre alcohólico habría resultado letal para cualquier mascota que él hubiera tenido en casa, un arma perfecta para vengarse cuando Cody llamó a las fuerzas del orden para delatar a su violento padre.

Anyu había sido como una brisa primaveral. La echaba mucho de menos. Estaba haciéndose mayor. Ya no se movía tan rápido como antes y le costaba subirse al sofá, tanto que al final Cody le había puesto un par de escalones de madera. Tenía artritis y tomaba medicación. Debía de haber tenido muchos dolores, pero siempre miraba a Cody con esos ojos azules y sonrientes. Anyu nunca se venía abajo por nada. La echaba terriblemente de menos, a pesar del acto del destino que la había metido en su casa.

Se pasó una mano por su tupido pelo y pensó en Abby. La cosa se estaba poniendo seria, pero él no tenía claro que estuviera listo para pensar en matrimonio. Era un compromiso que no tenía claro poder asumir. Le gustaba vivir solo. Disfrutaba sentándose a ver lo que le apeteciera en la tele. Eso sería imposible viviendo con Abby, Lucy y Hannah. La comida mejoraría, eso seguro, pero su casa solo tenía dos dormitorios, no era suficiente para cuatro personas. Aunque, claro, podía mudarse él a casa de Abby. En el rancho había mucho espacio...

Bebió otro trago de cerveza. Ya tendría mucho tiempo para pensar en eso luego. Ahora seguiría viendo el Canal de Historia con el documental sobre Alejandro Magno.

Dos días después, no había llamado a Abby ni había ido a verla. La policía rubia había vuelto a pasar a saludarlo. Era encantadora, pensó Cody mientras intentaba no sentirse culpable por haberla invitado a un café en su despacho.

—Es un café buenísimo —elogió ella suspirando—. A mí el que más me gusta es el colombiano. ¿Es este? —añadió con los ojos muy abiertos.

—Pues la verdad es que no lo sé.

—Es colombiano segurísimo —intervino Lassiter tras él.

—Estás encerrado —dijo Cody con brusquedad.

—Mi padre ha vuelto a pagar la fianza —contestó Lassiter mirando a la guapa policía rubia, que estaba mirándolo con la misma expresión que ponían la mayoría de las mujeres al verlo.

Cody se sintió algo molesto por dentro.

—J. R. Lassiter, la señorita... —vaciló—. No sé su nombre.

Ella se rio. Incluso la risa que tenía era bonita.

—Bella. Bella Cain.

—Un placer —dijo Lassiter, que le estrechó la mano alargando el saludo un poco de más.

—El placer es mío.

Él apartó una silla y se sentó ignorando la mirada de culpabilidad de Cody. Lassiter sabía que estaba cortejando a Abby, pero ahí estaba, flirteando con otra mujer. Qué vergüenza.

—¿Trabaja por aquí? Perdón —añadió con una risa—. No estoy familiarizado con los protocolos de las zonas pequeñas. Vivo en Houston.

—Ah, en Texas. Yo tengo un primo allí.

—¿En qué parte?

—Cerca de Dallas —respondió ella, y se detuvo en seco—. Pero yo crecí en Douglas, Arizona.

Se inclinó hacia delante sonriendo y añadió:

—Los rumores dicen que mi familia se remonta a la época en la que Pancho Villa luchó cerca de allí y que uno de mis antepasados estaba con Pancho en aquel momento.

—¡Vaya! —exclamó Lassiter—. Interesante linaje. ¿Habla español?

Ella se rio.

—Claro —dijo mirándolo—. ¿Usted?

—Sin duda. Vivo en Houston, pero trabajo bastante en el sur de Texas, territorio ganadero. Me resulta útil.

—Y tanto —contestó ella, que miró al reloj y se quedó asombrada—. ¡Tengo que volver al trabajo! Estaba en mi hora del almuerzo. No me gusta hacerle perder dinero a mi jefe —añadió con una sonrisa maliciosa.

—Somos tal para cual —dijo Lassiter, y Cody y él se levantaron cuando lo hizo ella.

—Qué caballerosos —elogió la policía con una amable sonrisa—. Me ha gustado hablar con usted.

—Igualmente.

—El hombre ese que dijo el guardia, el que estaba aquí por atraco a un banco, ¿lo han procesado ya? —preguntó con inocencia.

—Sigue a espera de juicio —respondió Cody despacio y sin ignorar la repentina señal de alarma que saltó con la pregunta. Sabía que ella había tenido contacto con el guardia la noche en la que tuvieron que llevar a Whatley al hospital, pero no diría nada.

—Uff, los tediosos procesos legales de este país —añadió la mujer sacudiendo la cabeza—. En otras partes del mundo, a esa clase de criminales se los juzga de forma más rápida. Pero así es la vida. Encantada de volver a verle, *sheriff*. Y encantada de conocerle, señor... Lassiter, ¿verdad?

Él asintió y sonrió.

—Encantada de conocerla también

—Ya nos veremos —le dijo a Cody al acercarse y sonreírle—. No le importa si me paso de vez en cuando, ¿verdad?

Él carraspeó. Esa mujer tenía un olor delicioso.

—En absoluto.

La policía volvió a sonreír y se despidió con la mano mientras salía por la puerta.

—Vaya, vaya, qué interesante —dijo Lassiter una vez que la mujer se marchó.

—¿Qué parte?

—¿Sabes algo sobre perfumes o colonias de mujer?

Cody pensó un momento.

—Abby me dijo algo sobre la colonia a la que olía mi camisa. Me dijo que olía a Nina Ricci, sea quien sea.

Lassiter se rio.

—No es una persona, es una colonia. Casualmente, la favorita de mi hermana. Y carísima también. Le mandan los jabones desde París y cuestan cuarenta pavos cada uno —añadió haciendo que Cody enarcara las cejas de asombro—. Qué curioso, ¿no?, que tu amiguita policía pueda permitirse una colonia así con su sueldo.

—Más interesante es que tuviera contacto con el guardia la noche en la que Whatley acabó en el hospital. El guardia le llevó un refresco abierto.

—Nita Whatley dijo que una rubia muy guapa de Sudamérica solía ir a su casa a ver a Bobby Grant.

Cody asintió.

—Interesantes conexiones.

—Estoy empezando a ver unas cuantas.

—Y yo. Creo que será mejor que añada un par de hombres más para que estén por aquí cuando no esté yo.

—No es mala idea. Ese Grant es más resbaladizo que una anguila. Logró zafarse de una acusación de asesinato en Denver, y seguro que antes de eso ya estuvo metido en líos. Sí que está lo de aquella agresión por la que cumplió dos años —añadió Lassiter pensativo—. Tengo unos amigos que me deben un favor. Voy a llamarlos y a traer a un hombre aquí para que vigile la comisaría cuando no estés tú.

—No tengo claro que nuestro presupuesto llegue para... —empezó a decir Cody.

Lassiter levantó una mano.

—No te costará ni un centavo —dijo sonriendo—. Me deben un favor y eso es lo que necesito.

Cody se rio.

—Tú sí que sabes moverte.

—Créeme cuando te digo que no sabes cuánto.

—Te creo, te creo.

Iba camino a casa después del trabajo, aún preocupado por lo que sentía por Abby y qué pasos dar a continuación en la relación, cuando un movimiento a un lado de la carretera captó su atención.

Paró, echó marcha atrás y se detuvo en el arcén. Salió, con curiosidad, porque lo que vio parecía algún tipo de animal y estaba haciendo movimientos sospechosos.

Según se acercaba, vio lo que era: un malamute, sarnoso, con el pelo lleno de enredones, medio muerto de hambre y embestido por un vehículo.

—Pobrecillo —dijo con tono suave. El perro era macho claramente—. Tranquilo, amigo. Te llevaré al veterinario.

Abrió la puerta trasera del coche patrulla, sacó la manta que guardaba ahí para proteger el asiento trasero de borrachos con ganas de vomitar, y luego levantó al perro en brazos.

El animal gimoteó, pero no hizo intención de morderlo.

—Tranquilo. No te haré daño. Nadie te hará daño. Lo has pasado mal, ¿eh?

Lo metió en el asiento trasero y el perro se quedó mirándolo con una mezcla de pena y esperanza.

—Te llevaré a un veterinario. Te pondrás bien. Te lo prometo.

Capítulo 13

La doctora Clay, la veterinaria, se quedó impactada al ver al perro.

—Jamás entenderé por qué se permite que los perros acaben en este estado. ¿Ha arrestado al dueño?

—No sé quién se lo habrá hecho. Lo he encontrado en un lado de la carretera y no creo que haya tenido dueño. No desde hace mucho tiempo.

—Podría ser, sí.

—Parece un malamute.

—Sí. Demasiado grande para ser un husky —dijo ella mientras examinaba al perro—. Pero tiene los ojos azules y los malamute casi siempre los tienen marrones. Podría ser una mezcla de las dos razas. Creo que tiene la pata rota. —Se estremeció cuando el perro aulló—. Le haré unas radiografías. ¿O quiere que lo sacrifique? —preguntó de pronto.

Él miró a los ojos al cansado y viejo perro y vio desesperación en ellos. Sabía lo que era eso. Apretó los dientes. Bueno, su camioneta podía aguantar sin esos tapacubos tan espectaculares que había estado mirando para comprarse. No los echaría en falta.

—Hágale las radiografías y lo que haga falta.

Ella lo miró con curiosidad.

—Me haré cargo de la factura —dijo Cody.

—¿Nombre?

Iba a decir el suyo, pero entonces se rio un poco avergonzado y miró al perro, con su cabeza ladeada. Recordó el documental del Canal de Historia que había estado viendo y apretó los labios.

—Alejandro —le dijo a la veterinaria girándose hacia ella con una sonrisa—. Se llama Alejandro. ¿Y puede conseguir un peluquero que le haga algo? Pobrecillo.

—Desde luego. Nuestro peluquero habitual tiene una lista de espera de tres meses, pero, por suerte para usted, tiene una aprendiz. Le diré que lo atienda en un par de días. Primero hay que hacerle pruebas para ver si tiene parásitos y enfermedades.

—Haga lo que haga falta.

La veterinaria sonrió.

—Va a quedárselo, ¿no?

Cody asintió.

—Sé que no es Anyu —dijo con delicadeza—, pero puede que sea bueno que no tenga un perro que sea un calco suyo. Así será como un nuevo comienzo.

La mujer miró a Alejandro, que intentaba menear el rabo como si entendiera lo que estaban diciendo, y añadió:

—Para los dos.

Y así, desparasitaron, asearon y alimentaron a Alejandro, que, con una dieta pautada por la veterinaria y una pata escayolada, llegó al rancho de Cody. Ahora, libre de enredones, estaba bastante guapo. Cuando estuviera curado del todo y le hubiera crecido el pelo, sería un perro muy apuesto.

—Ahora ya no tienes tan mal aspecto, viejo —le dijo Cody al perro, que pareció sonreírle mientras se acomodaba en la gran alfombra frente al televisor—. Podemos ver la tele juntos. Y, cuando estés mejor, salir a caminar.

Alejandro lo miró con sus ojos azul claro y pareció sonreírle de verdad, igual que Anyu. A Cody se le saltaron las lágrimas, pero se agachó y lo acarició.

—Llenas un hueco en mi corazón —dijo con voz suave—. Uno enorme. Bienvenido a casa, Alex.

El perro sacudió el rabo.

Cómo no, por Catelow corrió la voz de que Cody tenía un perro nuevo. Abby se enteró de oídas porque Cody llevaba días sin ir por el rancho.

—¿Está enfadado con nosotras o algo? —le preguntó Lucy a Abby con auténtica preocupación.

—Creo que tal vez solo está muy ocupado —supuso Abby con una alegría que en el fondo no sentía.

—Él también tiene un perrito nuevo —dijo Lucy con tristeza. Acarició a Nieve, su fiel compañera—. Creí que querría enseñárnoslo.

—El perro está escayolado —la interrumpió Hannah—. Se lo encontró a un lado de la carretera. Lo había atropellado un coche y estaba en un estado lamentable. Una de mis primas es la aprendiz del peluquero de la veterinaria y me ha dicho que nunca había visto un perro en un estado tan horrible, pero que, cuando lo asearon, resultó ser sorprendentemente bonito. Y se llama Alejandro.

—Qué nombre tan raro —comentó Abby intentando disimular lo mucho que le dolía que, según parecía, Cody estuviera replanteándose lo que sentía por ella.

También se había enterado de la última visita de la policía rubia, y le había dolido. Hasta ese momento no había sido consciente de cuánto capital emocional había invertido en el *sheriff*.

—Me encantaría ver al perro —deseó Lucy con un suspiro—. Hannah, ¿te ha dicho tu prima de qué raza es?

—Un malamute. Son como los huskies, pero mucho más grandes. Aunque lo más probable es que sea un cruce, porque tiene los ojos azules —añadió y sonrió.

—Seguro que es muy bueno —respondió Lucy.

Y era muy bueno. Resultó ser un compañero encantador para las solitarias noches de Cody. El perro, con escayola y todo, lo seguía por toda la casa y el resto del tiempo se sentaba a mirarlo con unos ojos llenos de amor.

—Eres el mejor descubrimiento accidental de mi vida, Alex —le dijo al perro, y se agachó para acariciarlo.

Alex lo miró con adoración, como diciendo: «Ya somos dos».

—Cuando estés bien, iremos a pasear.

El perro aulló.

Cody se rio. Los huskies y los malamutes nunca ladraban. Aullaban.

—Me alegro de que te parezca bien —le dijo al animal.

Encendió la televisión esperando que no lo llamaran del trabajo. Era viernes noche y no tenía adónde ir. Apretó los dientes. Claro que tenía adónde ir, pero últimamente había estado tan distanciado que se sentía incómodo llamando a Abby y autoinvitándose. Ella podría darle con la puerta en las narices, sobre todo si se había enterado de lo de la última visita de la policía rubia. Se comentaba por todo el pueblo.

Estaba perplejo por su propio comportamiento. Le había gustado pasar tiempo con Abby, Hannah y Lucy, pero, cuanto más unidos estaban Abby y él, más cauteloso se volvía. Nunca conocías a las personas hasta que no vivías con ellas. Abby parecía una mujer sincera, buena y dulce, pero Debby también lo había parecido al principio y luego le había desbaratado la vida. Su orgullo aún se resentía por la aventura que ella había tenido con su mentor en Denver.

—A lo mejor Abby no es así —le dijo a Alejandro mientras veían la tele—. ¿Pero eso cómo se sabe?

Alejandro lo miró con unos risueños ojos azul claro y sacudió el rabo casi sin fuerzas.

Cody lo acarició.

—Lo has pasado fatal, ¿eh, viejo? —añadió con cariño—. No te preocupes. Aquí estarás a salvo.

Alejandro suspiró y apoyó la barbilla en las patas delanteras, que tenía extendidas.

—A salvo —murmuró Cody para sí.

Miró a su alrededor, echando un vistazo al salón y al comedor, y se preguntó si él se sentiría a salvo alguna vez. Lo dudaba mucho.

Julia Donovan, el ama de llaves de Horace Whatley, pasaba a menudo por la comisaría para llevarle a su jefe porciones de tartas y pasteles caseros. Era muy tímida y no solía hablar mucho ni con Cody ni con el guardia.

—He oído lo que le pasó al señor Whatley —le dijo a Cody en una de las visitas—. Lo del ataque.

Se mordió el labio inferior.

—No hay problema si quiere que alguien inspeccione lo que le cocino —añadió con voz suave—. Quiero decir, no me importaría. No quiero que le pase nada, pero usted no me conoce, *sheriff* Banks —continuó con una ligera sonrisa—, así que puede inspeccionar mi comida cuando quiera. No hay problema.

Él se rio.

—Julia, eres la última persona de la que sospecharía que intenta acabar con su jefe. En serio.

La mujer forzó una sonrisa.

—Gracias, me alegro. —Suspiró—. No me puedo creer que puedan acusar al señor Whatley de robar nada. Tiene dinero y es la persona más amable que te puedes echar a la cara.

Levantó la mirada y se sonrojó al ver al *sheriff* mirándola. Continuó:

—Es muy bueno con todos sus empleados. Vacaciones pagadas, seguro, baja por enfermedad. —Se rio nerviosa—. Mi difunto marido era muy violento conmigo. El señor Whatley no es así. Es un hombre muy tierno.

—Sí que lo es, y yo tampoco creo que haya robado

nada, Julia, pero eso es algo extraoficial y tengo que ceñirme a los hechos. Un supuesto testigo lo ha acusado.

La mujer se estremeció.

—Sí, y ese hombre es conocido por ser un mentiroso que haría lo que fuera por dinero, igual que el sobrino ese del señor Owens. Intentó pedirle dinero al señor Whatley. El señor Whatley fue amable y le ofreció un empleo. ¡Jamás en mi vida había oído a nadie usar un lenguaje así, ni siquiera a mi difunto marido! ¡Supongo que al jovencito ese no le atrae nada trabajar para ganarse la vida!

—Supongo que no.

—Y el señor Owens es muy amable. Parece que la gente más buena acaba teniendo que lidiar con familiares que solo viven para intentar quitarles todo lo que tienen.

—¿Familiares? —preguntó él mirándola. Se había quedado en las nubes.

—El chico ese. Jack, el sobrino del señor Owens. Es una vergüenza constante para la familia. Siempre metido en algún lío. Usted lo sabrá, porque tiene que encerrarlo de vez en cuando.

Él asintió.

—Lo siento por el señor Owens. Que yo sepa, nunca ha dado un paso en falso.

Ella asintió.

—La nueva asistente legal que trabaja para él, Abby, es muy maja —comentó Julia sin percatarse de que a Cody se le habían puesto las mejillas coloradas con la mención de su nombre—. Es de esas personas que te tratan como si las conocieras de toda la vida.

—Seguro que es muy valiosa para Owens.

—Sí. Y ayer su sobrinita y ella salieron en coche con el simpático del señor Lassiter —dijo preguntándose por qué el *sheriff* se había quedado paralizado de pronto—. Me alegro de que lo dejara salir bajo fianza. No entiendo que un hombre así pueda tener problemas con la ley. Y encima es guapísimo —añadió riéndose.

¿Abby estaba saliendo con Lassiter? La furia se apoderó de él. ¡Abby, su Abby, con ese mujeriego!

Justo cuando estaba pensando en volver a encerrar a Lassiter y tirar la llave, la puerta del despacho se abrió.

Y ahí estaba, la guapa policía rubia vestida de uniforme. Vaciló al decir:

—¿Vengo en mal momento?

—No, no, yo ya me marchaba. Lo de la comida lo he dicho en serio, *sheriff* —insistió Julia con una dulce sonrisa.

—No será necesario comprobar nada de lo que traigas. Te lo prometo —le aseguró él.

—Gracias. Bueno, me voy a casa a hacer mis tareas —se despidió Julia, y añadió frunciendo el ceño—: ¿Está usted seguro de que Horace..., quiero decir el señor Whatley, estará a salvo?

—Estoy seguro —mintió Cody, porque eso no podía prometérselo.

La mujer sonrió.

—Bien. Gracias.

Esbozó una tímida sonrisa, le lanzó otra a la mujer rubia, que la ignoró, y salió por la puerta.

—Qué mujer más simplona —comentó la rubia riéndose.

Cody la fulminó con la mirada.

—La belleza es más de lo que vemos por fuera —contestó con brusquedad.

—Lo siento —se apresuró a decir la policía—. Ha sido una mañana complicada. He tenido un altercado con un hombre que he arrestado por transportar drogas.

Le enseñó un cardenal en el antebrazo e hizo una mueca de dolor al doblarlo.

—¿Esta profesión siempre es tan violenta? —preguntó mirándolo como si él fuera viejo y sabio y tuviera todas las respuestas.

¿Cuántos años tendría? Parecía mayor que Abby, pero seguía siendo muy guapa.

—Sí, puede serlo, aunque siempre se pueden pedir refuerzos si hace falta.

Ella le lanzó una coqueta mirada.

—Imaginaba que diría eso. Me está costando mucho acostumbrarme al trabajo. Esperaba que estuviera libre para darme algunos consejos mientras nos tomamos un café. Esa nueva cafetería de la esquina sirve capuchinos. Es mi favorito.

Cody se sintió animado. Si Abby podía ir por ahí con Lassiter, él no iba a sentirse culpable por invitar a esa preciosa rubia a una taza de café.

Se levantó de detrás de la mesa y agarró su sombrero.

—Estoy libre —le aseguró con una sonrisa—. Vamos.

Se detuvo a decirle a su adjunto dónde estaría, y, cuando ya estaban en la acera, tuvo que atender una llamada.

—¡Ups! Me he dejado la carpeta en el despacho, ¡ahora mismo vuelvo! —susurró la rubia mientras él le explicaba una cuestión jurídica a un hombre que se quejaba por un control de tráfico. Cody asentía, perdido en la conversación. Duró un par de minutos. Cuando colgó, su acompañante rubia con su uniforme impoluto ya estaba a su lado con la carpeta. Esperó a que ella fuera a su coche a dejarla y luego se reuniera con él.

Abby, que iba de camino al juzgado, los vio entrar en la cafetería. Sintió un dolor en el pecho que casi hizo que se le saltaran las lágrimas. Cody y ella se habían llevado muy bien. A él le había encantado estar con Lucy, con Hannah y con ella, o eso había creído. Había sido parte de su familia. Pero ahí estaba ahora, con esa policía rubia.

A Abby se le cayó el alma a los mocasines.

Por otro lado, tampoco podía exigirle nada a Cody. Eran amigos. El problema era que ella se había imaginado un futuro basándose en unos cuantos besos y un poco de afecto, y obviamente se había equivocado. En un momento de ira, furiosa porque Cody había desaparecido de su vida y por los rumores de que seguía viendo a la policía rubia, había aceptado una invitación de

Lassiter para dar una vuelta por el condado. Había deseado que a Cody le llegara la noticia, aunque solo fuera para demostrarle que no estaba sola en casa esperando a que él fuera o la llamara. Le había salido el tiro por la culata. La policía rubia y él entraron en la cafetería riéndose y el *sheriff* tenía su gran mano puesta en el brazo de ella.

Bueno, al menos ahora sabía a qué atenerse. Nunca había tenido una relación seria con un hombre, pero había esperado tener un futuro con Cody. Qué chorrada de sueño. Tal vez había sido demasiado lanzada con él o había sobrevalorado su presencia en su vida. O a lo mejor a él le había entrado el miedo ante la idea de verse con una mujer que ya tenía una familia. Parecía que quería a Lucy, pero eso podía seguir haciéndolo y ahorrarse tener que responsabilizarse de ella, en el caso de que Abby y él se casaran. Casarse..., fantaseó. Eso sí que era un sueño imposible. Cody había amado a su difunta esposa por mucho que ella hubiera tenido un amante y hubiera podido ser una persona desagradable del todo. Si amabas a alguien, la amabas independientemente de lo que hiciera.

Sabía que Cody echaba de menos a Debby a pesar de lo que había descubierto sobre ella. Se compadecía de él. Debía de ser terrible amar a una mujer que lo había tratado como si fuera basura, que había tenido un amante y que lo había ignorado durante semanas seguidas. Había estado casado y no casado al mismo tiempo. Y lo que había descubierto de ella sin duda había hecho añicos su orgullo. Tal vez le daba miedo volver a poner en peligro su corazón.

Abby decidió que ese sería el motivo de su ausencia. Él debía de pensar que ella andaba buscando casarse; ella, que tenía a Lucy a su cargo. Se sonrojó. Jamás habría ido a cazarlo, pero Cody no la conocía bien y tal vez lo había interpretado así.

Abby nunca renunciaría a Lucy por ningún hombre.

Tal vez fuera mejor que Cody hubiera trasladado sus afectos a otra mujer soltera, que además estaba sola igual que él. Porque ella daba por hecho que la rubia guapa estaba soltera. Le dirigió a la pareja una última mirada cargada de añoranza y siguió conduciendo hacia el juzgado.

—¿Por qué el *sheriff* Banks ya no viene a vernos a Nieve y a mí? —preguntó Lucy un sábado por la noche cuando Hannah y Abby estaban cenando con la pequeña.

—Imagino que está muy ocupado —respondió Abby.

—Ocupado llevando por todo el pueblo a esa policía rubia —murmuró Hannah mientras se tomaba un puré de patatas cocinado a la perfección.

—Las paredes oyen —le advirtió Abby.

Hannah la miró, ella giró la cabeza hacia Lucy y esbozó una mueca.

—Lo siento.

—¿Cómo van a oír las paredes? —preguntó Lucy con curiosidad.

—Es una forma de hablar —explicó Abby, y forzó una carcajada—. ¿Qué tal si después de la cena vemos esa peli de Halloween tan tonta que nos gusta mucho?

—¡Ay, qué divertida! —exclamó la niña.

—A mí también me apetece —secundó Hannah con una sonrisa—. ¡Unos marcianos oyendo esa vieja retransmisión de Orson Welles de *La guerra de los mundos* y corriendo a invadir la tierra!

Abby soltó una carcajada.

—Ya, es graciosísima.

—Me encanta el niñito con el disfraz de pato —dijo Lucy—. ¡Es tan mono!

—Y muy dulce —comentó Abby—. Igual que tú, Lucy —añadió alargando la mano para acariciar su suave mejilla—. Es una maravilla tenerte.

—Yo también te quiero, tía Abby —respondió Lucy

con una gran sonrisa—. Me alegro mucho de que hayamos venido a vivir al rancho.

—Y yo —dijo Abby, aunque con menos entusiasmo.

Hannah la vio pinchar la comida y sintió pena por
ella. Desde luego, Cody Banks había cambiado de sentimientos si es que estaba viendo a otra mujer, a una mujer más guapa. Eso debía de haber herido el orgullo de
Abby, sobre todo porque sentía algo por él. Pero suponía que a Cody sencillamente le daba miedo acabar con
otra Debby, otra mujer que fingía amar y luego se marchaba.

Abby no era así. Ella se quedaría hasta el amargo final, resistiría a hambrunas, incendios e inundaciones.
Si Cody lo hubiera perdido todo, Abby lo habría ayudado
a recuperarlo. Pero parecía que eso no iba a suceder.
Cody prácticamente había hecho una declaración públi-
ca al llevar a tomar café a la policía rubia. En un pueblo
pequeño como Catelow, todo el mundo chismorreaba.
Eso iba a hacerle daño a Abby. Mucho daño.

—Podría hacer unas palomitas —propuso Hannah—.
Apetecen viendo la tele.

Lucy la abrazó.

—¡Piensas en todo, Hannah!

—Bueno, no en todo —dijo Hannah suspirando y
mirando el triste rostro de Abby, que con tanto valor
intentaba disimular—. No en todo.

La policía rubia tenía montones de historias sobre
los lugares en los que había estado y las personas que
había visto. Y eso, para un agente de la ley de un pueblo
pequeño, resultaba fascinante. Cody nunca había conocido a nadie como ella. Vivía despreocupada, libre, y no
quería echar raíces, eso lo había dejado muy claro.

Posó sus oscuros ojos en la cadena que ella llevaba
alrededor del cuello. Tenía que ser de oro auténtico. Y
llevaba un colgante que parecía una mano con el pulgar

asomando de entre unos dedos apretados. Sabía que había visto algo así antes, pero no recordaba ni dónde ni cuándo. Ella inició otro tema de conversación y él se olvidó del colgante.

Era divertida. Era mayor que Abby y estaba claro que llevaba sola mucho tiempo. Pero él, por mucho que sonriera a su acompañante, no dejaba de pensar en Abby.

Hannah, Lucy y ella pensarían que las había abandonado. Se sentía mal por no haberse acercado siquiera al rancho. Pero pensaba en Abby y en que tenía a Lucy a su cargo, y se sentía confundido. No quería la responsabilidad de una familia. No ahora, y probablemente nunca. Le gustaba tener su propio espacio y hacer lo que le apeteciera. Un hombre se acostumbraba a sus hábitos y sus rutinas cuando vivía solo. Abby y Hannah interferirían en eso y Lucy sería una interrupción constante. La niña era...

Se estremeció. Era una alegría. Una pequeña dulce y tierna que adoraba a los animales y lo adoraba a él. Se sentía culpable por no haber vuelto a verla, pero es que no estaba preparado. Lo que había descubierto sobre su esposa parecía no haberlo afectado, pero ahora que el primer impacto había pasado, estaba empezando el dolor. Se sentía como el tonto más grande del mundo. Debby lo había tratado como a un bobo, y él se lo había permitido. Era el *sheriff* de un pueblo pequeño. Ella había sido una médica especialista de una gran ciudad en busca de una consulta lucrativa y pacientes con alto poder adquisitivo. ¿Qué habría pasado cuando ella hubiera terminado su formación? Daba miedo solo pensarlo. Él era listo. Había hecho estudios superiores mientras estaba en el Ejército. Pero estaba a años luz de un neurocirujano, e incluso de un neurólogo. Echando la vista atrás, veía que había sido el uniforme lo que había llamado la atención de Debby. Se había sentido más atraída por el atuendo que por Cody. Incluso había mencionado en una ocasión, solo una vez, que en la cama era un hombre muy convencional. En aquel momento, él, demasiado enamorado y embelesado como para pensar que se estaba quejando, no le había dado importancia al comentario. Pero lo cierto era que no había tenido mucha experiencia y Debby parecía saber mucho más que él.

Abby, por el contrario, era ingenua. Apretó los dientes al imaginarla con Lassiter. No era una mujer guapa en un sentido convencional, pero sí que era dulce, amable y compasiva. Desde luego, Lassiter veía esas cualidades y las encontraba atrayentes.

—He dicho que tengo que volver al trabajo —dijo la rubia riéndose mientras agitaba una mano delante de su cara para captar su atención.

—Ah —respondió él riéndose avergonzado—. Lo siento. Estaba pensando en un caso.

Se levantó y pagó los capuchinos. Se fijó en que su acompañante no se ofreció a pagar el suyo. Hoy en día la mayoría de las mujeres habrían protestado, sobre todo Abby.

La dejó en su coche. Era un deportivo nuevo de una marca que él no reconocía.

—¿Y el coche patrulla?

Ella parpadeó.

—Pues, en casa de mi primo. Le he pedido su coche pequeño para venir al pueblo.

Sonrió.

—Nos vemos pronto.

Cody la vio marcharse y pensó en Debby. Así había sido ella. Extrovertida, inteligente y fascinante. Volvió a sentirse una víctima. Y no es que se estuviera planteando tener una relación con la policía. No se estaba planteando tener una relación con nadie.

Meditabundo, volvió al trabajo y se puso con las tareas del día. Al rato se levantó de la mesa y fue a mirar las fotografías de la pared, por hacer algo. Estaba preocupado y aburridísimo.

—Debo de estar volviéndome loco.

—Mal hábito eso de hablar solo —dijo Lassiter al entrar.

Cody se giró y lo fulminó con la mirada.

No hizo falta que a Lassiter le dijeran por qué. Era un lugar pequeño y los chismorreos sobre su paseo por el condado con Abby y Lucy debían de ser tremendos.

—A mí no me eches la culpa —añadió Lassiter sentándose junto a la mesa de Cody—. Tú has estado saliendo por ahí con una rubia guapa. Una mujer como Abby no va a quedarse ahí esperando sentada mucho tiempo.

Apretó los labios al ver la oscura mirada del *sheriff*, que empeoraba por segundos.

—Tengo entendido que tu primo Bart hasta le pidió ir juntos a un baile del pueblo.

Eso Cody no lo sabía. Ahora estaba incluso más furioso.

—Ayudé a la policía a reducir a un delincuente que se las estaba haciendo pasar mal en la carretera —contestó con brusquedad.

—Bueno, imagino que en la cafetería del pueblo no hay muchos delincuentes —respondió Lassiter lentamente.

Cody miró a otro lado. Era un funcionario público. Quedaría mal que echara al hombre a la calle y lo tirara a la acera. Muy mal.

—¿Sabías que Bobby Grant ha salido bajo fianza en Florida? —preguntó de pronto Lassiter, ahora serio.

Cody frunció el ceño.

—¿Cómo? ¡El jefe de policía dijo que se aseguraría de que la fianza fuera lo bastante elevada como para que Grant no pudiera pagarla!

—Había una jueza nueva a la que le dio mucha pena el pobre, ahí plantado por su prometida, arrestado y acusado de crímenes que no podían ser verdad.

—No me lo digas. Grant la encandiló.

—Exacto. ¿Te acuerdas del anillo de diamantes que

le regaló la señorita Whatley? Lo ha vendido. Ha tenido suficiente para la fianza reducida y, al parecer, para pagar a alguien que vuelva a por Whatley. Y esta vez el criminal que envíe podría tener más éxito.

Cody tensó la mandíbula.

—Duplicaré la vigilancia.

—No servirá de nada. Tiene a más de una persona contratada. Es lo que mi especialista ha podido descubrir hasta el momento, aunque sigue trabajando en ello.

—Genial —murmuró Cody. Miró a Lassiter—. No creo que Julia, el ama de llaves de Whatley, sea de los suyos, ¿no? Ha estado trayéndole comida.

—Haz que la revisen —fue el frío consejo—. Ahora mismo no hay nadie fuera de sospecha.

—Buena idea.

Cody se sentó tras la mesa.

—Aunque empezaremos mañana, porque ya se ha tomado una porción de tarta que le ha mandado hoy. El guardia ha dicho que se la ha llevado a la celda. Hasta le ha preguntado qué tal estaba —añadió poniendo los ojos en blanco—. ¿Y qué pasa con Nita Whatley? Espero que el jefe de policía la tenga protegida.

—Sí. Grant la ha amenazado.

—Me gustaría encerrarlo —dijo Cody irritado.

—No eres el único. Me han dicho que el jefe de policía se puso hecho una fiera cuando lo soltaron bajo fianza. Pero aún estamos trabajando con bastantes pruebas para llevarlo a juicio en Denver. Pronto se hará la exhumación de Candy. Hubo que convencer a Violet. Es profundamente religiosa y quería a su hermana. Pero, claro, tampoco quería que Grant se fuera de rositas y se librara del cargo de asesinato. También estamos comprobando fechas e interrogando a gente sobre la última noche de Candy. Pensamos que estuvo cenando con Bobby Grant justo antes de morir. ¿Recuerdas lo que te dije sobre la visita de la mujer rubia a Grant cuando él vivía en casa de Nita Whatley, la que sabía de venenos exóticos? Algunos no pueden detectarse.

—Si Candy fue envenenada, espero que no fuera con uno de esos.

—Y yo —dijo Lassiter—. No soporto ver a un hombre librarse de un cargo de asesinato, sobre todo a un tipo presuntuoso como Bobby Grant. Se cree que ha vencido a la ley, y más ahora que ha salido bajo fianza. Solo pudieron detenerlo por agresión, y no fue violenta. Incluso la señorita Whatley ha tenido que confesar que él solo le dio unas palmaditas en la mejilla.

Miró a Cody.

—Había un hematoma, claro, pero él le dijo a la jueza que ya lo tenía de antes, que el jefe de policía estaba enamorado de la señorita Whatley y que claramente era imparcial.

—¡Anda ya! —explotó Cody.

—Creo que a ella le daba miedo admitir que la había golpeado con fuerza —continuó Lassiter irritado—. Grant lanzó muchas amenazas y, por mucho que el jefe de policía esté pendiente, ella está sola en su casa.

Se reclinó.

—Yo antes era joven e impresionable —dijo Lassiter suspirando—. Me parece que han pasado un millón de años, pero sí recuerdo lo manipulable que era —añadió con una risita—. Esa fue mi excusa cuando me pillaron con dos cigarros de marihuana en el bolsillo en el penúltimo curso del instituto. Mi padre no se lo tragó. Me castigó dos semanas. Me perdí el baile de promoción de tercero y mi cita iba a ser una chica que estaba buenísima. Me puse hecho una fiera, solté palabrotas y tiré cosas por todas partes. No sirvió de nada. Mi padre es tremendo cuando se enfada.

—El mío también lo era —recordó Cody. Se le tensó el rostro—. Agarraba lo primero que pillaba y lo usaba contra mi madre o contra mí cuando estaba borracho.

—Mi padre no —respondió Lassiter sonriendo—.

Nos quiere a todos, pero sobre todo a mi madre. Ella estaba llorando por lo de los cigarros ilegales, y por eso mi padre fue tan duro conmigo. Me recordó que era una droga de iniciación y que enganchaba —dijo poniendo los ojos en blanco—. Ahora es legal en varios estados, pero hace diez años no. Mi madre estaba destrozada. Le daba miedo que me arrestaran y me metieran en la cárcel.

Al recordar a Abby saliendo por ahí con ese hombre, esa idea le resultó de lo más atrayente. Se alzó en la silla. No era momento para venganzas personales.

—¿No pueden encontrar ningún cargo para enganchar a Grant?

—Créeme, el jefe de policía está en ello. Y también un subfiscal, que además conoce a los Whatley y se quedó indignadísimo con lo que ha pasado.

Lassiter cruzó sus largas piernas.

—Existe la posibilidad de que el sobrino de un abogado de la zona esté vinculado con el caso.

—¿El sobrino de Owens? ¿Cómo?

—Lleva meses intentando sacarle dinero a la gente del pueblo e incluso ha acosado a su tío por lo mismo. Ahora, de pronto, lleva ropa nueva, conduce un coche nuevo y acaba de mudarse a una casa de alquiler. Raro, ¿no?

—Interesante —contestó Cody pensativo.

—También tengo a gente trabajando en eso. A mi hermana, por ejemplo. Puede sacar información hasta de donde no hay. La fecha en la que el sobrino de Owens depositó dinero en su cuenta también es interesante. Fue el mismo día que Grant salió de la cárcel. Y fue mediante transferencia bancaria.

—Este caso se vuelve más complicado según pasan los días.

—Y más interesante —dijo Lassiter. Suspiró—. Bueno, tal como están las cosas, más vale que me arrestes por merodear, o por lo que sea, y me vuelvas a encerrar con Horace Whatley. No está a salvo solo, y menos ahora.

—Tengo que darte la razón. ¿Seguro que quieres que te encierre?

—No creo que tenga mucha elección. Si queremos que Horace siga vivo, hay que hacerlo así.

Cody se levantó.

—Pues vamos. Te buscaré una celda bonita y acogedora al lado de Horace.

—¿Qué tal si me llevan el desayuno a la cama, unas revistas de deporte y una caja de *brownies gourmet*? Ah, y un capuchino rico. Podrías ir a comprarlo con esa guapa rubia —añadió con pura malicia.

Cody abrió la celda con la mirada encendida.

—Ten cuidado. Si me cabreas mucho, podrías acabar encerrado con toda clase de compañeros.

Lassiter entró en la celda y la vio cerrarse.

—Podrías pedirle a Abby que venga a visitarme —dijo con inocencia—. Es la clase de mujer que esperaría años mientras un hombre cumple condena. Y cocina de maravilla.

Cody apenas pudo contener su mal genio. Se moría por sacar a Lassiter a rastras de la celda y darle un puñetazo. Impensable.

—¡Hola, *sheriff*! —gritó Horace Whatley. Cody se paró en su celda, que estaba al lado de la de Lassiter—. ¿Ha vuelto a arrestar al señor Lassiter? Con esta ya van... ¿a ver?... tres veces, ¿no? —preguntó preocupado—. ¿Ha sabido algo de mi hermana?

Cody vaciló, pero en realidad no había motivos para no decírselo.

—Bobby Grant ha salido bajo fianza. No te preocupes —añadió cuando al hombre se le retorció el gesto—. Ella no lo sabe, pero tiene vigilantes y el jefe de policía va a echarle un ojo también.

Whatley asintió.

—Dan siempre ha estado enamorado de ella. A mi

hermana no le gustan las pistolas, así que por eso no quería salir con él —dijo sonriendo—. Supongo que las cosas cambian.

—Y la gente también.

—Tenga cuidado, *sheriff* —advirtió Whatley con delicadeza—. Si Nita y yo estamos en peligro, usted podría estarlo también. Y también el simpático señor Lassiter o cualquiera próximo a usted. Grant estará furioso por haber perdido la fortuna de mi hermana. Puede que tenga una lista negra.

Cody soltó una risita.

—Ves demasiadas películas de mafia, Whatley. Es muy improbable que tuviera como objetivo a un *sheriff*, incluso aunque pudiera tener acceso a mí. Yo estoy aquí en Wyoming y él está en Florida.

—Mi tío estuvo en la CIA durante la Crisis de los misiles de Cuba —respondió Whatley con seriedad—. Se habló de que había mafias implicadas para librarse de Castro. Mi tío decía que había toda clase de personas consumidas por la venganza y que nunca se sabía hasta que alguien moría misteriosamente. Supongo que sabía de lo que hablaba. Un día, tras el almuerzo, murió de un infarto cuando nunca había tenido problemas de corazón. Hablaba sobre una misión concreta. Un amigo que tenía en el gobierno nos contó a Nita y a mí que hablaba demasiado. Vivía en un pequeño pueblo de Montana —añadió deliberadamente—. Pueden pillarte en cualquier parte.

—Lo siento —dijo Cody, y lo dijo en serio—. De todos modos, esto no es Cuba y por aquí no tenemos mafias.

—Sí que las tienen —respondió Whatley sorprendido—. El sobrino ese de Owens estuvo saliendo hasta hace poco con una chica que estaba muy unida a la mafia de Chicago.

A Cody le dolía la cabeza. Fue una jaqueca repentina y estaba seguro de que iba a freírle el cerebro. La mafia. ¿Allí? ¿En Catelow?

—Lo comprobaré —le dijo al hombrecillo con una sonrisa—. No te preocupes. Te mantendremos a salvo.

Whatley vaciló como si quisiera decir algo más, pero al final simplemente sonrió.

Tres días después, Cody fue a la tintorería a dejar el uniforme que tenía de reserva y por poco no se chocó con Abby en la puerta.

—Ay, perdón —se disculpó ella con una sonrisa educada, como si él fuera un extraño.

Cody vaciló. El corazón se le revolucionó solo por su proximidad.

—Abby... —empezó a decir. Buscaba unas palabras que le estaba costando mucho encontrar.

—Lo siento, es mi hora del almuerzo. Me alegro de verle, *sheriff* —añadió, y se marchó.

Cody se quedó mirando cómo se iba mientras se le caía el alma a los pies. Sintió una puerta cerrarse. Fue como si le cayera hielo por la espalda.

Ese era el resultado de sus miedos. Abby pasaba por delante de él como si fuera un desconocido. Estaba claro que sabía lo de la policía rubia. Pero, en lugar de mostrarse beligerante, altanera o incluso sarcástica, había hecho algo mucho peor. Lo había reducido al estatus de un mero conocido.

¿Y cómo iba a culparla? Él se lo había buscado. Abby no sabría que había llevado a la policía a tomar café solo después de haberse enterado de que ella había estado recorriendo el condado con Lassiter. Dejó allí el uniforme y salió a la fría calle, donde caía la nieve. Recordó cómo Abby había ido a verlo al enterarse de que habían tenido que sacrificar a Anyu. Había cuidado de él. En cambio, cuando le había mencionado a la policía que tenía un perro nuevo, ella se había reído de él por preocuparse por un perro viejo y consumido. Había dicho que no le gustaban los animales y que quién iba a estar tan loco de tener uno dentro de casa.

Cody no había dicho nada, pero el comentario le había dolido tanto como si lo hubieran atravesado con acero ardiendo. Una mujer que no mostrara ninguna preocupación por un animal herido no tendría mucha más compasión por un humano herido. Cody conocía al oficial al mando de la división de esa zona, habían combatido juntos. Podría ser buena idea hacerle una llamada. Se había fijado en que la pistola de la policía estatal era una Smith and Wesson del 32, y por experiencia sabía que en 2021 el arma de mano designada para la policía era la SIG Sauer de 9 milímetros. Era un detalle de nada, pero se le quedó metido en la cabeza y no había forma de sacárselo. Al fin y al cabo, nunca estaba de más hacer una comprobación, aunque lo más probable fuera que solo estaba un poco paranoico.

Pero resultó que no. El oficial al mando de las unidades de la zona se quedó estupefacto cuando Cody le preguntó por su nueva patrullera, una rubia muy mona. Pasó a describirle cómo se habían conocido.

Hubo una tensa pausa en la conversación.

—Mi nueva patrullera no es rubia, es castaña; una crow con un poco de sangre lakota. Y, si quebrantas la ley, puede ser igual de mona que una cobra. ¡Ni de coña iba a necesitar ella ayuda con unas esposas!

Capítulo 14

Cody se quitó las botas y entró en la cocina para prepararse un café. Su inesperado encuentro con Abby lo había dejado fuera de combate. Estaba claro que pensaba que él se estaba distanciando, y ella estaba haciendo lo mismo. Ni siquiera lo había mirado a los ojos cuando habían hablado.

No era una mujer guapa, aunque sí tenía una bonita figura y unos ojos preciosos. Probablemente lo había visto con la policía rubia y se habría fijado en que la competencia era encantadora. Cody podía haberle dicho que solo era una conocida, pero Abby se tomaba las cosas muy a pecho.

Se sentía culpable por cómo la había tratado. Podría haber sido sincero y haberle dicho que le estaba costando lidiar con la infidelidad de Debby, el peligro en que se encontraban Whatley y su hermana, y la investigación de asesinato. Pero, en lugar de eso, había desaparecido de su vida sin decir ni una palabra. A Abby debía de haberle dolido para no ser capaz ni de mirarlo a los ojos. Y si ella sentía que la había abandonado, ¿cómo se sentiría Lucy?

Mientras el café se filtraba, se detuvo a pensar en ello. Y se sintió culpable. Lucy era un encanto y se había encariñado con él. Pero él la había dejado de lado como si no le importara nada, al igual que había hecho con Abby.

No estaba preparado para enfrentarse a todos sus problemas. Ahora no, al menos, cuando tenía tanto encima en el trabajo. Además, se recordó con frialdad, ¡Abby había estado saliendo por ahí con Lassiter!

No soportaba pensar en él. Lassiter era una competencia brutal. ¿Y si estaba pensando en el futuro, en la clase de esposa que podría ser Abby? Cody tenía que reconocer que sería una ideal. Era cariñosa, buena y comprensiva.

Al menos, lo parecía. Pero no la conocía de verdad. No tan bien. ¿Y si resultaba ser como Debby? ¿Y si acababa engañándolo con otro? Había salido con Lassiter.

Alejandro entró cojeando con su escayola y miró esperanzado al pastrami que Cody estaba poniéndose en pan integral junto con queso suizo. No le gustaba ponerse nada más en los sándwiches, así que no había ni mayonesa ni mostaza. Y su nuevo compañero pareció agradecerlo.

—Tienes hambre, ¿eh, viejo? —le preguntó con cariño, y sonrió al agacharse para acariciarle su enorme cabeza—. Podemos compartir.

Alejandro sacudió el rabo y lo miró con una risa en los ojos.

Cody suspiró.

—Es agradable tener a alguien con quien hablar —le dijo al perro.

Alejandro soltó un suave aullido, como si lo entendiera. Y bueno, ¿por qué no? Anyu siempre había parecido entender lo que le decía. Los huskies y los malamutes eran perros inteligentes.

Terminó de preparar los sándwiches y volvió al salón para tirarse en el sofá a tomárselos con un vaso de leche mientras Alejandro se acomodaba a sus pies y explotaba su gesto de hambriento. Y a lo mejor no solo era un gesto, pensó Cody sintiéndose culpable. El pobre perro había estado en tan mal estado que la mayoría de la gente, al verlo así, habría optado por sacrificarlo.

—Supongo que me gustan los casos perdidos —dijo Cody sonriendo.

Alejandro aulló con suavidad.

—Mañana me pasaré por la tienda y compraré más —añadió cuando el perro y él se habían terminado todo el pastrami y casi todo el queso suizo.

Alejandro jadeó esperanzado.

Cody, apesadumbrado, quería llamar a Abby y explicarle, o intentar explicarle, por qué estaba tan distante.

Justo cuando estaba levantando el teléfono de la mesita junto al sofá, recibió una llamada por radio. A regañadientes la contestó. Otro accidente, esta vez catastrófico y con múltiples heridos. Las carreteras estaban resbaladizas, y cada vez más con la aguanieve. Normal que hubiera accidentes, sobre todo cuando gente de zonas más bajas intentaba subir hasta allí en coche.

—Voy para allá —contestó alegrándose de haber tomado leche en lugar de la cerveza que solía tomarse en sus días libres.

Tras atender el accidente, Cody le dio a Lassiter la información que tenía sobre la rubia policía impostora, hablando entre susurros para que el guardia, que siempre andaba por allí, no pudiera oírlo.

—Rubia —dijo Lassiter pensativo.

—Sí. ¿La mujer que visitaba a Bobby Grant en Florida no era una rubia guapa que viajaba bastante?

—Sí.

Cody frunció el ceño.

—Quería haber investigado una cosa más, pero se me pasó. Llevaba un colgante que parecía un puño cerrado con el pulgar asomando entre los dedos...

—Una higa —dijo Lassiter con frialdad.

—¿Una qué?

—En algunos idiomas la palabra «higa» tiene una

connotación vulgar, pero también es el nombre de un amuleto protector que ya se usaba en el Imperio Romano y que, con el tiempo, llegó a Sudamérica y otros lugares.

—¡Ahí lo había visto! —recordó Cody de pronto—. Estaba viendo un especial sobre el Amazonas y uno de los viajeros llevaba uno. El entrevistador le preguntó qué era y se lo explicó. ¡Normal que me resultara familiar!

—Pues ya sabemos quién es el tercer miembro del equipo de Grant. ¿Ahora qué?

—Lo primero es lo primero. Están el sobrino de Owens, la rubia y el testigo del atraco que supuestamente vio al señor Whatley cometer el crimen. No puedo detener a nadie sin ninguna prueba. Lo único que tengo son sospechas.

—En cuanto tengamos el informe de la autopsia de la hermana de Violet Henry, tal vez tengamos algo con lo que seguir. Si la rubia es de Sudamérica y tiene mano para los venenos, habrá algún modo de relacionarla con el asesinato. Dependiendo, claro, de si el veneno sigue o no en el cuerpo y de si se puede rastrear hasta una persona o lugar en particular. Tendremos que encontrar el rastro documental de los movimientos de la rubia. Si ha estado en Denver últimamente, ya tenemos por dónde empezar.

—Hay que mirar billetes de avión —sugirió Lassiter—. ¿Cómo dijo que se llamaba?

—El nombre que dio fue Bella Cain.

—Es un comienzo —dijo Lassiter sonriendo—. Un buen comienzo.

Cody se levantó.

—Sí.

Lassiter se quedó mirándolo en silencio antes de decir:

—Podrías llamar a ese forense de Denver y asegurarte de si hay pruebas suficientes para compartirlas con el laboratorio de criminología del FBI. Esos tíos pueden llegar hasta el infierno siguiendo solo la pista de un pelo.

Cody se rio.

—Sí que pueden, sí. Me aseguraré de hacerlo.

Cody miró a Horace, que estaba echando una cabezada.

—No bajes la guardia —le advirtió con delicadeza a Lassiter.

—Nunca lo hago.

Cody asintió y lo dejó allí mientras pensaba en la facilidad con la que lo había engañado la supuesta policía. Estaba asombrado por su propia ingenuidad. Esa mujer era igual que Debby. Pero esta vez él no caería en la trampa. Ya había aprendido. Y siempre, en lo profundo de su mente, estaba Abby. Se estremeció. Abby, que lo había rechazado porque pensaba que la había cambiado por la policía rubia. Se estaba arrepintiendo de sus actos más que nunca.

Abby se había llevado un impacto al ver a Cody, aunque luego se había recuperado rápidamente. Estaba orgullosa de haber mostrado tanta indiferencia. La salida con Lassiter había sido de lo más inocente y Lucy lo había pasado bien también. Aprovechando que habían salido a recorrer el condado, habían ido a ver una película, una de dibujos muy bonita que a Lucy le había encantado. A Lassiter le gustaban los niños. Sorprendente para un hombre tan solitario. Era una persona compleja y a Abby le gustaba mucho. Pero estaba enamorada de Cody Banks, que ahora al parecer estaba cortejando a una policía rubia.

Ahora estaba sentada en su mesa trabajando y dándole vueltas a la cabeza. Unos días atrás, Jack, el sobrino del señor Owens, había pasado por el bufete suplicando dinero, pero justo el día anterior había llegado vestido con unos vaqueros y una camiseta de marca y le había dicho a su tío que tenía un trabajo estupendo y que podía valerse por sí mismo. Estaba claro que iba puesto de algo, porque había hablado a gritos delante de todos los empleados y había soltado unas palabrotas que incluso ahora, al recordarlas, hicieron sonrojar a Abby. Luego el chico había salido del edificio dando golpes y su tío, preocupado, se había vuelto a meter en su despacho.

Desde ese momento, Owens se había mostrado muy inquieto y Abby lo había visto en la cafetería del pueblo tomándose un café con un subfiscal del distrito. No había podido oír lo que decían, pero su jefe se había quedado como si llevara el peso del mundo sobre los hombros.

De pronto Marie se sentó a su lado y le dijo:

—Se rumorea que el sobrino del señor Owens está confabulado con alguien que planea cargarse a Whatley.

Abby se quedó boquiabierta.

—Marie, ¿cómo narices sabes eso...?

—Mi marido tiene unos contactos algo turbios. Y no porque él sea turbio, sino porque es abogado, ya me entiendes. Bueno, el caso es que, según el rumor, un hombre de Florida está pagando al sobrino y a otras dos personas, entre las que hay una mujer, para que se carguen a Whatley y que su hermana sea la única heredera del patrimonio.

—¡Deberías decírselo a alguien! —exclamó Abby.

—¿A quién? Si se lo digo al *sheriff*, querrá saber de dónde he sacado la información —dijo Marie con pesar—. Y mi marido ya me ha dicho que, si alguien le pregunta, negará haberlo oído. Le gusta su trabajo —añadió con un largo suspiro.

Abby apretó los labios y entrecerró los ojos.

—Creo que conozco a alguien que podría ayudar.

—Mira, sé que eres amiga de Cody Banks...

—No, es otra persona, alguien que podrá tener la boca cerrada. También tiene contactos. No os implicaré ni a tu marido ni a ti. Lo prometo.

Marie se relajó un poco.

—Gracias —contestó con tono suave—. Todos los matrimonios pasan por fases —añadió curiosamente—. No quiero que Matthew crezca sin su padre. Y quiero al idiota de mi marido, con sus verrugas y todo.

Abby sonrió.

—Tienes mucha suerte —dijo con añoranza.

Un matrimonio con hijos había sido su sueño. Ahora tenía que aprender a sentirse satisfecha con una niña que era su sobrina, no su hija, y una vida en la que no había ningún hombre. Pero mejor así. Estaba claro que Cody ya no pensaba en ella.

Esperó hasta la hora en la que, según sabía, Cody tenía que presentarse en el juzgado y entonces fue a la comisaría. Tenía que ver a Lassiter.

El guardia, que tenía pinta de ser una persona perspicaz y ladina, la dejó entrar en la celda de Lassiter, pero se quedó cerca, cosa que a Abby le extrañó. A Lassiter no.

Ella fingió que había ido simplemente a ver cómo estaba y si necesitaba algo. De pronto, la policía rubia que había andado detrás de Cody entró. Abby la vio, aunque a la otra mujer le habría costado verla en el interior de la celda de Lassiter. La policía le hizo una señal al guardia, que salió de la sala.

—Seré breve —dijo Abby acercándose a Lassiter—. El sobrino del señor Owens lleva ropa de diseño. Ayer vino al bufete y montó una escena terrible. Luego una conocida —añadió para proteger a Marie— me dijo que un hombre de Florida que estaba encarcelado salió y pagó dinero a tres personas del pueblo, incluido el sobrino de James Owens, Jack, y también a una mujer para que acaben con Whatley.

Lassiter ni siquiera parecía sorprendido. Se guardó que sabía quién era la mujer. Qué curioso que la rubia que no era en realidad policía estuviera hablando con tantas ganas con el guardia, tan absorta que ni había mirado hacia la celda para ver a Lassiter y Abby.

—Gracias —contestó Lassiter—. Lo comprobaré.

La policía se giró y se marchó de repente. El guardia, que parecía desorientado, se giró hacia las celdas.

—Lo siento, pero así lo distraeremos —dijo Lassiter, que agarró a Abby de la nuca y la besó con repentina pasión.

El guardia, que había vuelto temeroso de haberse perdido algo que hubiera hecho falta oír, se quedó mirando. Se relajó, se rio para sí y tosió. Con fuerza.

Lassiter levantó la cabeza y miró en su dirección.

—Debería irse ya —sugirió el guardia señalando a Abby.

—Sí, ya me voy —contestó ella. Sonrió a Lassiter. Le gustaba ese hombre, pero el beso no había sido más que levemente placentero. Sin cosquilleos. Sin fuegos artificiales. Sin una repentina aceleración de los sentidos.

Lassiter, por su parte, tuvo la misma reacción. «Qué pena», pensó. Era la clase de mujer que él habría adorado. Pero ella jamás encajaría en su violento mundo.

—Vuelve a verme —pidió Lassiter con tono meloso.

—Claro. ¡Y te haré una tarta con una lima de uñas dentro! —susurró Abby, aunque lo bastante alto como para que el guardia lo oyera.

—Nada de limas de uñas —protestó el hombre con brusquedad—. Tenemos un detector de metales —añadió señalándolo. La puerta estaba justo al salir de la zona de celdas.

—Ah, bueno, ¡pues pensaré en algo más innovador! —gritó Abby, y le lanzó una mirada zalamera al guardia, que la fulminó con la suya—. Te veo pronto —le dijo a Lassiter.

—Y tanto que sí —le aseguró él.

Cuando Cody volvió, el guardia lo informó de que Lassiter había tenido una visita.

—Una mujer rubia —empezó a decir.

—¿La policía? —lo interrumpió Cody, preocupado de que la mujer supiera que sospechaban.

—No. La policía ha venido por si usted quería ir a comer algo, pero usted no estaba y ella ha dicho que tenía que volver al trabajo. Esta era otra mujer rubia. Más delgada, pelo largo. Ha ido a ver a Lassiter. Supongo que tienen algo, porque ha estado besándolo en la celda.

Cody sintió su interior estallar. Una cosa era que Abby diera una vuelta en coche con Lassiter, pero que lo besara indicaba unos sentimientos más profundos. Se sintió como si hubiera caído desde una gran altura. Y no fue una sensación agradable. Había perdido a Abby. Y la policía rubia, que parecía haber estado interesada en él, en el fondo solo intentaba matar a su prisionero y tenerlo a él vigilado. Se sentía abatido del todo.

—¿Qué tal Whatley? —preguntó Cody distraídamente.

—Ah, pues ha estado durmiendo. Mucho.

A Cody le dio un vuelco el corazón. Dejó allí al guardia y fue a la celda de Lassiter pasando por delante de la de Whatley.

—¿Ha entrado alguien en su celda? —preguntó con brusquedad y bajando la voz.

Lassiter levantó la mirada, se estremeció y señaló su móvil.

—Lo siento, he estado ocupado. Y tu guardia ha cambiado a Horace a una celda más alejada mientras limpiaban la suya...

Cody, con gesto sombrío, volvió a la celda de Horace Whatley y la abrió. Horace estaba tendido en su cama con los ojos cerrados.

—¿Whatley? —preguntó Cody con brusquedad.

Horace abrió los ojos y parpadeó.

—Ah, hola, *sheriff* —saludó. Se incorporó y bostezó—. Esta noche no he dormido bien, así que me he echado una siesta. Ahora estoy mucho mejor.

—Me alegra oírlo —respondió Cody.

—*Sheriff*, ¿tiene un minuto? —gritó Lassiter cuando él se giró para marcharse.

Cody quería agarrar al hombre de los pantalones y tirarlo por la puerta trasera. Pero no podía olvidar que era un servidor público. Se acercó a la celda.

—¿Puedes pasar? —añadió Lassiter cuando Cody parecía pegado al suelo.

—Puedes decir lo que quieras entre los barrotes, ¿no? —bramó Cody.

Lassiter parecía estar divirtiéndose.

—La verdad es que no.

Cody estaba sopesando si entrar o no en esa celda con un hombre al que quería machacar.

—No es lo que crees —empezó a decir Lassiter al ver la furia contenida del otro hombre y suponer la causa. Bajó la voz—: Además, si me matas, alguien se dará cuenta de que estás cavando un agujero detrás de la comisaría.

Lo dijo con una mirada tan angelical que Cody, muy a su pesar, soltó una carcajada. Cerró la puerta de la celda y se acercó más.

—Buena apreciación —comentó Cody.

—Bueno, es que estoy familiarizado con la furia homicida —dijo él con tono de broma. Miró al guardia.

Cody le siguió la mirada.

—Jones, ve a comer algo.

—Pero, *sheriff*, no me toca ir a almorzar hasta...

—Y yo te digo que vayas ahora —ordenó Cody bajando la voz.

El guardia tragó saliva. La mirada en esos ojos negros fue como un arma cargada apuntándole.

—Ahora mismo voy.

Cody y Lassiter lo vieron salir por la puerta con indecisión.

—¿Qué?

—Vendrá en cuanto pueda engullir algo. Tu amiguita la policía y él han tenido una breve charla después de que él nos estuviera vigilando a Abby y a mí como un halcón. Y, sí, la he besado, pero ha sido para distraerlo, nada más —añadió con brusquedad—. Estaba escuchando cada palabra que decíamos. No sé de qué han hablado la rubia y él. Además, Abby me ha traído noticias.

—¿De qué tipo?

—Al parecer, Grant ha pagado a dos vecinos y a una mujer, que los dos sabemos quién es, para cargarse a Whatley —dijo bajando la voz para que Whatley, en la celda contigua, no los oyera.

—¿Qué? —exclamó Cody—. ¿Y ella cómo lo sabe?

—No me lo ha querido decir. Pero dice que es verdad. Se lo ha contado alguien cuya pareja tiene vínculos con la mafia, lo que significa que al menos uno de los colaboradores de Grant los tiene también.

—Mierda —exclamó Cody para sí—. Bueno, al menos sabemos quiénes son. Jack Owens y el presunto testigo que vio a Horace atracar el banco. La tercera ya es obvia, por muy doloroso que resulte —añadió sacudiendo la cabeza—. Debería haberla investigado. Ha sido una estupidez por mi parte.

—Todos cometemos errores. Hasta a mí me pareció auténtica.

—A mí también, al principio.

—Una de mis llamadas ha dado sus frutos. Le están haciendo la autopsia a Candy Henry. Pronto deberíamos tener los resultados. Y uno de nuestros hombres en Denver ha estado preguntando a empleados del restaurante en el que la hermana de la señorita Henry tuvo su cita la noche que desapareció.

—Más vale que trabaje rápido o más gente podría desaparecer, aunque yo no le veo la lógica. Bobby Grant ya no tiene en el bolsillo a la hermana de Whatley.

—Está claro que cree que sí —respondió Lassiter sombríamente—, ya sea por coacción o por la fuerza. Recuerda que Nita le tiene miedo. En Florida no pudieron detenerlo por agresión porque a ella le daba demasiado miedo presentar cargos. Y, después de aquello, la jueza compasiva y sensible lo dejó libre.

—Qué desastre —dijo Cody con un largo suspiro.

Una puerta se cerró de golpe y el guardia volvió.

—Voy a ver a los otros detenidos, *sheriff* —informó con amabilidad.

—Nunca he visto comer así de rápido a nadie que no estuviera muriéndose de hambre —comentó Lassiter con sequedad y de modo que el guardia no pudiera oírlo.

Cody, de espaldas al guardia, torció el gesto.

—Bueno, voy a volver al trabajo y le preguntaré a tu padre por ese contacto de Florida —añadió expresando con la cara que estaba inventándoselo sobre la marcha.

Lassiter lo captó de inmediato.

—Sí, eso. Tiene algo relacionado con los contactos de Bobby Grant —añadió lo bastante fuerte para que el guardia lo oyera.

—Lo investigaré. Las cosas van a llegar a un punto álgido muy pronto —aseguró Cody con una risita—. Van a rodar cabezas, lo prometo.

—Tú mantén vigilada la tuya —respondió Lassiter.

—Y tú deja de besar a mi chica —advirtió Cody inesperadamente, y entonces se le encendieron las mejillas porque se le había escapado sin darse cuenta.

Lassiter soltó una risita.

—Me lo pensaré, aunque a ti más te vale tener vigilado a tu primo. Yo ahora mismo no quiero casarme, pero Bart Riddle sí, no sé si me entiendes.

A Cody le ardían los ojos de rabia en su rostro bronceado.

—Eso ya lo veremos —murmuró al salir de la celda. Se detuvo en la de Horace, pero el hombrecillo estaba profundamente dormido. Dejó a los dos atrás y entró en su despacho.

* * *

Unos minutos después, el guardia asomó la cabeza por la puerta.

—*Sheriff*, creo que algo le pasa a Whatley.

Cody se levantó de la silla y recorrió el pasillo en un santiamén. Miró a Lassiter, que estaba de pie junto a los barrotes con gesto serio. Lassiter le habló con la mirada.

Cody abrió la celda y entró. Horace Whatley estaba prácticamente en estado de coma.

—¡Pide una ambulancia! —le gritó al guardia—. ¡Que se den prisa!

—¡Sí, señor!

Cody empezó a hacerle la respiración artificial con un tubo que llevaba en el cinturón para emergencias y la alternó con compresión torácica.

—¿Has visto algo? —le preguntó a Lassiter.

—No. Y el guardia no se le ha acercado —dijo Lassiter preocupado.

Cody siguió con la maniobra hasta que llegó la ambulancia y lo llevaron al hospital.

El médico que lo atendió le hizo una exploración exhaustiva. Pidió analíticas, pruebas de rayos e incluso una resonancia magnética para asegurarse de que no había lesiones cerebrales ocultas.

—Busca veneno —le dijo Cody.

El médico, que casi siempre estaba de guardia en Urgencias, había sido médico de combate. La comunidad lo adoraba.

—Igual que la última vez —murmuró mientras trabajaba con su equipo para lograr que Horace volviera a respirar con normalidad.

—Sí, y nadie ha visto nada —dijo Cody furioso.

—Ya sabes lo que viene ahora.

—Sí. Una investigación exhaustiva de todo el que le haya llevado comida y, por tu parte, un examen preciso del contenido de su estómago.

—Eso es —dijo el médico.

—¿Sobrevivirá?

—Sobrevivirá.

—Asegúrate de tomar suficientes muestras para el laboratorio del FBI —pidió Cody al médico—. Este caso va a implicar a mucha gente, y no solo aquí en el pueblo.

—Eso haré. Ten cuidado ahí fuera —añadió el médico.

Cody le levantó el pulgar y salió por la puerta. Estaba furioso. Había sucedido delante de sus narices. ¡Dos veces! Pero si el guardia no estaba implicado, ¿entonces quién?

No obstante, interrogó al guardia antes que a nadie.

—La policía rubia con la que has hablado esta mañana —dijo Cody sin preámbulos—. Lassiter me ha dicho que ha estado aquí.

—Ah, eh..., sí, señor claro, ha estado aquí.

—¿Por qué?

—Estaba buscándole a usted, señor. Me ha preguntado si estaría hoy aquí, porque tenía que hablarle de algo importante. Le he dicho que estaría aquí todo el día.

—¿Qué ha comido hoy Whatley?

El guardia se encogió de hombros.

—No tenía mucho apetito. Se ha tomado un pedazo de pollo frito y algo de tarta que le ha traído Julia, pero sabemos que ella no envenenaría a su jefe. Creo que está enamorada de él.

Cody esbozó una mueca.

—Necesito las sobras de la tarta. Porque imagino que habrás tirado el pollo, ¿no?

—No había necesidad de guardarlo. Solo quedaba el hueso.

—¿Y la tarta? —insistió Cody lanzándole al hombre una mirada que exigía respuesta.

—Pues, eh..., estaba a punto de tirarla. Está en la cocina, en una bolsa...

La cosa empeoraba por momentos. Cody salió corriendo y encontró la tarta en una bolsita junto al cubo de basura. Dio gracias de que el hombre no hubiera tenido tiempo de esconder lo que él estaba casi seguro de que era la prueba.

La agarró.

—Me ocuparé de ella —dijo con brusquedad.

El guardia se sonrojó.

—Pero si está casi comida del todo —insistió.

—No me la voy a comer —contestó Cody secamente. Salió de la cocina, asintió hacia Lassiter y se fue directo al hospital.

Hizo que analizaran la tarta y les pidió a los técnicos que no tiraran los restos porque, si estaba envenenada, necesitaría enviar una muestra al laboratorio criminalístico del FBI.

Eso captó la atención de todo el mundo. Era un laboratorio famoso.

Esperó a que saliera el médico, que no tardó.

—¿Cómo está Whatley?

—Maldiciendo —dijo el doctor con una risita—. A ver, yo estaría igual. Le hemos hecho un lavado de estómago y he guardado muestras para nuestro laboratorio y para el del FBI. En cualquier momento deberían salir los resultados de la analítica que le hemos hecho...

Estaba mirando su móvil mientras hablaba y entonces se oyó una campanita. Asintió.

—Un veneno muy especial de una planta que solo se encuentra en Sudamérica —explicó con aire de suficiencia.

Cody le dio una palmadita en el hombro.

—Me acordaré de ti en mi testamento.

—Vale. Y yo me acordaré de que dijiste —añadió el hombre con una sonrisa— que ya va siendo hora de que vayas de caza y cocines otro venado estofado. He oído que es famoso por aquí.

—Sí que lo es —afirmó Cody sonriendo—. Gracias por un trabajo tan rápido. Entonces, ¿Horace se pondrá bien?

El médico asintió.

—Lo hemos pillado a tiempo. Una sustancia fea y no tan conocida como, por ejemplo, el curare, usado por diversas tribus para impregnar sus flechas. Joder, Cody —añadió sacudiendo la cabeza—, habría que ser botánico para saber que existe la planta de donde sale este veneno.

—¿Sabes? Tengo la sensación de que estoy a punto de descubrirlo —le dijo Cody con una sonrisa—. Estamos en contacto.

—Aquí nos tienes si nos necesitas. No me importa testificar, para que lo tengas en cuenta.

—Gracias. Se lo comunicaré al subfiscal del distrito que lleva el caso.

Ese mismo día algo más tarde llegó el informe sobre la hermana de Violet Henry. Aún había veneno detectable en los restos y provenía de una extraña planta de Sudamérica.

Cody le dio las gracias al médico, que lo había llamado por petición de Violet.

—Vamos a mandar una muestra de nuestro veneno al laboratorio del FBI. Le agradecería mucho que usted hiciera lo mismo con el que han encontrado en Candy Henry.

—Lo haré encantado.

—Llamaré a las autoridades de Denver para que vayan a recogerlo. ¡Y gracias otra vez!

Colgó y empezó a hacer más llamadas.

Cuando terminó, fue a la celda de Lassiter y la abrió.

—Horace estará en el hospital un par de días bajo vigilancia, así que no tienes por qué quedarte aquí.

—Gracias. Ya estaba empezando a entrarme claustrofobia —dijo Lassiter con una risita—. Menos mal que han podido encontrar algo al examinar a la hermana de la señorita Henry. Tiene que haber algún rastro documental. ¿Has encontrado algo sobre el nombre que te dio la rubia?

—No condujo a nada —tuvo que admitir Cody. Frunció el ceño, pensativo—. Me dijo que dejó su coche patrulla en la casa de un primo y que se trajo aquí el deportivo de él para tomar café conmigo el otro día. ¿Tendrá de verdad algo que ver?

Fue a su despacho y buscó un número local. Llamó. Uno de sus oficiales vivía cerca de la pequeña casa de alquiler de Jack Owens, el sobrino del abogado.

—Hola, Bob —saludó cuando el hombre respondió—. Tengo una misión para ti.

—¡Toma ya! ¿Y qué consigo a cambio? ¿Una armadura mejor? ¿Una espada más grande? ¿Oro...?

—Un sueldo precario y una palmadita en la espalda. Si descubres algo, te daré dos palmaditas en la espalda —contestó Cody—. Veo que sigues enganchado a ese videojuego de fantasía.

—Es genial. Cuánto me alegro de haberlo descubierto —dijo el hombre con entusiasmo—. Aunque, claro, ni como ni duermo, pero ¿qué más da? ¡Me he pasado diez niveles en un día!

Cody no pudo evitar reírse.

—Me alegro por ti.

—¿Qué quiere que haga? ¿Necesita que vaya para allá?

—No hace falta. Quiero que pases por la casa de alquiler de Jack Owens y mires a ver si en la entrada hay aparcado un deportivo descapotable verde.

—Ojalá estuviera aparcado en mi entrada —comentó Bob suspirando—. Iría con él a toda mecha.

—En mi condado no, no lo harías —contestó Cody—. Venga, ponte en marcha.

—Pasaré por delante. De todos modos, tengo que echarle gasolina a mi coche de civil.

—Buen chico. Llámame si ves algo.

—Claro.

Cody y Lassiter tuvieron una larga discusión sobre ordenadores y cómo funcionaban mientras esperaban a que sonara el teléfono, que por fin lo hizo.

—¿Jefe? —dijo Bob cuando Cody contestó.

—¿Qué? ¿Estaba allí? ¿Un deportivo verde pequeño?

—Sí, señor. Y ¿a que no sabe quién más estaba?

—¡Dime!

—El supuesto testigo que ha metido en la cárcel a Whatley. Al parecer, vive allí —informó Bob y, por su voz, se notó que estaba sonriendo—. Estaban los dos fuera quitando nieve con palas para poder sacar el coche. Les va a llevar un buen rato con la que está cayendo justo ahora. Bueno, ¿qué? ¿Qué me da por lo que he pescado? —preguntó riéndose.

—Te ascenderé cuando los dos nos unamos a la Legión Extranjera Francesa y yo sea oficial —le prometió Cody—. Mientras tanto, te debo dos palmaditas en la espalda. Puedes venir a por ellas cuando quieras —añadió y colgó.

Capítulo 15

Cody sentía que, por fin, todas las piezas del puzle estaban encajando. Llamó a Dan Brady, el jefe de policía de Lake Luna, Florida, que estaba muy involucrado en el caso de Bobby Grant.

—¿Sabes dónde está Bobby Grant? —le preguntó Cody directamente.

—Espero que tengas una muy buena razón para preguntarlo —respondió el jefe de policía—. ¿La tienes?

—Veneno. Candy Henry fue envenenada. Y también Horace Whatley, otra vez, aunque en esta ocasión sabemos qué veneno han usado.

Se lo describió.

—Una planta rara de Sudamérica. ¿Por qué me resulta familiar? Ah, sí, la rubia de la que te hablé, la que es tan amiguita de Bobby Grant, pues su padre es botánico. Es de Manaos, creo, en pleno Amazonas.

—Botánico —dijo Cody sonriendo.

—Sé perfectamente dónde está Bobby Grant y lo tenemos bajo vigilancia constante.

—Debes de tener un administrador municipal muy majo si permite tantas horas extra —comentó Cody.

—Para nada —respondió Dan riéndose—. Lo que tengo son unos amigos a los que la mayoría de la gente no querría conocer. Me ayudan entre misión y misión.

—¡Qué bien tener amigos así!

—¿Y qué tal Horace? ¿Está bien? —preguntó el jefe de policía.

—Sí. Bajo vigilancia también, y tenemos a tu rubia aquí en el pueblo —añadió con tono sombrío—. Forma parte de un trío contratado, al parecer, por Bobby Grant para cargarse a Horace. Tiene planes, o eso me han dicho, de recuperar a Nita o con lisonjas o por la fuerza, lo que le funcione mejor.

—Por encima de mi cadáver —dijo Dan Brady furioso.

—Lo único que necesito son pruebas suficientes para conseguir una orden de arresto. Y tengo ayuda de un antiguo alumno del MIT —añadió Cody sonriendo a Lassiter.

—¿Un qué?

—Su padre tiene una agencia de detectives en Houston, Texas.

—Ah, ese joven. Sí, lo conozco. Hablamos del caso por teléfono cuando Nita aún estaba con Bobby Grant. Un tipo brillante. ¿Y está pillando delincuentes?

—Nuestras diferencias son lo que hace que el mundo gire —dijo Cody con una risita.

—Eso dicen. Mantenme al tanto.

—Claro. Ten cuidado.

—Y tú. Si el dinero cambiara de manos o se lo hubieran prometido a alguien y esa rubia sigue implicada, cualquiera que tengas cerca estará en peligro cuando hagas el arresto. Puede que haya un cómplice que desconozcas. Y la rubia tiene fama de ser muy vengativa. Unas venganzas muy chungas. Buscará a tus allegados más débiles.

De inmediato, Cody pensó en sus tres chicas, Abby, Hannah y la pequeña Lucy. Sintió una ráfaga de posesión tan fuerte como la muerte ardiendo en su interior. Sus chicas y su viejo perro. Esos eran los allegados más débiles. Tendría que asegurarse de que estaban a salvo una vez que empezara a hacer arrestos.

* * *

Hicieron falta unos días hasta que Cody y Lassiter trazaron un plan de acción. Lassiter tenía un amigo que estaba libre entre trabajo y trabajo, así que lo llamó para pedirle ayuda. Cody le asignó a su oficial adjunto que tuviera vigilado al trío acampado en casa de Jack Owens. Y él fue al bufete a visitar a James Owens, tío de uno de los principales sospechosos.

Abby estaba trabajando en su mesa cuando entró. Él se detuvo, pero ella hizo como si no lo hubiera visto. Con un triste suspiro, Cody se dirigió a la recepcionista y le pidió ver a James.

Al instante, sin hacerlo esperar, lo llevó al despacho.

—Siéntate, Cody —pidió Owens con tono suave—. Estaba esperándote.

—¿Sabes en lo que está metido tu sobrino? —preguntó Cody una vez sentado.

Owens sacudió la cabeza.

—Sé que está metido en algo ilegal, pero no sé exactamente qué es. Mi hermano se revolvería en la tumba si pudiera ver en lo que se ha convertido su único hijo. Esto es lo que pasa cuando consientes demasiado a tus hijos y nunca intentas ejercer de padre. Tom quería ser el mejor amigo de su hijo. Pero su hijo no necesitaba un amigo, ¡necesitaba un padre!

Cody respiró hondo.

—Seguro que lo hizo lo mejor que pudo.

—La madre de Jack intentó inculcarle disciplina, pero murió cuando él solo tenía siete años. Después, Tom y él se quedaron solos y Tom lo malcrió tremendamente. Antes de que Jack terminara el instituto, Tom ya lo había sacado bajo fianza de la cárcel al menos cinco veces, y siempre era culpa de otro. Por norma, de la policía, que acosaba al chico —terminó Owens poniendo los ojos en blanco.

—Yo mismo lo he encerrado una o dos veces —dijo Cody—, en general por cosas insignificantes. Pero, Jim, esto no es insignificante —añadió con tono suave—.

Forma parte de una conspiración para cometer asesinato. No hace falta que te diga cuánto tiempo podría pasarse en prisión solo por ese cargo.

Owens asintió.

—Ya he hablado sobre los cargos con Mark Sessions, nuestro subfiscal. El investigador del fiscal del distrito ya está siguiendo este caso. Podrías ponerte en contacto con él —sugirió, y añadió con una triste sonrisa—: Es incorruptible. Igual que tú.

—Lo haré. Tengo que ir a hablar con Julia Donovan. El último susto Whatley con los venenos ha sido a través de una de sus tartas.

—¡Pero si Julia está loca por Whatley! —exclamó James, y se rio al ver la expresión de Cody—. Mi ama de llaves la conoce. Se cuentan secretos. Me ha dicho que Horace estaba fijándose cada vez más en Julia. Una especie de romance en curso. Dos personas solitarias encontrándose y descubriéndose.

—Ojalá lo hicieran, pero, por muy desagradable que sea, tengo que seguir el protocolo. No me apetece nada ir allí solo. Parecerá que intento intimidarla.

Owens apretó los labios y dijo con mirada inocente:

—Podrías llevarte a Abby. Puede tomar notas, si las necesitas.

A Cody le dio un brinco el corazón al pensarlo. Podría ser su única oportunidad de volver con Abby, de reparar algo del daño que había hecho al evitarla. Cada día se sentía más culpable. Y ahora, más que nunca, tenía que estar ahí para todas sus chicas.

—Buena idea, contando con que quiera venir —añadió Cody en voz baja—. Últimamente he estado lidiando con muchos asuntos personales y he... evitado a algunas personas.

Owens pulsó el intercomunicador.

—Abby, ¿puedes venir, por favor?

Ella respondió. Al cabo de un par de minutos, se oyó un golpecito en la puerta y Abby entró.

Tenía el corazón a mil por hora, pero logró adoptar una expresión de calma al ver que los dos hombres se levantaron cuando ella entró. Cortesía del viejo mundo, ya apenas se veía hoy en día. La hizo sentirse bien y sonrió.

—Sí, ¿señor Owens?

A su lado, a Cody lo embargó la emoción. Hacía mucho tiempo que no olía ese aroma suave, floral y único que se aferraba a su piel; mucho tiempo que no estaba cerca de ella. La policía rubia no había despertado ninguna reacción en sus sentidos, pero Abby se los erizaba.

—Cody necesita que alguien lo acompañe a ver a Julia Donovan y tome notas.

—Ah —reaccionó ella al quedarse sin palabras y con la lengua trabada.

—Estoy investigando un intento de homicidio —explicó Cody.

—Ay, pobre Whatley —dijo Abby asintiendo, porque todos en el pueblo ya sabían que habían envenenado a Horace—. ¿Está bien?

—Está bien. Pero el veneno estaba en una tarta que le llevó Julia...

—¡Pero si ella lo quiere! —protestó Abby clavando por fin sus claros ojos en los de él y sonrojándose después—. ¡Ella jamás le haría daño!

—Lo sabemos —aclaró el señor Owens—, pero cualquier relación con un intento de homicidio debe investigarse y comunicarse.

—Entiendo —dijo Abby.

—Entonces, ¿puedes acompañar a Cody?

Ella respiró hondo.

—Si me necesita... —respondió ignorando a Cody, que estaba a su lado.

—Necesito que vengas conmigo —pidió él finalmente—. Será más fácil para Julia si hay otra mujer presente. ¿Estás libre ahora?

—Sí, está libre —respondió Owens sonriendo a Abby—.

Solo faltan un par de horas para terminar la jornada y hasta pasado mañana no necesito terminado el trabajo que te he asignado. Recoge tus cosas y ve con Cody, si no te importa.

—No me importa —respondió ella con el corazón a mil por hora.

—Gracias, Abby —dijo Owens antes de indicarle que podía irse.

—Estamos en contacto —se despidió Cody sonriendo a Owens.

Owens suspiró.

—Eso me temo —contestó, aunque sonrió igualmente.

Abby estaba en el coche patrulla, sentada al lado de Cody como una estatua. No encontraba las palabras para expresar lo que sentía y parecía que a él le pasaba lo mismo, porque estuvo callado hasta que llegaron al cruce que conducía al rancho de Horace Whatley y Abby le preguntó:

—¿Sabes quién ha envenenado a Whatley?

—Sí. Y no es Julia.

—Menos mal.

Cody la vio mover las manos con inquietud sobre los bonitos pantalones que llevaba junto con botas negras, camisa de seda azul y abrigo color carbón de lana gruesa. Estaba claro que se sentía nerviosa estando a su lado.

—Es Debby —soltó Cody, y se le encendieron las mejillas mientras intentaba expresar por qué se había distanciado de Abby durante tanto tiempo.

—¿Debby? —dijo ella casi tartamudeando y girándose en el asiento para mirarlo.

Él respiró hondo y entrecortadamente.

—Esto me cuesta. No hablo de... cosas personales. No mucho. Debby me traicionó. La he tenido en un pedestal todos estos años. Nunca supe lo que sentía por mí de verdad, lo que hacía en Denver cuando yo no estaba.

Me siento como un idiota. Me ha llevado tiempo asimilarlo. No, no es verdad. Sigo asimilándolo.

—Y ya no confías en las mujeres.

Él se estremeció.

—Yo no lo habría dicho de un modo tan rotundo.

—Pero es la verdad —dijo Abby, y miró por la ventanilla. Volvía a nevar—. Y yo aquí, con una familia casi formada.

A él se le cayó el alma a los pies.

—Abby...

—Salí con un hombre muy majo en Denver pocos meses después de que mi hermano y mi cuñada murieran —le contó sin mirarlo—. Me dijo que era una mujer adorable y que le encantaría tener una relación conmigo, pero que lo nuestro no tendría ningún futuro por Lucy. No quería criar a la hija de otro hombre. No quería esa responsabilidad.

A él se le revolvió el estómago al oírlo.

—Por eso no me sorprende lo tuyo —continuó Abby, e incluso logró sonreír—. No pienso renunciar a Lucy por nadie. Hannah, ella y yo tenemos una buena vida, unos buenos ingresos, un lugar donde vivir y amigos. Me siento satisfecha. Seguro que tú también. Te gusta tener tu propio espacio y tu rutina. Así que, bueno, lo que quiero decir es que en mis planes nunca ha estado acosarte ni nada por el estilo.

—Abby —dijo Cody, y casi sonó como un gruñido de culpabilidad.

—Mira, ahí está Julia barriendo el porche —comentó apresurada mientras señalaba el porche delantero de la casa de Horace Whatley.

Él se obligó a aparentar calma, aunque era lo último que sentía.

—Sí, ahí está —contestó aparcando frente a los escalones, en el camino de entrada recién pavimentado.

La casa era vieja y había estado en muy mal estado cuando Whatley la compró, pero ahora estaba pintada y reformada y resultaba acogedora y amplia. El largo porche tenía un balancín y varios asientos, entre ellos una mecedora. Julia estaba ocupada barriendo las últimas hojas de otoño y algunos copos de nieve entremezclados.

—¡Hola, *sheriff*! —gritó cuando Abby y él salieron del coche patrulla—. Anda, pero si es Abby —añadió con una amplia sonrisa—. ¡Qué alegría! ¿Cómo está Horace, *sheriff*?

—Está bien —respondió él mientras subían al porche. Respiró hondo—. Julia, tengo que hacerte unas preguntas, y no van a ser agradables.

La mujer se estremeció.

—Ya sé que fue mi tarta lo que lo llevó al hospital —dijo con tristeza—. Si quiere arrestarme...

—Por Dios, no —respondió él de inmediato.

Julia tomó aire.

—Pero era mi tarta y está usted aquí...

Cody esbozó una sonrisa alentadora.

—Solo quiero saber cómo llegó la tarta hasta allí, si alguien tuvo acceso a ella y cosas así. Julia, eres la última persona de la que sospecharía que ha envenenado a nadie.

Julia exhaló.

—Ay, gracias a Dios. He estado preocupadísima por él —añadió con timidez. Se apartó un mechón de pelo negro que se le había escapado del moño que llevaba—. Es el ser humano más bueno que he conocido en mi vida.

—Sí que lo es.

—Pero ha cometido algunas locuras —añadió Julia frunciendo el ceño—. No es malo y solo ha contado mentirijillas porque estaba deseando encajar aquí. Hasta ahora nunca había tenido ni un hogar ni un lugar al que pertenecer de verdad. Ha hecho un trabajo tan bueno con la casa y el ganado...

—No hace falta que nos convenzas —la interrumpió

él con delicadeza—. Sé todo lo bueno que tiene Horace. Nadie tiene nada en su contra. Por aquí lo apreciamos muchísimo. Ni te imaginas la cantidad de vecinos que se han ofrecido voluntarios para testificar en su favor si los necesita.

—Supongo que habrá un juicio —comentó Julia con tristeza—. Pasad a tomar un café y os contaré todo lo que sé de mi tarta. Aquí fuera hace frío.

—Y más que va a hacer, según el hombre del tiempo —añadió Abby sonriendo—. Dan más nieve en las predicciones.

—Bueno, es que estamos en Wyoming —respondió Cody con una risita—. Aquí los inviernos son de nieve y frío.

—Cierto —coincidió Julia.

Mientras se tomaban el café en la mesa de la cocina, Julia contó cómo había sido el transporte de la tarta a la oficina del *sheriff*.

—Nadie más que yo la tocó —dijo antes de beber un sorbo de café solo—. Se la di al guardia y le dije que cortara una porción mientras yo lo veía.

A Cody se le encendió una lucecita.

—¿Estuviste presente todo el tiempo mientras la cortaba?

—Bueno, la verdad es que no. Había una mujer rubia de uniforme. Dijo que tenía que darle al guardia un mensaje para usted, así que yo me fui a hablar con Horace hasta que acabaron.

A Abby le dio un vuelco el corazón al oírlo. Estaba celosa de la rubia. Y era ridículo, porque Cody ya le había dejado claro que no tenía ningún interés en tener una relación.

Cody vio un punto en el que el guardia y la rubia coincidieron. Y no era nada bueno.

—Tomaremos nota del testimonio. Lo pasaremos a ordenador y tendrás que venir a firmarlo impreso.

—O yo podría traérselo aquí para que lo firmara ante

testigos. Soy notaria —añadió Abby, porque eso nunca se lo había contado a Cody.

Él enarcó las cejas.

Abby, que se sentía estúpida, desvió la mirada. Parecía como si estuviera presumiendo.

—Viene bien tener una notaria en el bufete —añadió rápidamente.

—No estaba criticándote —contestó Cody, y la suavidad de su profunda voz hizo que se le acelerara el pulso.

—Pasó una cosa más —intervino Julia de nuevo—. Horace dijo que esa mujer rubia había estado allí un par de veces cuando usted no estaba.

Se mordió el labio inferior y miró a Cody con gesto suplicante.

—*Sheriff*, se rumorea mucho sobre ella y usted, pero a mí me parece bastante turbia. Le hablaba al guardia como si el pobre fuera un perro.

—¿Pudiste oír lo que le decía? —preguntó Cody.

Ella negó con la cabeza.

—Pero estaba enfadada. Se notaba.

—Gracias, Julia, por el café y por la información.

—Un placer.

—Ahora Abby va a tomar nota de todo.

—Sí. Además, tengo una aplicación para grabar —dijo Abby sacando el teléfono—. Si repites todo lo que nos has contado, puedo escribirlo luego en el bufete. Sé que al señor Owens no le molestará, si al *sheriff* no le importa.

—No me importa, Abby —respondió él con suavidad y sonrió—. Gracias.

—No hay de qué.

Ella carraspeó y, rabiosa, notó el suave rubor que le enrojeció sus delicados rasgos mientras abría la aplicación.

Quince minutos después, volvían al pueblo.

—Qué café tan bueno —alabó Abby al momento.

—Muy bueno —contestó Cody mirándola—. ¿Cómo están Lucy y Hannah?

—Igual que siempre. Lucy te echa de menos —soltó sin más.

Él respiró hondo.

—Lo que intentaba decirte antes era que aún no he asimilado la infidelidad de Abby. Cuando volví de Denver con la verdad del asunto, estaba conmocionado, y he tardado un poco en reaccionar. Estuvimos casados dos años. Estaba profundamente enamorado por primera vez en mi vida y creía que mi matrimonio era perfecto. Jamás imaginé que ella pudiera tener otra vida en Denver, que estuviera enamorada de otro hombre.

Abby vaciló al hablar porque veía el dolor en su tenso rostro.

—¿Cómo te enteraste de que Anyu era para el médico?

Cody respiró hondo.

—Fui a verlo y me lo contó. Debby había dejado un mensaje justo antes de morir y decía que la perrita era para el hombre más importante de su vida. Cuando fui a recoger a Anyu, sí que me fijé en que la enfermera que la tenía, una amiga de Debby, se quedó sorprendida, y le costó darme a la perrita. En aquel momento no le di importancia, pero ahora tiene sentido. No sabía que el hombre más importante de la vida de Debby era su mentor, el neurólogo.

—Lo siento mucho, Cody —dijo Abby, y lo dijo en serio.

—Me sentí como un absoluto idiota. Y me sigo sintiendo así. Me engañó de la peor manera posible. Le habría dado el divorcio si me lo hubiera pedido, pero necesitaba estar casada para que nadie sospechara que ella y el médico estaban engañando a sus respectivas parejas.

Vaciló y añadió:

—El médico me dijo que su esposa lo había amenazado con inventarse mentiras sobre él y su hija si intentaba divorciarse de ella, así que tuvo que mantener la relación en secreto. No había posibilidad de divorcio por su parte —dijo al detenerse en un semáforo. Miró a Abby—. Me dio pena el pobre hombre. Estaban tan destrozado como yo. La quería tanto como yo. Y eso me desconcertó y empeoró las cosas. Quería odiarlo, pero no podía.

—A mí nadie me ha traicionado nunca. Bueno, menos mi padre tal vez, porque bebía en exceso y era cruel cuando lo hacía. Con todo lo que había pasado, me costó volver aquí. A un pueblo pequeño —añadió sonriendo—, donde todos lo saben todo de todos. Pero nadie habla nunca de mi pasado, así que eso me lo ha puesto más fácil. Lucy era infeliz en Denver. Y yo también. Las dos somos felices aquí.

—Me alegro. Y siento haber estado tan distante con todas vosotras —se disculpó apretando los labios justo cuando el semáforo cambió y él arrancó—. Entre lo de Debby, Whatley y Lassiter...

—¿Lassiter? —preguntó ella de pronto.

—Va detrás de mi chica —dijo él escuetamente.

Abby tragó saliva y miró por la ventanilla.

—Ah, sí. La policía rubia.

—La policía no. ¡Tú!

Ella dejó escapar un grito ahogado justo cuando él se metió en una plaza de un aparcamiento comercial, paró el coche, lo puso en modo Estacionamiento y se le acercó.

—Cody... —fue todo lo que logró decir antes de que él la besara.

Y no fueron los besos suaves, dulces y delicados de antes, sino unos apasionados, insistentes y arrolladores. Se rindió a él sin protestar siquiera; estaba tan enamorada que ni se le pasó por la cabeza pedirle que parara.

Él le mordisqueó el labio superior mientras intentaba controlarse.

—Perdona —susurró—. He tenido un momento de debilidad.

—¿Ah... sí? —dijo ella tartamudeando y viendo cómo su boca se movía contra la suya.

—Mmm... —susurró él, y le rozó los labios con desesperante calma.

—¿Crees... crees que podrías tener otro momento de debilidad si te lo pidiera? —susurró Abby.

Vio una ligera sonrisa antes de que él la acercara más y la besara dejándola sin aliento y sumida en un maravilloso silencio. Fue como darse un festín tras un periodo de hambruna, como beber después de horas en el desierto. No había conocido nunca un placer tan absoluto. Y si los largos e insistentes besos de Cody eran señal de algo, entonces él estaba sintiendo algo parecido.

No fue hasta que el teléfono de Cody empezó a sonar que él logró apartar la boca de la suya.

La soltó a regañadientes y se sacó el móvil de la funda del cinturón.

—*Sheriff* Banks —dijo con aspereza.

—¿Y dónde está, *sheriff*? —preguntó despacio una voz sensual—. Su guardia me ha dado su número. He venido a tomar un café y pedir consejo. ¿Está disponible?

—Estaré ahí en unos diez minutos —respondió Cody, y colgó.

Abby seguía mirándolo anonadada. El inesperado interludio la había dejado sin palabras.

—Tengo que volver a la comisaría —explicó él. Parecía estar sin aliento tanto como ella.

—Claro.

La recorrió con la mirada y vio todas las pequeñas señales que indicaban que Abby estaba hambrienta de él, aunque ella pudiera no ser consciente. Vio muchas.

Una lenta y sensual sonrisa apareció en la enrojecida boca de Cody.

—Algún fin de semana podríamos ir a patinar a la pista de hielo. A Lucy le gusta, ¿no?

Ella asintió.

—Lo siento. He estado tan ensimismado en mis cosas y mis problemas que no he querido tener a nadie cerca. Ni siquiera a la gente que me importa.

Abby cambió de postura en el asiento.

—Normal. Tienes una investigación de homicidio en curso.

—Y tiene tentáculos por todas partes —dijo al arrancar el coche mientras los dos volvían a ponerse los cinturones de seguridad—. Tengo sospechosos viviendo aquí en Catelow que podrían enfrentarse a cargos en Denver e incluso Florida.

—¡Hala!

Él la miró antes de incorporarse al tráfico.

—Puede que veas y oigas cosas que te hagan formarte una idea equivocada de lo que estoy haciendo. Intenta no prejuzgar. Estoy entre la espada y la pared intentando hacer encajar todas las piezas.

Ella asintió.

—Vale.

—Y puede que tengáis compañía en el rancho. Lassiter tiene un amigo que está libre ahora mismo y le ha pedido que venga a echar una mano. Es un profesional.

Abby lo miraba con deseo, adorando las marcadas líneas de su hermoso rostro.

—¿Un profesional de qué?

Él sonrió.

—No lo sé. Pero mantendrá a salvo a mis tres chicas.

—¿De qué? —quería saber ella.

Cody la dejó en el aparcamiento del bufete, apagó el motor y se giró hacia ella.

—Cuando empiece a detener a gente, y será muy pronto, Lucy, Hannah y tú podríais estar en la línea de fuego conmigo, y también mi perro —dijo con gesto adusto—. Uno de los sospechosos tiene fama de buscar venganza atacando a los objetivos más vulnerables.

La miró fijamente.

—Nadie hará daño a mis chicas.

Mientras lo decía, le acercó la cara y la besó despacio, con una ternura sobrecogedora.

—Y se acabaron los paseos de domingo con Lassiter, ¿entendido? —susurró contra su boca.

Ella intentaba respirar.

—Bueno, ¿y qué pasa contigo y la rubia guapa? —soltó Abby, y luego se sonrojó.

Cody la miraba profundamente.

—Estuve casado dos años. Jamás engañé a mi mujer. He estado seis años llorándola. Hace justo unas semanas me enteré de que mi matrimonio era una mentira. Aún estoy intentando asimilarlo. Pero lo asimilaré —añadió con solemnidad—. Solo necesito un poco de tiempo. Tienes que confiar en mí. Hay cosas que te van a parecer mal. No puedo decirte qué está pasando. Tienes que buscar un equilibrio entre lo que te estoy diciendo y lo que puede que tenga que hacer mientras recabo pruebas.

Abby creyó entenderlo. Probablemente Cody quería decir que tendría que juntarse con gente como el sobrino del señor Owens.

—¿Vas a codearte con algunos delincuentes?

Él sacudió la cabeza y con el dedo índice dibujó la línea de su preciosa boca, ligeramente inflamada por la presión de la suya.

—Te va a parecer que he renunciado a ti para siempre. ¿Podrás sobrellevarlo? Porque es mentira aunque pueda no parecerlo.

A Abby le latía el corazón tan fuerte que la estaba sacudiendo por dentro.

Él le colocó su gran mano detrás de la cabeza y la acercó.

—Te he echado de menos —susurró y volvió a besarla, con deseo, enmarcándole la cara con las manos.

—Yo también te... he echado de menos —dijo ella como pudo entre besos—. Y Lucy y Hannah también.

—Pronto acabará todo, lo prometo —aseguró él con

suavidad y mirándola fijamente a los ojos—. Y no tengo ningún problema con lo de Lucy, por si te lo preguntas.

Sonrió.

—Aunque creo que sería divertido tener varios niños —añadió sin pensarlo.

Ella respiró hondo.

—Odiaba estar sola.

—Y yo.

La besó una última vez.

—Tengo que irme a trabajar, aunque no parezca que es trabajo. Así que, veas lo que veas y oigas el cotilleo que oigas, tómatelo con reservas.

—Vale.

Él respiró hondo y sonrió.

—Es como volver a casa después de un largo viaje.

—¿El qué? —preguntó ella mientras abría la puerta.

—Besarte, cielo —contestó Cody con una mirada tierna y cargada de deseo a la vez.

Abby intentó encontrar qué decir y no pudo. Él nunca se había dirigido a ella con una palabra así de cariñosa. Nadie lo había hecho. Al menos, no un hombre.

—Hablamos. Ten cuidado —añadió en voz baja—. No vayas sola a ninguna parte. No dejes que Lucy vaya sola a ninguna parte, ni siquiera por el rancho. Y con Hannah lo mismo.

—Me estás asustando, Cody.

—No es mi intención. Solo quiero que estéis a salvo.

Ella respiró hondo.

—Vale, pero yo también quiero que estés a salvo, así que ten cuidado.

Él esbozó una lenta sonrisa.

—Nunca he tenido más motivos para querer tener cuidado.

Ella sonrió, salió y cerró la puerta.

Cody condujo hasta la comisaría.

La policía rubia estaba sentada en la silla junto a su mesa.

—Llega tarde —le reprendió—. Había dicho diez minutos.

—Hay cosas que tardan más de lo que pensamos —respondió él quitándose la cazadora de borrego—. ¿Qué puedo hacer por usted?

—Estaba pensando que un capuchino estaría bien.

Él sonrió al sentarse.

—Sí, pero estoy esperando una llamada del laboratorio del FBI. Por eso he llegado tarde —mintió—. Van a llamarme en la próxima hora por unas pruebas que les he enviado.

—Ah. ¿Pruebas de un caso? —indagó ella.

—Sí. Un caso de envenenamiento —dijo Cody reclinándose en la silla—. Y un asesinato en Denver —añadió.

Ella no reaccionó, aunque sí que se le tensó un poco la cara.

—¿Eso no está fuera de su jurisdicción?

—En condiciones normales, sí lo estaría, pero el veneno administrado a uno de mis detenidos es idéntico al veneno que se usó para matar a una mujer en Denver —explicó con una lenta sonrisa—. Se extrae de una planta muy poco común que solo se encuentra en Sudamérica.

Ahora la mujer sí que reaccionó. Se levantó de la silla sin dejar de sonreír.

—Vaya, parece fascinante, pero tengo que irme a trabajar. ¿Qué tal si dejamos el café para otro día? —añadió con tono muy sofisticado.

—La próxima vez que venga al pueblo, llámeme —pidió él con tono distendido—. Estoy aquí casi a diario.

Ella forzó una sonrisa.

—Vale. Nos vemos.

—Nos vemos.

Cuando la policía se marchó, Cody volvió a entrar en la zona de detenciones, donde su guardia estaba sentado con pinta de asustado y preocupado.

—¿Problemas con los presos? —preguntó Cody.

—No, señor. Todo tranquilo.

Parecía tan nervioso que Cody lo llevó a un lado y le dijo con aspereza:

—A ver, ¿qué pasa?

—Nada...

—No me mientas. Dime qué está pasando.

—Es esa mujer rubia.

—¿Cuál? —preguntó Cody temiéndose que pudiera ser una amenaza hacia Abby.

—La que dice que es policía —dijo, y miró a Cody a los ojos—. No es policía, señor. Conozco a uno de los policías estatales que trabajan en el Condado de Carne. Le he preguntado por ella y dice que no tienen a ninguna policía rubia.

A Cody no le sorprendió la información.

—¿Qué pasa con ella?

El guardia esbozó una mueca.

—No deja de obligarme a hacer cosas.

Cody enarcó las cejas.

—¿Qué clase de cosas?

—Pues me obligó a darle aquel refresco a Whatley y ya estaba abierto. Ya sabe, aquella vez que lo envenenaron. Dije algo y ella me preguntó si...

—¿Si qué...?

El guardia respiró hondo.

—Tengo antecedentes —confesó, y se sonrojó—. Hackeé los archivos y cambié un delito grave por uno menor en mi historial. Lo siento. Mi mujer está embarazada y no puede trabajar. Yo tenía que conseguir un trabajo y ¿quién va a contratar a un exconvicto? —preguntó hundido.

Cody se sintió mal por él. Estaba claro que ese hombre estaba atormentado por haber mentido.

—¿Por qué te condenaron?

—Pegué a un hombre que insultó a mi mujer —dijo con pesar—. Cayó sobre unos palés de madera y se rompió la cadera. Yo no pretendía hacerle tanto daño, pero al final resultó que lo golpeé con un gran trozo de madera en lugar de con el puño. Dijeron que era un arma, y yo no podía pagarme un abogado. Así que fui a la cárcel. Salí al año por buena conducta, pero ese historial me perseguirá para siempre.

Respiró hondo.

—La rubia lo descubrió y me dijo que, si no hacía lo que me decía, se lo contaría a usted.

—Bueno, pues, en primer lugar, bien hecho por confesarlo —dijo Cody secamente—. Y, para que quede claro, yo no me fijo en lo que ha hecho un hombre, sino en lo que está haciendo. ¿Qué más te obligó a hacer?

—Me decía que intentara escuchar lo que usted le decía a Whatley. Y me mandó a ir a por un café cuando yo estaba preparando la comida para los presos en una ocasión en la que no estaba usted. Parecía que no hubiera hecho nada, pero fue ahí cuando Whatley tomó la tarta y enfermó.

Miraba al *sheriff* con ojos apagados.

—Si quiere despedirme, me parece bien. Me lo merezco.

Cody le puso una mano en el hombro.

—Acabas de convertirte en un testigo material de una investigación de asesinato y no tengo ninguna intención de detenerte.

El otro hombre parecía asombrado.

—¿Quiere decir que puedo seguir trabajando aquí?

—Claro que puedes. Por Dios, ¿eres consciente de cuántos exconvictos tenemos en Catelow? Y todos tienen trabajo. No somos una comunidad. Somos una gran familia.

El guardia parecía estar al borde de las lágrimas.

—Eso es lo que estamos descubriendo mi mujer y yo. La gente le ha llevado mantitas y ropa de bebé y hasta una silla para el coche para cuando sea un poco más grande. ¡Gente que ni siquiera nos conoce! En Phoenix no era así. Somos de allí. Pensaba que, cuando saliera de la cárcel, este sería un buen lugar donde vivir. Lo habíamos marcado en el mapa con un boli, así, al azar.

Sonrió al *sheriff*.

—¡Dios! Y qué bien nos ha salido, ¿no?

Cody sonrió.

—Y tanto que sí. Bueno, y ahora, ¿qué tal si vas a ver a los presos mientras yo hablo con Whatley?

—*Sheriff*, será un placer.

Cody le dio una palmadita en la espalda y se dirigió a la celda de Whatley.

—Qué alegría verle, *sheriff* —le dijo Horace sonriendo—. ¿Cómo van las cosas por mi rancho?

—Muy bien. He tenido que ir a interrogar a Julia por lo de la tarta, aunque sé que ella no te envenenó.

Horace parpadeó.

—Lo sé. Pero ¿cómo lo sabe usted?

Cody se rio.

—¿Sabes que Julia está enamorada de ti?

Capítulo 16

Horace abrió los ojos como platos a la vez que parecía quedarse sin aliento.

—¿Que Julia... está enamorada de mí?

Se sonrojó y sonrió.

—Sí —dijo Cody con una risita—. Y hace el mejor café que he probado en mi vida.

—Me quiere.

Horace no oía al *sheriff*. Se sentó en su cama y se quedó mirando al infinito sin dejar de sonreír.

Cody fue a la otra celda y la abrió para dejar salir a Lassiter.

—¿Las cosas están llegando a su punto álgido? —preguntó Lassiter.

—Como un huracán. El guardia se ha convertido en testigo material. Puede situar a mi amiguita rubia aquí mismo antes de que Horace fuera envenenado, las dos veces. Estaba chantajeándolo porque él tiene antecedentes.

—No me extraña que siempre pareciera tan angustiado. ¿Vas a despedirlo?

—No, qué va. Sabe cocinar —comentó riéndose—. Y tampoco es mal guardia. A los presos les cae bien.

—Ya me he fijado. Aquí la comida es muy buena.

—Gracias. Hacemos lo que podemos.

—¿Y ahora qué? —preguntó Lassiter cuando estaban en el despacho de Cody con la puerta cerrada.

—Tenemos suficientes pruebas para conseguir una orden. Solo quiero asegurarme de que tienes a alguien vigilando a Abby, a Lucy y a Hannah antes de que yo vaya a hablar con un juez.

—Llegó anoche. Está trabajando como vaquero para el capataz de Abby. Solicitó el puesto hace unos días. Imagino que el capataz estaba bastante desesperado. Menos mal que mi amigo se crio en un rancho y sabe montar cualquier cosa con cuatro patas.

—¿Abby no sabe quién es?

Lassiter negó con la cabeza.

—Pensamos que sería mejor que no.

—¿Tiene permiso de portación oculta de armas y puede disparar si hace falta?

—Es un federal —confesó Lassiter.

—¡Joder!

—Está de vacaciones. Más o menos. Bueno, el caso es que sus supervisores le han dado unas semanas libres mientras se recupera de un tiroteo, y me está haciendo este favor.

—¿Qué clase de federal? —preguntó Cody.

Lassiter sonrió.

—De los normales para ti no, eso seguro. No hace falta que lo sepas. Y no te ofendas.

Cody suspiró.

—Mientras mantenga a salvo a mis chicas, me da igual.

—Supongo que por fin te has dado cuenta de que Abby está enamorada de ti.

Cody enarcó las cejas.

—Y yo supongo que no sabes que en el pueblo todo el mundo y un perro lo sabían antes que tú.

Cody se rio y añadió:

—Sabía que estaba encariñada conmigo.

Respiró hondo y se sintió como si acabara de tocarle la lotería.

—No le digas que te lo he dicho —le advirtió Lassiter—. Es mi amiga. No tengo muchas.

Cody lo miró con curiosidad.

—Fue un beso falso, para despistar a tu ayudante. Nada más. Ni cosquilleos ni fuegos artificiales ni nada, ¿vale?

Cody se relajó. Sonrió.

—Vale.

—Bueno, pues todos los jugadores están en su puesto, tus chicas están a salvo, y tienes un testigo. ¿Qué vas a hacer ahora? —bromeó Lassiter.

Cody levantó el teléfono.

—Conseguir una orden, eso es lo que voy a hacer —respondió con un brillo en sus oscuros ojos.

Por suerte para Cody, la jueza a la que vio era una purista de la ley y el orden. Al oírlo y ver los datos y las pruebas del caso, no dudó en darle una orden de arresto para Jack Owens, otra para el supuesto testigo que había visto a Horace Whatley atracar el banco, y otra para la supuesta policía que era sospechosa de envenenar no solo a Horace Whatley, sino también a Candy Henry en Denver. Por supuesto, a la mujer no se la podía condenar en Catelow por un asesinato cometido en Denver, así que allí solo sería acusada de intento de homicidio. Pero Cody estaba seguro de que se presentarían cargos federales por el asesinato de Denver, en cuyo caso solicitarían la extradición y él le pediría a la jueza que la concediera. Mejor llevarla a juicio por asesinato que por intento de asesinato. Además, los cargos federales conllevaban penas más elevadas.

Se llevó con él a su adjunto cuando fue a hacer las detenciones. Jack Owens estaba en el porche cuando llegaron con el coche. Parecía medio borracho y malhumorado.

—Vaya, hola, *sheriff* Banks. ¿Qué le trae por aquí?

¿Quiere arrestarme por cruzar sin mirar? —añadió con sarcasmo.

Cody sacudió la cabeza mientras asentía hacia su oficial adjunto, que levantó a Jack de un tirón y lo giró para esposarlo.

—¿Qué mierdas haces? —preguntó Jack.

—Arrestarte por conspiración para cometer asesinato —dijo Cody—. Y esta vez tu tío no va a poder mover ningún hilo para ayudarte. Mét1elo en el coche y ven corriendo —añadió dirigiéndose a su adjunto.

Cody sacó el arma al oír voces dentro. Entró con su oficial, que corría tras él también con el arma en la mano.

Cody se identificó al entrar en la casa. Antes de que las dos personas que había en el salón pudieran reaccionar, los estaba apuntando con una pistola mientas el oficial los apresaba con las esposas extra que Cody le había dado.

—*Sheriff*, ¿qué cree que está haciendo? —preguntó la rubia con tono lastimoso—. ¡Soy agente de la ley!

—Qué curioso, porque tu jefe me ha dicho que no tienen ninguna policía rubia —contestó Cody—. Y ya sabemos que tu padre es botánico y que vive en Sudamérica. Hemos relacionado el veneno empleado en un intento de asesinato con una planta que es autóctona solo de ese continente.

El rostro de la rubia se afeó.

—Jamás me llevará a juicio —soltó con tono suave pero amenazante—. Y pagará por esto de formas que nunca imaginará, hasta que sea demasiado tarde.

—Hazlo si te atreves —respondió Cody. Se dirigió a su adjunto—: Léeles sus derechos. Vamos a seguir las normas para que no haya ningún vacío legal.

—Claro. Ya le he leído los derechos a Jack.

—Buen chico.

—Pagaréis todos por esto —amenazó la rubia.

—No. Pagarás tú —corrigió Cody, y no sonrió—. Te

buscan en Denver por relación con un asesinato. Los federales tienen pruebas y van a empezar con el proceso de extradición en cuanto te pongamos bajo custodia aquí.

—¿Denver? —dijo ella flaqueando solo un poco—. ¡Es imposible que puedan tener pruebas de nada! ¡Yo nunca he estado en Denver!

—Eso puedes tratarlo con el jurado, a su debido tiempo —contestó él con frialdad.

—¡No hay pruebas! —insistía ella.

—Han exhumado a la víctima —dijo Cody observando su expresión—. La envenenaron. Han seguido los pasos que dio la noche que murió. Han entrevistado a testigos del restaurante.

Cody sonrió al ver que a la rubia le cambió la cara.

—Y también hay recibos en una gasolinera de la zona y de una tarjeta de crédito que se usó para hacer compras el mismo día.

Ella no dijo ni una palabra. El oficial adjunto se la llevó a su coche patrulla y metió a sus dos sospechosos esposados en el asiento trasero.

Cody llamó a su investigador y le dijo que enviara a sus compañeros a la casa de Owens para buscar pruebas. Antes de salir del despacho de la jueza, había solicitado, y le habían concedido, una orden de registro que incluía cada prueba potencial que se le pudo ocurrir, además de una orden para confiscar y registrar el coche de la rubia.

Iba a ser el caso más complicado en el que había trabajado nunca y quería asegurarse de hacerlo todo siguiendo estrictamente las normas para que ni la rubia ni Jack Owens pudieran escaquearse de los cargos por algún detalle técnico.

Volvió a la casa, donde el nervioso y supuesto testigo, Cappy Blarden, estaba sentado en el sofá con las manos entrelazadas sobre el regazo.

Al igual que la mayoría de agentes de la ley, Cody

iba equipado con una cámara que grababa cada uno de sus movimientos. Se situó frente al hombre, más joven que él, y esperó sin decir nada y con una fría mirada.

—Ella me obligó a hacerlo. La mujer rubia. Me obligó a testificar que había visto a Horace Whatley atracar el banco. ¡Pero yo nunca lo vi allí!

—¿Cómo te obligó a hacerlo?

El hombre tragó saliva con dificultad.

—Le echó veneno al café de mi madre en la cafetería —confesó con voz ronca— y me dijo que tenía un antídoto que le daría si accedía a hacer lo que me decía. Y claro que accedí. Quiero a mi madre —dijo desviando la cara—. Me dijo que, si me echaba atrás, tenía más veneno y la próxima vez no habría antídoto.

—Entonces, ¿nunca viste a Horace Whatley atracar a nadie?

—No —reconoció el hombre con pesar y mirando al *sheriff*—. ¿Iré a la cárcel?

—Eso no depende de mí, pero sí que tendrás que venir conmigo ahora. Dar falso testimonio contra una persona inocente es un crimen.

—Me lo imaginaba.

El hombre se levantó.

—Al menos ya no tendré que preocuparme por mi madre.

Se giró para que Cody pudiera esposarlo.

—Tu madre debería estar a salvo ya. Voy a solicitar una fianza más alta para nuestra supuesta policía, por no hablar de Owens. Conspirar para cometer un asesinato es un delito grave.

—Sí. Me lo imaginaba. Espero que nunca salgan de la cárcel —añadió el hombre con frialdad—. Yo jamás he hecho nada malo en mi vida. Supongo que también me juzgarán a mí por conspiración.

—Búscate un buen abogado y alega coacción. Nunca te han condenado por ningún crimen, Cappy —dijo Cody

con voz suave—. Lo más seguro es que quedes única-
mente como delincuente sin antecedentes penales independientemente de los cargos.

Su detenido tenía una mala reputación en el pueblo
por contar mentiras, pero jamás había intentado hacerle daño a nadie. Eso iría en su favor. Cody lo metió en el
coche patrulla y lo llevó a la comisaría.

Cuando la rubia fue procesada, salió a la luz que su
nombre legal era Doménica Álvarez, de Manaos, Brasil.
Se mostró arrogante, negando toda implicación y acu-
sando al *sheriff* de todo, desde comportamiento inde-
cente hasta detención ilegal.

La jueza la ignoró y continuó explicando los cargos. Ella se declaró no culpable y la llevaron de vuelta a la celda. Al pasar por delante de Cody, sonrió con
frialdad.

—Cuide de sus seres queridos, *sheriff* —amenazó con
voz ronca—. Sería una pena que les pasara algo.

Él sonrió sin más.

Ella desvió la cara y siguió caminando.

Lo de Jack Owens fue otra historia. Se derrumbó y
lloró cuando le leyeron la lista de cargos. A Cody le dio
pena. Su padre lo había malcriado demasiado y ahora
no tenía a nadie que lo apoyara.

Bueno, en realidad sí. James Owens se acercó al
banquillo y se sentó junto a su sobrino, que fue el primer sorprendido y luego se mostró agradecido. Seguía
llorando. James dijo que ejercería como abogado de
su sobrino durante el juicio. La jueza asintió y luego
sonrió con tristeza. James Owens nunca había hecho
nada ilegal en su vida, pero su sobrino había llenado
de vergüenza el apellido familiar. Aun así, la sangre
era la sangre. Y Jack era el único pariente que le quedaba.

Habló con Cody cuando su sobrino abandonó la sala
de juicios.

—Sé que va a ser un juicio complicado, y estoy seguro

de que tendrá que cumplir condena. Pero no puedo abandonarlo. Es la única familia que tengo.

Cody le dio una palmadita en el hombro.

—Lo sé. La familia es la familia. Hay que hacer lo que hay que hacer y seguir adelante.

James ladeó la cabeza.

—¿Qué tal con Abby?

Cody soltó una risita.

—Si me trago el orgullo lo suficiente, puede que me vuelvan a invitar a ir por allí.

—No te descuides y vigila bien a tu alrededor. Esa mujer es peligrosa. No creo que todos sus cómplices estén detenidos. Sé con seguridad que Horace Whatley no cometió el atraco.

—Lo sé. Tengo una prueba en vídeo del testigo diciendo que no vio a Horace atracar a nadie. Lo amenazó Álvarez, que envenenó a su madre.

James silbó.

—¿Va a testificar?

—Sí. Tendré que hablar con su madre también. Pero los cargos de Denver son los más graves. Es homicidio en comisión de un delito. Esto es conspiración para cometer asesinato.

—Ya veo. ¿Preferirías que se enfrentara a cargos federales en Denver?

Cody asintió con gesto adusto.

—La quiero fuera del pueblo antes de que empiece a buscar formas de vengarse de mí.

—Asegúrate de que los hombres de Abby sepan tenerla vigilada —sugirió James.

Cody sonrió.

—Voy dos pasos por delante de ti. Y ayer solté a Lassiter. Está durmiendo en el barracón de Abby —añadió con un susurro.

James se rio.

—Pues ya puedes tenerlo vigilado si se acerca a Abby. Las mujeres de mi bufete dicen que es un partidazo.

—Ya me he fijado. Pero ahí llevo ventaja —añadió con suficiencia y riéndose.

James sonrió.

Abby no daba pie con bola mientras ponía la mesa. Habían invitado a Lassiter, además de a su misterioso amigo y a Cody.

Hannah vio su inquietud y se preguntó si el motivo sería Lassiter. Luego vio las miradas que se lanzaban Cody y ella y sonrió para sí.

—Qué buena pinta —comentó Cody—. Me encanta el guiso de ternera.

—Y a mí —dijo Lassiter.

—No os importa que haya traído a Alejandro, ¿verdad? —preguntó Cody señalando al cariñoso y viejo malamute que compartía la chimenea del salón con Nieve, la husky de Lucy.

—Para nada. Es una ricura —respondió Abby sonriendo.

—A Nieve le gusta —aseguró Lucy sonriendo a Cody.

—Creo que sí, Lucy —contestó él.

—No llamaste a Bart para responderle a lo del baile, Abby —le recordó Hannah de pronto.

A Cody se le encendieron los ojos. Abby lo vio y el corazón le dio un brinco.

—Sí, sí que lo llamé —respondió sin mirar a Hannah—. Le dije que no.

Cody se relajó. Esbozó una lenta sonrisa y le sostuvo la mirada a Abby tanto rato que ella se sintió como si estuviera flotando.

—Abby, los panecillos —le recordó Hannah.

Abby reaccionó.

—Panecillos. Sí. Ahora mismo.

Entró en la cocina, colorada y nerviosa. Pero estaba sonriendo.

* * *

Fue una cena divertida. Lassiter estuvo contando casos antiguos con giros curiosos. Cody respondió con casos parecidos en los que había trabajado. El extraño, el amigo de Lassiter, dijo poco. Dejó su plato limpio, tomó café, le dio las gracias a Abby discretamente y salió por la puerta trasera.

—No habla mucho tu amigo —le dijo Abby a Lassiter.

—Es hombre de pocas palabras, pero es muy bueno en su trabajo.

—Llevaba una pistola en una funda debajo de la camisa de franela —comentó Hannah.

—Tiene permiso de portación oculta de armas. No os preocupéis. No disparará a menos que le disparen a él.

—No me gustan las armas. Lo siento —dijo Hannah disculpándose.

—Tranquila —contestó Lassiter sonriéndole.

—A Abby le dan igual —intervino Cody mirándola.

—Sí —respondió ella con un largo y feliz suspiro.

—Pues menos mal —dijo Lassiter.

Cody asintió.

—¿Cuándo vas a salir a cazar ciervos, Cody? —preguntó Hannah cuando terminaron de cenar y estaban tomándose la segunda ronda de café.

Él frunció el ceño.

—¿Por qué lo preguntas?

—Estofado —dijo ella relamiéndose.

—¿Estofado? —preguntó Lassiter con curiosidad.

—Cuando sale a cazar ciervos, hace una cacerola enorme de estofado e invita a sus más allegados a comerlo —explicó Hannah cerrando los ojos—. Sueño con ese estofado. Nadie sabe hacerlo como Cody.

Él se rio.

—Qué halago. Haré lo que pueda por conseguir uno bueno y bien gordo. Y esta vez haré un tanque.

—Te tomo la palabra —bromeó Hannah—. Bueno, ahora me toca lavar los platos. Y la señorita Lucy tiene que bañarse y meterse en la cama.

—Sí —dijo Abby.

—Pero Cody ha venido y ha traído a su perro y no quiero irme a la cama —gimoteó Lucy.

—Pronto volveré a traer a Alejandro —prometió Cody—. ¿Te apetecería ir a patinar sobre hielo el sábado con tu tía y conmigo?

—¡Ay, sería guay! —exclamó Lucy alzándose para abrazarlo y besar su bronceada mejilla—. Te hemos echado mucho de menos —añadió con unos ojos enormes y sonrientes—. La tía Abby estaba supertriste todo el rato...

—Lucy —la interrumpió Abby sonrojándose—, tienes que ir a bañarte, ¿vale?

—Vale, tía Abby.

Besó a su tía y luego a Hannah.

—¿Puedo darles las buenas noches a Alejandro y a Nieve?

—Anda, ve —aceptó Abby con resignación y una risita—. Ay, cómo le gusta entretenerse con todo —murmuró para sí.

Lucy se sentó entre los dos perros y los abrazó. Alejandro apoyó la cabeza en su pequeñito hombro y la lamió.

—Le encantan los mimos —dijo Cody riéndose—. Es una mascota maravillosa. Me hace mucha compañía. Pobrecillo —añadió con gesto de cariño—. Estaba tirado a un lado de la carretera, con la pata rota y en unas condiciones horribles. La veterinaria me preguntó si quería sacrificarlo, pero no pude. Me miró con esos ojos tan tiernos y expresivos, como si hubiera perdido la esperanza en la gente, en la vida.

—Es precioso, con escayola y todo —comentó Abby—. Yo habría hecho lo mismo.

Cody la miró.

—Lo sé.

Lassiter carraspeó.

—Me ha encantado la cena, muchas gracias, pero tengo que volver al motel y llamar a unas cuantas personas.

Abby le sonrió.

—Vale. Vuelve cuando quieras.

—Gracias —dijo él sonriendo—. Adiós, Lucy —se despidió cuando la niña fue corriendo hacia él con los brazos abiertos. Lassiter la levantó en brazos y la besó en la mejilla. La niña le devolvió el beso.

—Adiós. Vas a volver a vernos, ¿no?

—Sí, cariño —le prometió antes de bajarla.

Al verlos, Abby se quedó sorprendida. A Lassiter le gustaban los niños. No parecía la clase de hombre al que le gustaban. Bueno, y Cody tampoco, la verdad, y sin embargo ahí estaba, con Lucy sentada en su regazo y hablándole de un dibujo que había hecho en el cole.

Abby y Hannah acompañaron a Lassiter a la puerta. Él se despidió con la mano justo antes de subir al coche y arrancar.

—Lucy, el baño —le recordó Abby.

—Jo, ¿tengo que bañarme, tía Abby? —preguntó quejumbrosa mientras Cody la bajaba al suelo.

—Sí, tienes que bañarte —respondió Abby y sonrió.

—Pues tú tienes que arroparme.

—Siempre lo hago —le recordó Abby.

—¿No puede venir también Cody? —añadió mirándolo.

Abby vaciló.

—Me encantaría —dijo Cody sonriendo.

—¡Vale! ¡Pues ahora mismo me baño! —prometió Lucy.

—Ya voy yo abriendo el agua —se ofreció Hannah cuando Abby hizo intención de ir al baño.

—¡Gracias, Hannah! —gritó Abby.

—No hay de qué.

Abby se quedó sola con Cody en el comedor. Él le agarró la mano y la acercó a sí con delicadeza. Se quedó pegado a ella, mirando su radiante rostro y sus brillantes ojos. Sí, pensó con solemnidad, Abby lo quería. Era alucinante que no se hubiera dado cuenta. Recordó lo que había dicho Lassiter, que si el hombre al que amaba Abby lo perdiera todo, ella se quedaría a su lado y lo ayudaría a reponerse.

Se agachó y la besó con suavidad.

—Tú jamás traicionarías a un hombre —susurró—. Eres demasiado bondadosa. No sé cómo he podido tardar tanto tiempo en darme cuenta.

—Estabas ocupado con tu amiguita la policía —murmuró ella con tristeza.

Él le mordisqueó los labios haciendo que unas deliciosas corrientes le recorrieran el cuerpo.

—No es mi amiga —contestó él—. La he arrestado y está en una de mis celdas a la espera de que la extraditen a Denver.

—¿Qué? —exclamó Abby con los ojos como platos.

—Envenenó a Horace Whatley, pero tú de eso no sabes nada —dijo con firmeza.

—¡Ay, Dios mío! ¡Pero si es policía...!

—No lo es. Está relacionada con Bobby Grant, el hombre que quiere a Horace muerto para poder intimidar a Nita Whatley y obligarla a casarse con él. Después de eso, ella tendría un conveniente accidente mortal.

—¡Por Dios!

Cody la agarró por la cintura con sus grandes manos y la acercó, pegándola a su poderoso cuerpo.

—Qué bien hueles —susurró mientras volvía a posar la boca sobre la suya, ahora de pronto con insistencia y pasión.

Ella gimió cuando la temperatura subió en su interior. Coló los brazos bajo los de él y lo rodeó con fuerza.

No oyeron las dos primeras toses, así que Hannah cerró la puerta del pasillo. Con fuerza.

Se separaron de un salto, sin aliento, como dos ciervos al ver los faros de un coche por la noche.

Hannah se mordió el labio inferior para contener la risa.

—Lucy ya se ha bañado y está en la cama esperándoos.

—¿Que ya se ha bañado? —preguntó Abby descolocada—. Pero si acaba de meterse en el baño.

—Hace quince minutos —dijo Hannah despacio y con una mirada de lo más expresiva. Sonrió.

Cody carraspeó. Estaba algo incómodo, pero las tablas de multiplicar lo salvaron del mal trago antes de que resultara visible.

—Deberíamos ir a arroparla —sugirió Abby.

—Sí.

Cody la agarró de la mano y sonrió.

—Vale —dijo ella sin aliento pero feliz.

Cody sonrió. Qué guapa estaba cuando se reía. Lo hacía sentirse joven, lleno de esperanza, ilusionado de nuevo con la vida. Le había tomado mucho cariño desde que había vuelto a Catelow.

Entraron en la habitación de Lucy y se quedaron junto a la cama mientras la niña rezaba. Abby la arropó y la besó. Cody también.

Abby chasqueó los dedos y Nieve se subió a los pies de la cama. Sonrió a Lucy con toda su alma y una expresión rebosante de amor.

Al verla, Cody sintió que el suelo se movía bajo sus pies. Era la mujer más noble que había conocido en su vida. Le recordaba a su madre aunque lo que sintiera por ella fuera distinto. Abby se giró y lo miró, y a él se le subió el corazón a la garganta. Se quedó mirándola como si lo hubieran golpeado en el estómago con un bate. ¿Por qué no se había dado cuenta antes? La... la quería. La quería de verdad. Y no lo había sabido. No hasta ahora, cuando la había visto tan cariñosa con Lucy y de pronto la había imaginado arropando a un hijo de él. Se quedó sin respiración y se le encendieron las mejillas. Parecía atónito.

Abby lo miró preocupada.

—¿Estás bien? —preguntó con suavidad.

¿Bien? Estaba sumergido en una maravilla. Ahogándose en una fantasía. Sonrió despacio.

—Estoy bien. Jamás había estado mejor en toda mi vida.

Abby no lo entendía, pero le sonrió y luego se giró hacia Lucy.

—Que duermas bien —le dijo a la niña— ¡Y que no te piquen los chinches!

Lucy se rio.

—Tía Abby, no tenemos chinches.

Abby arrugó la nariz.

—Bueno, pues duerme bien nada más. —Sonrió y besó a Lucy una vez más—. Hasta mañana.

—Vale. ¡Hasta mañana!

—Hasta mañana —dijeron Cody y Abby a la vez.

Abby apagó la luz y cerró la puerta. Los dos se quedaron solos y a oscuras en el pasillo.

Cody la acercó y la abrazó mientras la mecía en sus fuertes brazos. Fue como volver a casa. Nunca había experimentado semejante ternura, ni siquiera cuando creía que estaba profundamente enamorado de Debby. Aquello no se parecía en nada a esto.

Abby no dijo nada. Se quedó en silencio en sus brazos, adorando su aroma y su tacto. No quería salir de esos brazos nunca.

Pero al cabo de un momento, y muy a su pesar, él la soltó y le dio un suave beso en los labios.

—Tenemos que poner en práctica un poco de contención.

—¿Sí? —murmuró ella distraídamente y con la mirada clavada en su boca.

Él carraspeó.

—Abby, los hombres no pueden ocultar sus emociones cuando llevan pantalones ceñidos —murmuró sin rodeos.

Abby tardó unos segundos en captar lo que estaba diciendo. Se sonrojó, se rio y le dio un golpecito en su amplio torso.

Él le sonrió.

—Vale, pues ¿qué tal un café entonces?

—Un café me parece bien —dijo Cody, y, acercándose a su oreja, añadió—: Y cuando no tengamos que preocuparnos de tener testigos, me dará igual que mis pantalones me delaten.

Abby soltó una carcajada.

Él entrelazó los dedos con los de ella y la llevó a la cocina, donde Hannah les lanzó una sonrisa cómplice y les sirvió dos tazas de café.

Abby nunca había sido más feliz en toda su vida. Amaría a Cody para siempre, y parecía que él compartía esos sentimientos. Al menos, ya no se mostraba distante. Tal vez sí que podría asimilar la traición de Debby y seguir adelante con su vida.

Un feliz Horace Whatley salió de la cárcel mientras Cappy Blarden, el testigo, era procesado y encarcelado. Horace se fue a casa, donde una sonriente Julia lo recibió en la puerta con una tarta casera y un gesto que lo hizo sentirse como si pudiera caminar sobre las nubes. Durante los días que siguieron, muchos vecinos pasaron a desearle lo mejor y uno se fijó en que Julia llevaba un anillo de diamantes en el dedo anular.

Al llegar el fin de semana, Cody llevó a Lucy y a Abby a patinar a la pista de hielo del pueblo.

Se le daban bien los patines. Muy bien. Abby sacudía la cabeza sorprendida mientras él le mostraba a Lucy la forma correcta de levantarse si se caía, de caerse, de frenar en cuña, y un montón más de información básica que Abby desconocía.

—¿Cómo sabes tanto de patinaje sobre hielo? —quiso saber.

—Hace años di clases. Fue una forma de salir de casa —añadió él, y Abby supo que se refería a su violento padre alcohólico.

—Se te da muy bien patinar —señaló Abby sin quitar la vista de Lucy, que estaba patinando por el borde de la pista y había mejorado mucho.

Él se acercó y le susurró al oído con picardía:

—También se me dan muy bien algunas otras cosas y soy muy modesto además.

Ella se rio mientras miraba sus cálidos ojos. Se perdió en ellos.

Él le apartó un mechón de pelo a la vez que observaba su rostro y sus ojos curiosos.

—Abby...

Antes de que Cody pudiera decir nada, Lucy los llamó.

—¡Tía Abby, mira lo que hago!

E hizo la frenada en cuña que Cody le había enseñado y que ella había estado practicando a conciencia.

—¡Qué bien, cariño! —gritó Abby.

Cody se rio al ver la cara de impresión de Abby.

—Tenemos todo el tiempo del mundo para hablar —le dijo en voz baja y mirándola a los ojos—. De momento, vamos a patinar y a divertirnos juntos.

Ella respiró hondo y los ojos le destellearon.

—Sí, vamos a hacerlo.

Tras pasar allí toda la tarde, Cody las llevó a casa en su camioneta. Estaba fuera de servicio y llevaba unos pantalones kaki con una camisa de algodón azul, su cazadora de borrego y su sombrero Stetson marrón. La camioneta tenía cabina doble, así que Lucy se sentó atrás y Abby delante, a su lado.

La nieve caía. Catelow estaba precioso a última hora de la tarde, con las luces saliendo del interior de las casas.

—Desde aquí arriba parece una aldea en miniatura —comentó Abby suspirando mientras bajaban la montaña en dirección a Catelow—. Una de esas con trenecitos alrededor. El hermano de mi mejor amiga tenía una maqueta de esas. Solíamos apagar las luces de la habitación y encendíamos las de las casitas y veíamos el tren rodearlas.

—Hace años compré un tren de juguete, pero nunca tuve sitio donde ponerlo.

—Nosotras tenemos una sala de juegos grande en casa, Cody —dijo Lucy—. Podrías poner ahí tu tren y todas lo veríamos.

Él se rio.

—Si a Abby no le importa, podríamos...

El impacto fue terrible. La camioneta se salió de la carretera patinando sobre la nieve fresca. Cody logró evitar que volcara, pero había cristales rotos por todas partes y Lucy estaba llorando.

Cody murmuró unas palabras muy fuertes a la vez que su aguda mirada seguía la camioneta grande que se había estampado contra ellos. Sacó el teléfono y llamó a su adjunto para darle la descripción del vehículo que los había embestido y pedir una orden de búsqueda. Después llamó al Departamento de Policía de Catelow porque se encontraban en los límites del pueblo y esa era su jurisdicción.

El jefe de policía, Bruce Eller, que ya se había reincorporado después de pasar un tiempo con su recién nacido, se presentó allí mismo junto con uno de sus patrulleros, Emmy Sawyer.

—¿Sabéis quién os ha dado? —preguntó Eller mientras Cody ayudaba a una impactada y magullada Abby a salir del asiento delantero y a Lucy, que no dejaba de llorar, del trasero. Tenía a Lucy en brazos cuando se giró hacia el jefe de policía.

—No lo sé, pero sí que me hago una buena idea de quién ha dado la orden —dijo Cody. Señaló el precipicio que había evitado. Si la camioneta hubiera volcado, los tres ocupantes habrían muerto al instante por la caída.

—Alguien que va muy en serio —contestó Eller con tono sombrío. Se estremeció al ver el rostro salpicado de lágrimas de Lucy. Él tenía una niña de la misma edad—. Voy a llevaros al hospital a todos para que os hagan un reconocimiento.

—Buena idea —dijo Cody achuchando a Lucy y rodeando con el otro brazo a una temblorosa Abby—. Mejor ser precavidos. Gracias.

—Es mi trabajo. ¿Ya hay una orden de búsqueda?

Cody asintió.

—He llamado a mi adjunto justo después del golpe y le he dado la descripción de la camioneta. Con suerte, la encontrarán antes de que llegue demasiado lejos.

Justo en ese momento, cuando llegaron al coche del jefe de policía, a Cody le sonó el teléfono. Dejó a Lucy en el asiento trasero del coche patrulla con Abby y respondió.

—Banks —dijo con brusquedad.

—¿A que no sabe a quién tenemos detenido? —preguntó Jeb, su adjunto, con aire de suficiencia.

—Me muero de ganas de saberlo. ¿A quién?

—A un atracador de bancos que tiene una ficha policial tan larga como mi brazo y que me ha dicho que una mujer rubia le prometió dos mil dólares si os sacaba de la carretera. Pagados por adelantado. Mediante transferencia. Y adivine desde dónde se ha hecho la transferencia.

Cody se sentía mejor a cada minuto que pasaba.

—¿Florida?

—Muy bien —respondió su ayudante con una risita—. ¡Sabía que era usted adivino!

Capítulo 17

Cody estaba encantado con el giro de los aconteci-
mientos. Al parecer, su detenida había perdido los nervios hasta tal punto que había tenido un descuido. La
transferencia había sido un gran error, así que ahora
podían sumar otro cargo más por intento de asesinato.
Y luego estaba su novio, Bobby Grant. En unas horas el
jefe de policía en Florida lo había metido en la cárcel
por conspiración para cometer asesinato. Ese cargo lo
tendría encerrado hasta que hubiera pruebas suficientes para mandarlo a Denver, donde lo someterían a juicio por homicidio en comisión de delito junto a su
novia, Doménica Álvarez.

Horace Whatley y Julia anunciaron su compromiso
en el periódico semanal. Se los veía con frecuencia
juntos por el pueblo después de que Horace saliera de
la cárcel y lo declararan inocente del atraco al banco.
El auténtico atracador tendría que enfrentarse a ese
cargo además de al de agresión a Cody y sus pasajeras.
Teniendo en cuenta que ya estaba en libertad condi-
cional por agresión, volvería a prisión a cumplir la
condena completa, a la que se sumaría la de los nuevos
cargos.

Pero nada de eso afectaba mucho a Cody y a Abby,
más allá de que tendrían que testificar cuando los casos
fueran a juicio.

Estaban paseando por la nieve, solos. Habían dejado a Hannah cuidando de Lucy, Nieve y Alejandro.

Hacía frío, pero llevaban buenos abrigos y guantes. Iban de la mano mientras paseaban por un camino nevado entre altos pinos. Cody se paró, giró a Abby y posó su oscura mirada, cálida y ávida, en su rostro sonrosado.

—Qué bien estamos juntos.

Ella sonrió.

—Sí.

—Nos gustan las mismas cosas, los dos somos metodistas, coincidimos en política...

Vaciló. Era un gran paso. En muchos sentidos, era el paso más grande que había dado en su vida. Era como tirarse por un precipicio.

Se llevó una mano enguantada al pecho, sobre la cazadora de borrego.

—Podemos seguir así un tiempo —dijo ella y sonrió—. No hay prisa. Tenemos todo el tiempo del mundo.

Él respiró hondo. Era algo que les cambiaría la vida. Pero desconfiaba un poco de Lassiter, por mucho que el hombre le hubiera asegurado que no tenía ningún interés romántico por Abby. También le preocupaba que su primo Bart estuviera intentando salir con Abby. Si vacilaba demasiado, la perdería. Y en el mundo no había otra mujer como Abby. Ni una sola.

Le rodeó la cara con las manos y la miró profundamente a los ojos antes de agacharse y darle el beso más tierno que Abby había recibido en su vida. Fue como una declaración de amor en sí misma, no hizo falta ni que Cody le susurrara un: «Te quiero, Abby». Y entonces, al instante, el beso se volvió apasionado e insistente. Él gimió.

Abby sintió su deseo y sonrió bajo la presión de sus labios mientras se ponía de puntillas para devolverle el beso.

Él la abrazó con fuerza y la acunó en los brazos.

—Me invaden una preocupación y una aprensión que no tienen sentido —confesó—. ¡Pero no voy a arriesgarme a perderte! No puedo vivir sin ti, Abby —susurró con fuerza. Respiró hondo—. Así que, ¿te pensarás... casarte conmigo?

Ella tembló de felicidad y se acercó más a él.

—¿Cuánto tiempo?

—¿Mmm?

—¿Cuánto tiempo quieres que me lo piense?

—Pues... ¿unos días tal vez?

—¿Qué tal unos segundos? —respondió ella antes de besarlo—. Sí.

Él la abrazó con más fuerza y levantó la cabeza para mirarla a los ojos. Los suyos resplandecían.

—¿Sí qué? —bromeó, y de pronto todas sus preocupaciones de futuro se esfumaron como la niebla en la luz del sol.

Ella se rio.

—Sí que me casaré contigo.

Cody respiró hondo y la besó con desesperación.

—Dilo —susurró.

—Ya lo he dicho...

—No. Di lo otro.

Abby tardó un instante en entender a qué se refería. Sonrió al levantar la cara.

—Te quiero —dijo con suavidad—. Siempre te querré. Mientras viva. Y más aún.

Él tragó saliva al notar un pinchazo en la garganta. Nunca había recibido mucho de Debby, ni palabras de amor, ni promesas, ni ternura. Pero esa mujer que tenía en sus brazos le dio todas esas cosas y una promesa de felicidad que le hizo sentir que se elevaba en el aire como un pájaro.

—Mientras viva —repitió él—. Y más aún.

Volvió a besarla y allí se quedaron un buen rato, juntos, en la nieve, hasta que una voz les preguntó a gritos si estaban haciendo un *casting* para muñecos de nieve.

Levantaron la cabeza y vieron a Hannah, con un abrigo viejo y unas botas, señalándolos y riéndose.

Entonces, los dos se dieron cuenta de a qué venía el comentario. Había como un centímetro y medio de nieve sobre el sombrero de Cody y las hombreras de su cazadora, y la misma cantidad en el gorro de punto y la cazadora de Abby. Se miraron y se echaron a reír.

—¡El café está caliente! —gritó Hannah sonriendo—. Pasad. Podéis encerraros en el salón y hacer lo mismo pero más cómodos.

—¡Siempre he sabido que te quería, Hannah! —gritó Cody.

Ella lo saludó con la mano y entró en casa.

Abby intentó convencer a sus amigos de que con un bonito traje blanco bastaría para la boda. Ninguno le hizo caso. Horace Whatley alquiló un avión para llevarla a Neiman Marcus, en Dallas, y se llevó también a Julia para comprarle su ajuar. Había una tienda en Denver, pero Whatley tenía preferencia por una tienda de Dallas en particular, y allá que fueron, con cita previa, para comprar un vestido de novia de diseño para Abby y el regalo que Whatley le haría a la pareja.

Entusiasmada con la selección, Abby finalmente se decantó por uno con mangas abullonadas y escote *halter*. Era de satén blanco y tenía una capa de encaje importado que también llevaba el velo, con caída hasta los dedos. El vestido tenía una larga cola y era digno de una princesa. No solo la animaron a comprar el vestido, sino que Julia, ante la insistencia Whatley, la llevó a comprar bonitos camisones, saltos de cama de seda y delicadas zapatillas, y también la ropa interior, las medias y unos zapatos de satén para completar el vestido. Y un liguero para lanzarlo.

—¿Cómo voy a poder agradeceros todo esto? —les preguntó Abby.

Ellos sonrieron.

Y así, Abby recorrió el pasillo hasta el altar de la

iglesia metodista con medio Catelow llenando los bancos y los laterales, y con Lucy, Hannah y su amiga y compañera Marie como niña de las flores, dama de honor y madrina respectivamente. Cody eligió a Horace Whatley como padrino, algo que halagó al ranchero sobremanera.

Para diversión de todos, Bart Riddle fue el elegido para acompañar a Abby al altar, y es que Bart no era ni por asomo tan mayor como para ser su padre. Aun así, parecía encantado de formar parte de la boda.

Y Lassiter estaba entre los invitados, arreglado, guapísimo y arrancando miradas de todas las mujeres presentes.

Una vez pronunciados los votos, Cody levantó el velo y miró a Abby durante varios largos segundos antes de besarla con ternura y recorrer con ella el pasillo hacia la salida, donde todos los felicitaron y les lanzaron una lluvia de pétalos de rosa.

El banquete se celebró en el salón social y lo sirvió la cafetería del pueblo. Cody y Abby se dieron la tarta de bodas para que el fotógrafo captara el momento, y el mejor día de sus vidas quedó grabado y retratado minuto a minuto.

Lucy los abrazó a los dos y dijo que ahora tenía un tío y que cuidaría muy bien de él. Al oírlo y abrazar a la niña, Cody tragó saliva para intentar bajar el nudo gigante que se le había hecho en la garganta.

El gran paso que había dado, casarse con Abby, de pronto le pareció la cosa más natural del mundo. Bien podría haberse ahorrado todo lo que había sufrido por ello. Una cosa quedaba clara: se querían. Y eso hacía que todo mereciera la pena.

Pasaron la luna de miel en Jamaica, en Bahía Montego, donde básicamente no vieron más que la habitación del hotel.

Se suponía que las primeras veces resultaban desagradables, pero Cody fue lento, tierno y paciente. Fue dando forma a la pasión con suaves besos y caricias y animando a Abby a explorarlo a la vez que él la exploraba a ella. Mucho antes de que se tendiera encima, Abby ya estaba ardiendo tanto de deseo que casi estaba sollozando.

—Shhh —susurró al moverse sobre ella y, despacio y con ternura, adentrarse en su cuerpo—. Tranquila, cielo. No pasa nada. No hay prisa.

—¡Sí... que... la... hay! —dijo Abby estremeciéndose.

Cody soltó una risita.

—Despacio, Abby —insistió al adentrarse más y más, y ella abrió las piernas y alzó las caderas para animarlo. Jadeaba con cada movimiento de las caderas de Cody contra las suyas.

Y en todo momento él la observaba, la ansiaba, pero midió su pasión de modo que ella estuviera lista para él antes de dar el último paso. Y cuando lo hizo, ella gritó y se estremeció a la vez que el placer llegaba a un punto alto, luego a otro, y después a otro más. Le hundió las uñas en la espalda y él le cubrió la boca con la suya para silenciar sus gritos de placer. Su apasionada respuesta lo hizo henchirse de masculino orgullo. Cody la llevó de un lado a otro de la enorme cama en una maratón de amor que solo terminó cuando estaban demasiado agotados para hacer otra cosa que no fuera dormir.

Abby se despertó con el sol colándose por las ventanas y el sonido de las olas rompiendo contra la orilla.

Se incorporó y miró a su marido, adorándolo con la mirada.

Él abrió los ojos, la miró a la vez que esbozaba una lenta sonrisa y dijo:

—Espero que quieras bebés ya.

Abby recordó que habían dejado un preservativo en la mesita de noche, pero se había sentido tan desesperada que eso era lo último en lo que había pensado. Sonrió.

—Lucy no debería ser hija única —susurró antes de rozarle la boca suavemente con la suya.

—Justo eso estaba pensando —bromeó él tumbándola sobre la cama para recorrer su suave y complaciente cuerpo con los dedos—. Me encantan los niños.

—A mí también.

Cody respiró hondo.

—Me encantaría hacer más de lo que hicimos anoche, pero...

Abby lo rodeó por el cuello.

—¿Pero...?

—Estoy dolorido —dijo agachándose.

Ella contuvo el aliento y soltó una carcajada.

—Pues qué coincidencia, porque yo también —confesó ella.

Cody la besó con desesperación y la abrazó con fuerza.

—Dios, cuánto te quiero —dijo con voz ronca.

—Y yo a ti, Cody —contestó ella con suavidad y mirándolo a los ojos—. Jamás te engañaré, y voy a quererte para siempre.

Él le dibujó la forma de las cejas.

—Viví en el paraíso de los tontos con Debby. Con los ojos cerrados. Pero esta vez los tengo abiertos del todo y me encanta lo que veo. Este es el verdadero paraíso —susurró, y volvió a besarla—. Cuidaré de ti toda mi vida.

Ella se acurrucó a él con un suave suspiro.

—Y yo cuidaré de ti toda la mía —murmuró adormecida.

Cody la estrechó y, con un suspiro de satisfacción, echó la sábana por encima. Fuera, las palmeras se mecían suavemente con el viento y las risas de unos niños en la piscina salpicaban el silencio. Dentro, dos personas felices dormían la una en brazos de la otra y tenían dulces sueños.